あなたがいない島

石崎幸二

KODANSHA NOVELS 講談社ノベルス

ブックデザイン＝熊谷博人
カバーデザイン＝辰巳四郎

目次

登場人物

結城《ゆうき》あかね……城陽大学医学部精神科講師
日向《ひゅうが》めぐみ……城陽大学医学部精神科研究室秘書
江口《えぐち》　薫《かおる》……城陽大学　格闘技同好会所属
中村《なかむら》紀子《のりこ》……城陽大学　格闘技同好会所属
永井《ながい》　弘《ひろし》……城陽大学　格闘技同好会所属
小林《こばやし》敦子《あつこ》……櫻藍女子学院高校　社会科教師　犯罪心理研究会顧問
近藤《こんどう》絵里《えり》……櫻藍女子学院高校　犯罪心理研究会所属
堺《さかい》　響子《きょうこ》……櫻藍女子学院高校　犯罪心理研究会所属
前田《まえだ》　徹《とおる》……櫻藍女子学院高校　社会科教師　読書研究会顧問
伊東《いとう》美由紀《みゆき》……櫻藍女子学院高校　読書研究会所属
中沢《なかざわ》美枝《みえ》……櫻藍女子学院高校　読書研究会所属
須藤《すどう》まみ……高校休学中
石崎《いしざき》幸二《こうじ》……旭重科学工業社員　櫻藍女子学院高校　ミステリィ研究会特別顧問
御薗《みその》ミリア……櫻藍女子学院高校　ミステリィ研究会所属
相川《あいかわ》ユリ……櫻藍女子学院高校　ミステリィ研究会所属

プロローグ

「それで、なんの話だ」

「なんの話だ……は、ないでしょ」

「そうよ。わざわざ出向いてきてやったのに」

「そこが問題なんだよ。会社には来るなって言ってただろ」石崎幸二《いしざきこうじ》は辺りを見回した。受付の女子社員も、その奥の総務課の社員たちも石崎の方を興味深そうに眺めている。

「みんなこっちを見てるな。ちゃんと仕事しろっつうんだよ。まったく」石崎が毒づいた。

石崎は旭《あさひ》重科学工業というメーカーに勤めている。ここは、都内某区にある中央研究所、その玄関ホールにある来客との打ち合わせ用に設置されているスペースである。

この場所は、アポイントメントのない来客や、単なる出入り業者との打ち合わせ用に設置されているスペースであるため、他人に見られ放題である。本来ならば、たとえ重要でない客とわかっていても、じろじろ見たりする社員はいない。それが会社というものである。そこに石崎は、御薗《みその》ミリア、相川《あいかわ》ユリと座っていた。打ち合わせ用のスペースに、彼女たちと座って話をしていてもなんら問題ないはずである。ただ彼女たちの格好が問題だった。二人とも高校の制服姿だったのだ。

御薗ミリアと相川ユリは高校生だ。彼女たちの制服は、マニアと呼ばれる一部の人たちでなくても知っている有名なお嬢様学校、『私立櫻藍《おうらん》女子学院高校』のものだ。御薗ミリアは、その夏服の白いブラウスの背中を半分隠すくらいに髪を長く伸ばしていた。相川ユリは、襟《えり》につけた黒いリボンにかかるくらいの髪の長さだ。もちろん二人とも髪は染めていないし、パーマもかけていない。色白の顔に、おかしなメイクなどもしていないし、靴下もだぶついてもいない。二人とも入学案内のパンフレットのモデルになってもおかしくなかった。ただこれは、二人が高校の厳しい校則を守っているからではないそうだ。石崎が以前二人に聞いたところによると、化粧や髪を染めてはいけない、などというくだらない校則のある学校も馬鹿だけど、変な化粧をしたりだぶついた靴下を履いたり、みんな同じような格好をしながら、自分たちは校則や社会の規則に縛られるのはいやだ、などと言っているのは、もっと馬鹿だということだった。そして、そんなわかりきった質問をしてくる石崎さんもバカなの？　とバに力を入れて言われた。

　このように、二人とも百五十センチメートルそこそこの身長で、本人たちの言うところのかわいい外見、容姿からは、二人の性格は想像できない。つまり今の状況では、真面目な女子高生が二人、石崎の前に座っているようにしか見えなかった。

　しかし、それは今のこの場所、つまり科学会社の玄関ホールには似合わなかった。会社訪問の時期でもないし、研究所という場所柄、そのような学生たちが来研することもないはずだった。

　なぜこの二人が石崎の前にいるのか？　ミリアとユリの二人は、私立櫻藍女子学院高校ミステリィ研究会のメンバーである。ミステリィ研といっても、部室欲しさにミステリィ研を設立した二人は、ミステリィにはほとんど興味はなかった。しかし『ミステリィの館』というイベントでの事件をきっかけに、二人はミステリィ好きの石崎と知り合った。高校の部活動には顧問が必要なのだが、二人の行動と性格（いわゆる問題のある生徒？）を熟知している先生たちの中には、誰もミステリィ研の顧問になる者がいなかった。そのため二人の要請を受けた石崎が、企業の、地域社会や青少年の育成に関するボランティア活動の一つとして、特別顧問という形でその大役（大厄）を引き受けているのだった。しかしそのような事情は、今、石崎たちを好奇の目で眺めている一般社員には知られていなかったし、石崎自身知らせるつもりもなかった。（ただ、ミステリィ好きの石崎が顧問になっても、二人は相変わらずミステリィには興味がなさそうだった）

「ふーっ」石崎が深い溜め息をつく。「それになんだよ。クラブ櫻藍っていうのは。しかも研究所中に呼び出しをかけやがって」石崎がミリアとユリを睨《にら》む。

「石崎さんがすぐ来ないからいけないんでしょ。自分のデスクにいなかったでしょ。そこの電話から掛けたら、今、席外《はず》してるって言われたもの」ユリが頬を膨《ふく》らませながら受付横の電話を指差した。

「そうよ。それで、ぶうたれてたら、あそこのお姉さんが、どうせどこかに隠れて仕事サボってるんでしょうから、わたしが所内全部に放送してあげるって」ミリアの指差す先で、受付の女子社員が、ミリアに向かってVサインを出して微笑《ほほえ》んだ。

　石崎はそれを横目で確認する。「確かに俺は仕事サボって、図書室の書棚の陰で、五年前の現代用語の基礎知識をながめてたよ。しかしなあ、なんだ？　クラブ櫻藍っていうのは？　なんでそんな名前を名乗って俺を呼び出すんだ。スナックの飲み代の取りたてじゃないんだから」

「クラブ櫻藍で何も間違ってないじゃない。だってわたしたちは櫻藍女子学院ミステリィクラブだもん。あれっ？」ミリアが首を捻《ひね》る。「研究会だっけ？　まっ、どっちにしても似たようなものよ」笑いながらミリアが石崎の肩を二、三度叩《たた》く。ミリアが言うには、自分は、『にやりと笑って人を斬る（叩く）』が信条だそうだ。

「そうよ。わたしたちが櫻藍女子学院ミステリィクラブって名乗ったら、あのお姉さんが、じゃあクラブ櫻藍でいいですねって言って放送したんだもん。今、経費削減中だから、放送も短くしなきゃいけないんだって」ユリが笑いながら石崎の肩を突つく。ユリが言うには、『叩くよりも、突いた方がダメージは大きい』が信条らしい。

二人に叩かれたり突つかれたりしながら、石崎が顔をしかめて呟《つぶや》く。「くそっ！　女子社員は全部俺の敵だっけな。忘れていた」石崎が受付の女子社員を睨む。睨まれた彼女は、あからさまに石崎に向かってあかんべえしてきた。

「石崎さん、人気あるね」ミリアとユリが嬉《うれ》しそうに笑う。

「ちぇっ、どいつもこいつもふざけやがって。そういやあ、以前フィリピンパブのお姉ちゃんに、飲み代を会社に取りたてに来られた奴は、今ここにいないな。たしか長万部《おしゃまんべ》の方で、試験サンプルに使う牛の世話やらされてるって言ってたな」

「セクハラここに極まれりってやつよね。どうしたらそこまで女子社員に嫌われられるのかしら。話に聞くのと実際に見るんじゃ大違いだわ」ミリアが、徐々に石崎たちの周りに集まり、ひそひそ話をしながらこちらを眺めている女子社員たちの姿を眺めている。

ミリアとユリの二人は、以前から、『石崎さんはセクハラをして会社では嫌われているんじゃないの』とふざけて話していた。そしてそれをネタに、石崎は二人に常にからかわれていた。もちろん石崎本人は、セクハラに関しては強く否定をしている。

「石崎さんの会社って誰も仕事してないの？　ここ研究所なんでしょ。研究してないの？　研究？　なんかどんどんギャラリーが増えてきているみたいだけど……」ユリも不思議そうに周囲を眺めている。

「まいったなあ。みんなどうせ、ロリコンクラブかイメクラかなんかから取りたてが来てると思ってるんだろうなあ」石崎が呟く。

「甘い、甘すぎるわ、おお甘よ。そんな五年前の現代用語の基礎知識なんか読んでるから駄目なのよ。どう考えてもここに集まった人たちは、石崎さんがわたしたちと援助交際してると思ってるわよ」ユリが真面目な顔をして言う。

「げっ！　なんでそうなるんだよ。くっそー場所を変えるか、ここはオープンすぎる。どっか応接室空いてないかな」

「でも、逆にそんな部屋の中で話してたら、それこそいろいろ疑われるんじゃないの？」立ち上がりかけた石崎に対してユリが指摘する。

「そ、そうだな。相変わらずおまえら賢いな。それで、何なんだ用件は？　早く用件を言え。だいたい用件があったら電子メールしろって言ってただろ」

「なにが電子メールよ。石崎さんとこにメール繋《つな》がらないわよ」ミリアが口を尖《とが》らせて石崎に食って掛かる。

「あっ、そうだ、忘れてた。おまえらに文句言おうと思ってたんだ。おまえら、俺にコンピューターウイルス送り付けただろ」

「うん」二人が素直に頷《うなず》く。

「うんじゃない。おかげで俺はひどいめにあったんだぞ。画像ファイル全部失って、慌てて回線引っこ抜いたら間違って電源引っこ抜いちゃって、おかげで他のデータも消えちゃって、しかも社内のLAN回線からウイルス広めちゃって、結局俺が出元だってばれちゃって、システム部にいやみ言われてハードディスク全部強制的にフォーマットさせられて、ウィンドウズを最初から入れなおして、マックならこんなことはないだなんて言ってマックユーザーのふりして、最後は部屋の中にバルサンまで焚《た》かれたんだぞ」

「しゃれでしょ。しゃれ」ミリアが笑顔で石崎の肩を叩く。「だいたい石崎さん、ウイルス発見ソフトとか対応ソフト入れてるでしょ。ブレンバスターとかグラビトロンカノンとか、そんな名前のやつ」

「そうよ。それが礼儀ってもんでしょ」ユリが石崎を突つく。「それに知らない人からメールが来たら怪しいと思わなきゃ」

「知らない人じゃないだろ。おまえらの名前で来てたよ」

「あれ、わたしたちの名前だった？　おかしいなあ」二人がわざとらしく首を捻っている。

「とぼけやがって」

「でもそれなら、なおさら注意しなきゃ」ユリが指摘する。

「注意してたんだよ。画像ファイルが消えるウイルスだってわかってたから、気がつかないふりして、仕事で使う画像ファイル消しちまえば仕事やらなくてすむかなって思ってさ、必要なファイルだけMOに入れようとしてたんだよ。そしたら知らない間に上司が後ろに来てて、慌てて操作したら、おまえらが送り付けてきたウイルスの入っているファイルを間違ってクリックしちゃったんだよ」

「ははあーん」ミリアが頷き、にやりと笑った。

「なんだよ」

「どうもおかしいと思ったわ。なんで石崎さん、いつもより怒っているのか不思議だったのよ。打たれ強い石崎さんにしては怒りすぎだもの。本当は、仕事の合間にこっそりインターネットで集めたエッチな画像を、全部失ったから機嫌が悪いんでしょ」

「ええーっ、エッチな画像をっ！」ユリが驚いたように大声を上げた。それと共に周りで見ている社員たちにどよめきが走る。

「こ、こら！　ユリ。声が大きい」石崎が慌てて周りを見る。ギャラリーは石崎と目が合うと、顔をそむけ、隣りどうしでひそひそ話を始める。

「くそっ！　と、とにかくそのコンピューターウイルスの後始末で、電子メールのチェックが出来なかったんだよ。原因がわかるまで使用禁止だなんて言いやがって、システム部がよ。だから自宅の方にメールは入れといてくれよ。アドレス知ってるだろ。

なっ、そういうわけだから、今日は帰れ」

「自宅の方も通じないわよ」ミリアが頬を膨らませて石崎を睨む。

「ああ、そうか、そうか。おまえらに言うの忘れてた。自宅のプロバイダを変えたんだっけ。自宅に誰もメールなんかよこさないから、変更したって誰にも言ってなかったんだ。わりいわりい」石崎は、ポケットから手帳を出してメールアドレスを書き、そのページを破ってミリアに渡した。それを見てギャラリーがまたどよめいた。

「まさに、その一挙手一投足《いっきょしゅいっとうそく》が注目されているって感じね」ユリが嬉しそうに周りを見る。

「ちぇっ、じゃ、これでいいだろ。メール入れといてくれ」石崎が立ち上がりかける。

「なに言ってるのよ。まだ本題に入ってないでしょ」ミリアが石崎を止める。

「なんだよ本題って？」

「合宿のことよ。夏の合宿」

「なんで俺が、おまえたちの夏の合宿の話を会社でしなければいけないんだよ」

「だって石崎さん、一応うちのミステリィ研の特別顧問だから」

「顧問っていったって、先生たちが誰もおまえたちの面倒なんか見るのがいやだって言って、引き受ける人がいなかったから、俺が名前だけ貸したんだろ」

「そんなこと言って逃げるつもりなのね」急にミリアが声を張り上げ泣き出した。ユリがすぐにハンカチを出してミリアの涙を拭く。

「おおーっ！」ギャラリーにどよめきが走る。

「わ、わかった。や、やめろミリア、泣きまねなんかするな」石崎が慌ててミリアの顔を覗《のぞ》き込む。

「泣きまねじゃないもん。石崎さんは、わたしたちミステリィ研のことなんかどうでもいいんでしょ」

「そうよ。誰か責任者がいないと合宿にもいけないんだもん。この前の『ミステリィの館』のときに、領収書偽造したのがばれちゃったから」ユリも一緒になって泣き出した。

『ミステリィの館』というのは、石崎がミリアとユリの二人と初めて出会った、ミステリィ関連のイベントである。石崎は、そのイベントでの謎を解いたことで二人に気に入られたのか、それをきっかけに、二人の所属するミステリィ研の顧問までやらされているわけである。

「わ、わかった。わかったから二人とも泣くな。合宿でもなんでも行ってやるから」石崎があわてて二人をなだめる。

「でも、お金がないんだもん。部の活動費、全部お菓子とか買って食べちゃったから」ミリアが泣きながら話す。

「わかった、わかった。活動費くらい出してやるから」

「ほんと？」ミリアとユリが泣くのをやめて石崎を見る。

「ああ、ほんと、ほんと」

「よかったね」二人がにっこり笑った。

「じゃあ、石崎さん。詳しいことは明日話すわ。寮まで来てよ。明日、昼間は舎監《しゃかん》の先生いないし、部活の指導に来たって言えば、警備のおっさんも通してくれるから」ミリアが席を立つ。

「それじゃあ、明日ね」ユリも立ち上がる。

二人は、あっけに取られている石崎に軽く手を振ってから、出口に向かって歩き出した。

「そうそう、石崎さん」ミリアが玄関ホールの扉の前で石崎の方に振り返った。

「なんだ？」

「お客さんにはお茶くらい出した方がいいわよ。わたしたちは大人だから文句言わないけど、普通の人なら怒っちゃうわよ。こんなことじゃこの会社も先行き暗いわよ」大声で言うと、二人は悠然と去っていった。

二人が帰るとすぐに、同じ課の後輩が石崎に近づいてきた。

「石崎さんやばいすっよ。東京都条例ひっかかりますよ」

「そんなんじゃないよ」

「じゃあ、新手《あらて》の総会屋かなんかっすか？」

「そんな上等なもんじゃないよ。ひらがな五文字だよ」

「い・や・が・ら・せ……ですか？」

「いや、ひ・ま・つ・ぶ・し……だろ」

第一章

第一の殺人？

何故か頭痛がするのでフレックスで帰ることにした石崎は、上司や同僚たちの冷たい視線を背に受けながら退社した。自宅にはさっそく、『明日午後一時に寮に集合（時間厳守）』というメールが届いていた。

御薗ミリアと相川ユリは、東京郊外櫻藍女子学院内の寮に住んでいる。石崎は彼女たちの学院には何度か行ったことがあり、そしてそのたびにトラブルに巻き込まれていた。刑事事件に巻き込まれたことも多い因縁の場所である。

校門前で警備のおじさんに許可を受け、石崎は寮に向かって歩き出した。グラウンドやテニスコートに、何人か生徒がいるのが見える。ただ、夏休みに入っているためか、その数は少なかった。

以前グラウンド内を歩いていて、変質者と間違われたことがあったので、グラウンドを避けるように大きく迂回《うかい》して歩いていると、石崎に気づいたミリアとユリが寮の窓から大きく手を振ってきた。二人とも石崎が来るのを待ちかねていたらしい。

「なんだ、おまえらしかいないのか？　他の部員は？」寮の談話室兼娯楽室には、ミリアとユリの二人しかいなかった。

「うん、みんな部室でたむろしてるか、もう実家に帰った」ミリアが答える。

「他の子は行かないのか？　合宿」

「前にも言ったでしょ。夏休みとかの長期休暇は、みんな実家へ帰るって」ユリが当然のように答える。

「おまえらも帰ればいいのに……」

「なんですって？」二人が石崎を睨む。

「そ、そういう意味じゃない。たまには親御さんのところに帰って親孝行でもしろって言ってるんだよ」

「それが駄目なのよ」ミリアが目を伏せる。

「そうなのよ」ユリも悲しそうに俯《うつむ》いた。

「な、なんだ、こんどは？」二人の沈んだ様子に石崎がうろたえる。

「天才って、理解されないものなのね」ミリアが溜め息をつく。

「悲劇と天才はよく似合うわ」ユリが遠くを見るように呟く。

「言ってることがよくわからん。もうちょっとレベルを下げて話してくれ」

「補習なのよ。わたしたち」ミリアが答えた。

「補習？」

「そう。わたしたちの高い知識レベルと、現在の低レベルの高校教育が合わなかったらしいの。それで、私立とはいえ日本帝国主義の手先である先生たちは、日本の尖兵《せんぺい》とするための思想改造をしようとして、わたしたちに補習を受けさせようとしてるのよ」

「簡単に言えば成績が悪かったってことだろ。気にするな。高校の授業なんかくその役にもたたんよ。補習っていっても寝てればいいんだろ」

「いやよ。わたしたちは間違っていないのに、どうして補習を受けるのよ」ミリアが口を尖らせる。

「間違ってたんだろ。だいたい、どんな試験問題が出たんだよ」

「うーんとね」ユリが少し考えてから答えた。「このまえ石崎さんに教わったでしょ。元素記号の覚えかた」

「ああ、語呂《ごろ》合わせで覚えるやつな。あれ、おもしろくて覚えやすいだろ」

「うん。それでハロゲン元素を全てあげなさいって問題がでたのよ」

「うんうん。じゃあわかっただろ」石崎が嬉しそうに頷く。

「うん。ハロゲン元素の覚え方は、『ふっくらブラジャー愛の跡』でしょ」

「そうだ。よく覚えたじゃないか」

「これくらい簡単よ。だから、元素記号は上から順に、F Cl Br I At でしょ」

「そうだ。そのスペルを続けて読めば『(F) ふっ (Cl) くら (Br) ブラジャー (I) 愛の (At) 跡』になるんだ。なんて意味深い言葉だ。我ながら感心するな」石崎が大きく頷く。

「そうでしょ。じゃあ、やっぱりわたしたち間違ってないわ。やっぱ、わたしたちに対するいやがらせでテストの点を悪くされたんだわ」ユリが不満そうに口を尖らせた。

「そうよね。元素記号も合ってるし、ちゃんと名称も、ふつりうむ、くらりうむ、ぶらりうむ、あいりうむ、あとりうむって書いたもんね」

「うそっ! ミリア、ブラリウムって書いたの? それブラジャリウムじゃないの?」驚いてユリがミリアの顔を見る。

「馬鹿ね、ユリ。ブラジャリウムなんてあるわけないでしょ。あくまでも覚えるための語呂合わせなんだから、そのままじゃだめよ」

「しまったあ! わたしとしたことが……、ケアレスミスだわ」

「おまえらなあ。ケアレスも何もないだろうが。二人とも全然覚えてないだろうが。フッ素、塩素、臭素、ヨウ素、アスタチンだろ」

「うそっ!」驚いたようにミリアが石崎の顔を見る。「石崎さん、元素名は、なんとかニウムとか、なんとかシウムとか、最後にウムが付くのが多いって言ってたじゃない。シアン化ナトリウムのナトリウム、シアン化カリウムのカリウムとか、バルタン星人の弱点のスペシウムもそうでしょ」

「そりゃそうだけど、ちょっと考えればわかるだろうが」

「ああー、石崎さんに騙《だま》されたあ。やっぱ理系崩れのリストラ寸前の男に教わるんじゃなかったあ」ミリアが悔《くや》しそうに大声を出す。

「そうよね。わたしもおかしいと思ったのよ」ユリが納得したように頷く。「シアン化ナトリウムとかシアン化カリウムなんて聞くけど、シアン化ブラジャリウムなんて聞いたことないもの。死因はシアン化ブラジャリウムによる中毒死だっていうんじゃ、死んだ方もうかばれないもんね」

「でもブラジャーなら、目に毒っていうのはあるかもしれないぞ」石崎がまじめな顔をして言う。

「なにが、目に毒よ。ブラジャーなんかじゃ、今どき小学生でも喜ばないわよ」ミリアが鼻で笑った。

「悪かったたな。それで他の科目はどうだったんだよ」

「そうね。数学は自信があったのよ」ユリが答えた。

「わたしも」ミリアが嬉しそうに言う。「石崎さんが前に話していた、ポッシビリティーが出たんだもんね」

「ポッシビリティー？　なんだそりゃ？」

「あれっ？　違ったっけ？　じゃあプロテスタントだっけ？」

「もしかして、プロバビリティか？」

「そうそう、それよ。プロバビリティの殺人よ」

「確率の問題が出たのか……」

「うん」ミリアが頷く。「毎年決まった日に同じ天気が顕著《けんちょ》に現れる場合があります。この日を特異日《とくい》といいます。八月一日は、過去三十年の観測結果から、晴れの特異日といわれています。過去三十年のうち、雨が降った日は三日しかありません。では過去三十年のデータのみを参考に、今年の八月一日に雨が降る確率は何％でしょうか？」ミリアが、ごそごそと自分のかばんの中から試験の問題用紙を出して読んでみせた。解答は別紙に書いて提出したので持っていないらしい。

「それで、なんて答えたんだ」

「五十%」

「馬鹿ねえ、ミリア。それ間違いよ」すかさずユリがミリアに言った。「わたしもあやうく引っかかるとこだったもん。ミリアは、考えられるのは、雨が降るか降らないか、その二つの場合しかないから、雨が降る確率は二分の一、つまり五十%って答えたんでしょ」

「うん」

「やっぱりね……、そこにひっかかる人がいるんじゃないかと思ったんだ。もう一つあるでしょ。くもりが……」

「あっ、そっか」ミリアがぽんっと手を叩く。

「駄目よ、油断しちゃ。つまり、八月一日の天気として可能性があるのは、晴れ、雨、くもりの三つが考えられる。そのうち雨になる確率は、三つのうちの一つだから、三分の一、つまり三十三・三%よ」

ユリが得意げに答えて胸を張った。

「そっかあ、しまったあ。一問損したあ」ミリアが悔しそうに指をならす。

「おまえらなあ。全然わかってないじゃないか」

「うそっ？　まさか……、わたしも間違ってるの？」ユリが驚いて石崎の顔を見る。

「そうだ」

「どこがいけないんだろ……。三十三・三で止めたのがいけないのかな。割り切れなかったから適当に止めたのよね。三十三・三三三……ってしとけば良かったのかな。でも解答スペースがあんまりなかったのよね。ずるいわ、もうちょっと解答スペースがあれば、もっと三を続けて書いたのになあ」

「違うっ！」石崎が否定する。

「ふふふふ」ミリアが突然笑い出した。

「どうしたんだ、ミリア」

「わたしにはわかったわ」

「ほんと？」ユリが驚いたようにミリアの顔を見る。

「ええ。くもりだけじゃだめなのよ。雪の可能性も入れなきゃ」

「うそっ！　だって八月一日に雪が降るわけないじゃない」

「そこが、この問題のミソなのよ。ひっかけなのよ。別に日本とは書いてないでしょ」

「しまったあ！　気がつかなかったわ。この問題は地球レベルの話なのね」

「そう。わたしの勘だと、アルゼンチン辺りのことだと思うわよ」

「くやしいなあ。それさえ気づけば正解だったのになあ」ユリが悔しそうに床を踏み鳴らす。

「おまえらなあ。まったく勘違いしてる。全然わかってない！」石崎があきれて叫んだ。

「うそっ！　アルゼンチンでもないの？」ミリアが大きな目を更に大きく丸くして石崎を見つめる。

「わかったあ！」今度はユリが叫んだ。「これって、火星かなんかの話なんじゃない？　だから、雨の降る確率はゼロよ。火星で雨が降るわけないもの。普通何％かってきかれたら、わからなくて勘で答えちゃう時も、三十とか七十とか、それらしい数字を答えちゃうでしょ。さすがに0％って書くのは勇気がいるもの。つまりこの問題は、勘のいい人間を篩《ふる》い落とすとともに、あえて0％と書くことのできない、人間の心の弱さをついた試験問題なのよ」

「そっか……、確かに恐ろしい問題だわ」ミリアが真剣な顔で頷く。「でも、たとえ答えは間違っていたとしても、その出題者の意図に気づくわたしたちってすごいわね。試験で負けて勝負で勝ったって、このことよね」

「全然勝ってない勝ってない。今の答えも間違っている」

「うそっ！」ユリが石崎の顔を見る。「これでもまだ裏があるの？　恐ろしい問題ね、これ。もしかしたらこの問題、東大の二次試験クラスじゃないの」

「東大って、もうちょっとやさしいんじゃないの」ミリアが少し首を傾《かたむ》ける。「これはきっと、MATとか、はあどかばあ大学の問題よ」

「なにそれ？　ミリア。MATとか、はあどかばあって？」

「ユリって英語だめだもんね。いいわ教えてあげる。MATって大学名の略称よ。アメリカでは略していうのよ。UCCとかCCBとかよく聞くでしょ」

「ああそっか。CCBはカリフォルニアココナッツボーイズ大学の略よね。じゃあMATは？」

「MATはモンスターアタックチームの略よ。それから、はあどかばあ大学っていうのは、アメリカの有名な大学なのよ。とにかく偉い人がいっぱい卒業してるみたいよ。ある程度偉くならないと、はあどかばあは出せないんだって」

「なるほど。そんなところの問題じゃあ、わたしたちには無理よね」ユリが大きく頷いて納得する。

「そんなとこの問題なわけないだろうが」納得顔の二人に石崎が突っ込みを入れる。

「うそっ！　もっと難しいの？」二人が驚きの声をあげた。

「おまえらなあ。ちゃんと問題をよく読んでみろよ。ちゃんと最初の方から読むんだよ」

「石崎さんこの前、最初の方は伏線だから惑わされちゃいけないって言ってたじゃない」ミリアが怒ったように言う。

「それはミステリィの話だろ。それにおまえら、相変わらずミステリィ全然読んでないだろ」

「うん」二人がにっこりと微笑みながら頷く。

「ミステリィ研のくせに、しょうがねえなあ。まあ今はその話じゃないな。とにかく問題を最初から読んで考えてみろ」

「うーん」二人が、腕を組み考え始めた。

「わかったあ！」しばらくして二人が同時に叫んだ。

「よしよし。よく考えればわかっただろ」石崎が嬉しそうに頷く。「それで、答えは何％だ？」

「ちょっと待って」ミリアが片手を挙げて制止した。「一応二人で同じ答えかどうか確認するから……」二人は耳元で囁《ささや》きあっている。

「どうだ、同じだったか？」

「うん」二人が嬉しそうに頷いた。

「それで答えはいくつだ」

「解答不能！」

大声で自信たっぷりに答える二人に、石崎が椅子《いす》からずり落ちた。

「な、なんで解答不能なんだよ」

「ふふふ、そこまで言わせるつもりなの」ミリアが不敵な笑みを浮かべる。

「言わせるも何もないだろ。と、とにかく理由を言ってみろ」

「しかたありませんね」ミリアが立ち上がり、石崎の前を行ったり来たり左右に歩きはじめた。「では、愚《おろ》かな石崎警部にもわかりやすいように最初から説明しましょう。この事件は非常に難しい事件でした。わたしたちも危うく犯人の仕掛けた罠《わな》にはまるところでした」

「どこが犯人の罠なんだよ」石崎が突っ込む。

「この文章では、日にちは八月一日と特定されていますが、その場所が書かれていません。ですからわたしたちは、そのありあまる豊富な知識と教養のため、地球レベルの話だとか、火星の話だ、などと推理して、危うく犯人の仕掛けたトリックに引っ掛かるところでした」

「だから場所なんか関係ないんだよ」石崎が呟く。

「しかしその場所は、実は記載されていたのです」

ミリアは石崎を無視して話を続けた。

「その場所は？」ユリが尋ねる。

「いいですか……」ミリアが一呼吸置いて答えた。

「その場所は、出羽です」

「でわ？」石崎が聞き返した。

「そうです。『八月一日は、過去三十年の観測結果から、晴れの特異日といわれています。過去三十年のうち、雨が降った日は三日しかありません』という伏線の後にその言葉は現れます。では過去三十年……と」

「おまえらなあ……」石崎が頭を抱えた。

「しかしここでいきなり出羽地方の話を出されても、出羽地方の八月一日の雨の確率を答えることはできません。それ以前の文章には、どの場所のことか書かれていませんから、この例を出羽地方に当《あ》て嵌《は》めることはできません。また、出羽という地名は、現在の気象観測においては使用されていません。出羽地方は現在の、えーっと、と、とにかく北の方だと思います。出羽が現在どこを示すかは重要ではないのでここでは詳しく述べませんが、とにかく、出羽測候所、出羽気象台などというものは存在しません。つまりこの問題に答えることはできないのです。ですからあえてこの問題に答えるとすれば、解答不能です。いかがですか皆さん」ミリアが辺りを見回して一呼吸おいた。「本当にこれは恐ろしい問題でした。まさに叙述トリックの極致、ぎりぎりというやつです」

「わかった、わかったよ。ミリア、まあ座れ」石崎がミリアを座らせる。「おまえたちの頭の中はよくわかった。だからとにかくその、補習を乗り切ろう。追試があるんなら俺がヤマをかけてやるから、なっ、とにかくまず教科書を出してみろ」

「なに言ってるのよ。別に補習の手伝いをしてもらおうとは思ってないわよ」ミリアが頬を膨らませる。

「そうよ。今日は合宿の話だって言ってるでしょ」

ユリが怒ったように言う。

「だっておまえら、補習受けないといけないんだろ」

「合宿に行けば受けなくていいのよ。運動部の子とか、夏の大会とかあるでしょ」ユリが当然のように言った。

「それでおまえらも、合宿、合宿って騒いでるのか」

「そういうわけよ」ミリアが頷く。

「はーっ」石崎が大きな溜め息をついた。「おまえらの補習逃れのために、俺は会社で白い目で見られてるわけか」

「なに落ちこんでるのよ。もともと良く思われていないくせに、わたしたちのせいにしないでよ」ミリアが石崎の肩を叩く。

「そうだな。それでどこに行くんだ？　合宿。なんかあてがあるのか？」

「これよ」ユリがＡ４サイズの紙を差し出した。


『あなたなら、何を持っていきますか？』

無人島へのお誘い

無人島へ、一つだけ物を持っていってよいとしたら、あなたは何を持っていきますか？

誰でも一度はこんな質問をされたことがあると思います。そうです。『無人島問題』です。これから紹介するイベントで、その問題を実際に体験してみることができるのです。

都会の喧騒《けんそう》から離れ、無人島で五日間過ごしてみませんか？　たとえて言えば精神的サバイバル。あなたが持っていけるのは、たった一つの物だけ。さあ、あなたは何を持っていきますか？　五日間を退屈に過ごすのも、有意義に過ごすのも、あなたしだいです。

あなたはこの五日間で、あなた自身も気がつかなかった新しいあなたを、そして新しい何かを発見できるかもしれません。都会へ帰ってきたときには、生まれ変わったあなたに、周りの人たちも目を見張ることでしょう。

本イベントの目的

本イベントを主催しますのは、日本精神心理医学会の限定心理研究会です。当研究会では、あらゆる状況での人間の心理について研究しています。今回のイベントでは、人が大切と思うもの（持ち物を限定することにより考察します）、余暇《よか》の過ごし方、娯楽の成立過程（娯楽設備のないところからどのように娯楽は生まれていくか？）などの心理調査を行います。

といいましても、難しいことは何もありません。イベント参加者には、無人島で五日間過ごしていただくこと以外に、何も強制いたしません。何をしても、何もしなくても構いません。本を読んだり、昼寝をしたり、何をしても自由です。ただし持ち込める物は、たった一つだけですから、参加者にとって、この持ち込む物の選択は非常に重要です。

もちろんこの調査で、参加者の方に危険なことはありません。万一のために医師も同行いたします。

参加資格

高校生以上の健康な方

持ち物

持っていける物は、一人一つまでです。ただし、着替え用の衣服、着替えを入れるかばん、靴、生理用品（女性のみ）は持ち込んでもかまいません。

食料、水は当方で充分用意いたしておりますので必要ありません。（ただしイベントの性格上、インスタント食品が主になりますのでご了承ください）

急な病気やけがのために必要な薬品もこちらで用

意してあります。

一つの定義

本イベントでいう一つだけ持っていける物の、『一つ』について説明します。

まず、種類の違う物を組み合わせている物は、基本的に一つと解釈しません。

例えば、音楽を聴いて五日間過ごしたいと考える人がいるかもしれません。その場合、CDラジカセを持ち込むことは禁止です。これはCDプレーヤーとラジオとカセットテープレコーダーを持ち込んだことになります。つまり三つの物を持ちこんだことになってしまいます。音楽を聴きたい場合は、ラジオ又はCDプレーヤー又はカセットテープレコーダーのどれか一つを持ち込めば良いのです。その場合、電池、AC電源用アダプター、電源コードは付属品として持ち込み可とします。ただし、音楽ソフトは一つのみ持ち込み可能となります。つまりカセットテープレコーダーであれば、その本体に既にセットされているカセットであれば良いのです。別にケースに入れて持ち込むことは不可です。この場合は二つ以上と解釈します。

では、同じ種類の物が分かれている場合はどうでしょうか？　この場合は一つと解釈します。

例えば、本を読んで五日間過ごしたい方がいらっしゃるかもしれません。その場合、上下巻に分かれている小説、同一作家の著作物、○○全集などという何冊もある全集ものなどは一つと解釈します。ただし本だからといって、違う作家の本二冊は一つとは解釈しません。あくまでも同じ作家の本の場合に限り、二冊以上でも一つと解釈します。

また現実的には不可能ですが、持っていく物として自宅、家などと言う人もいるかもしれません。当然あなたの自宅には、ステレオもテレビも本もその中に入っていることでしょう。しかしそのようなもの、つまり自宅は一つとは数えません。

このようなことを避けるためと、目的地への移動を容易にするために、持ち物の重量制限をさせていただきます。

持ち物（一つだけ持っていってよい物）の重量は二十キログラム以下としてください。（あくまでも物を持って移動するのは参加者の皆さんです。物を宅配便で送ったりしないでください。自分で持って移動できる物を、無人島へ持って行くことに意味があるのです。先に述べた○○全集などには、何十冊もあるものもありますが、たとえそれが二十キログラム以内だとしても、それを自分で持って移動できなければ、無人島へ持っていけないことになります）

では例えば、持ち込みたい物が液体や気体だった場合はどうでしょうか？　液体を持ち込む場合、容器が必要となります。本イベントでは容器も一つと数えますから、液体は持ち込めないことになります。その理由は、容器は液体を入れる以外に別の用途に使える可能性があるためです。（例、缶蹴りなど）もちろん缶蹴りをして五日間過ごしたい方は、缶を持ち込めばよいのです。ここで言いたいことは、容器自体を持ち込むのが禁止なのではなく、液体とその容器というものは二つと数えるということです。このように液体などと言って説明すると難しく聞こえますが、食べ物以外に飲み物（ジュース、烏龍茶、牛乳等）も、こちらで用意してありますので、参加者の方が心配することはありません。

では、気体の場合はどうでしょうか？　ヘリウムガスを持ち込んで、あひるのような声を出して場を盛り上げたいという方がおられるかもしれません。しかしこの場合もヘリウムガスの容器が必要でしょうから、ヘリウムガスと容器で二つとなり不可です。しかもあくまでも私の個人的な意見ですが、あひるの声で五日間も場を盛り上げることは難しいと思われます。

なお、たった一つだけ持ち込める物につきましては、会場に移動前に、当方で厳重にチェックさせていただきます。二つ以上の物を持っている方には、移動前に一つに選択していただきます。

ではその他、たとえ一つでも持ち込み不可の物を以下に挙げます。

・生き物（ペット）
・危険物（刃物、燃料、薬物等）
・その他、他人の迷惑となるもの

さて以上のように、『持ち込める物は一つだけ』などという制約を設けますと、このイベントの裏をかいて、あるいは抜け道を探して、二つ以上の物を持ち込もうとする人が必ずおられます。そのような人たちは、本イベントの趣旨を誤解しております。本イベントは、五日間を過ごすことが目的であって、物を持ち込むことが目的ではありません。あくまでも学術的な心理調査のためのイベントです。持ち込む物の選択や、五日間の過ごし方などについての勝ち負けなどはありません。そのような人はいないとは思いますが、持ち込む物を飲み込んで、お腹の中に隠したりしないでください。万一の危険もあります。念のため金属探知器で、皆さんの着替え、身体等は調べさせていただきます。

以上ながながと持ち込める物の、『一つ』の説明をしましたが、難しく考える必要はありません。気に入った物を一つだけ選べばよいのです。しかも、会場内では物の貸し借りは自由です。たとえ参加者全員が皆、文庫本一冊しか持ってこなくても、参加者全員分の本がありますから、退屈せずに五日間を過ごすことは充分可能です。ですから、他人との貸し借りなどを考慮した場合、奇をてらった物はあまり好ましくないかもしれません。

いずれにしろ持っていく物を決めるのはあなた自身です。今この瞬間から、このイベントは始まっているのです。

「さあ、あなたは何を持っていきますか？」

おことわり

あなたがひとつだけ持ち込んだ物につきましては、当方で保険をかけますので、破損・紛失しても安心です。（限度額十万円）ただし、限度額十万円以上の補償はいたしませんので、貴重品は持ち込まない方がよろしいと思われます。

中止

本イベントを途中でやめることは自由です。いかなる制約、ペナルティも課しません。

開催日時

〇〇〇〇年七月二十三日〜二十七日（五日間）

開催場所

東京都古離津《こりつ》島（神津《こうづ》島《しま》のすぐ近くの島です。普段人は住んでいません。そうです、無人島です。但《ただ》し、断崖に囲まれた島で砂浜はありませんので海水浴はできません。また、島の周りには、海流の速い個所もありますので、安全性の点から、マリンスポーツ等をすることは禁止させていただきます。つまり水着はいりませんし、マリンスポーツの道具を持ってきても使えません）

宿泊場所　城陽《じようよう》大学古離津島施設『研修館』（鉄筋コンクリート製）

水、燃料、電気は完備しています。冷房完備、寝具完備。

申し込み方法
本イベントに参加希望の方は、健康診断書（学生の方は校内健診等の診断書で構いません）と、同封した申込書に必要事項を記入して申し込んでください。参加決定者には、島までの交通費（船のチケット、その他）をお送りいたします。また、興味本位で参加希望される方もおられると思いますが、当方では、真剣に心理調査イベントに協力していただけるという方を募集していますので、参加希望の方は、予約金として、一万円を指定の口座に振り込んでください。もちろん、こちらで参加をお断りする場合、キャンセルされる場合は、予約金はお返しいたします。
費用
交通費、期間中の食事代等はすべて当方で負担いたします。
謝礼
本イベントに参加し、五日間無人島で過ごしていただいた方には、調査協力の謝礼金として五万円差し上げます。途中で中止した方にも参加料として一万円差し上げます。（途中で中止した方にも一万円差し上げますので、予約金の分と考えていただければ、参加者の方に金銭的な負担がかかることはないということです）
主催
日本精神心理医学会　城陽大学医学部精神科　限定心理研究会
連絡先
○○○○―○○○○　担当　城陽大学医学部　結《ゆう》城《き》あかね

「なんだこりゃあ」石崎が声をあげた。

「どう？　これいいでしょ」ミリアが石崎の顔を嬉しそうに覗き込む。「五日間ぼーっとしてるだけでいいのよ」

「まさに、わたしたちの合宿にぴったり」ユリも嬉しそうに言う。

「ぴったりって……。おまえら、これちょっとやばいんじゃないか？　宗教かなんかじゃないのか？　どうしてこんなイベント知ったんだよ」石崎が案内状の裏表を何度もひっくり返して見ている。

「郵便でこの案内状が送られて来たのよ。櫻藍女子学院ミステリィ研究会おなかって」ユリが答える。

「ユリ、それはおなかじゃなくて、ウオンチュウっていうのよ。やっぱユリは英語できないわね」

「和製英語なのね」

「郵便か……」石崎が呟く。「それでなんでおまえたちのところに来たと思う？」

「さあ？　誰か名簿でも売ってるんじゃないの？」ミリアが軽く答える。

「それに、わたしたち寮だから、どうせ学校の住所と電話番号だと思って、インターネットでも情報ばんばん流してるし、どっか変なサイトでアンケートとか答えたかもしれないし……」ユリが少し首を傾けた。

「おまえら、あんまり深いところまで入っていくなって言ってるだろ」

「それを石崎さんに言われたくないわよ」ユリが石崎を少し睨む。「でも、この日本精神心理医学会って、ちゃんとした会みたいよ。ホームページで確認したのよ。その限定心理研究会が、こういう調査をするっていうことも書いてあったわよ。ただこの手紙みたいに詳しく書いてなくて、そんなイベントをやるっていうことしか書いてなかったけど……」

「そうか。それで、本当にそれに参加するのか？」

石崎が不安そうに二人の顔を見る。

「うん。もう申し込んだし」ユリが頷く。

「石崎さんの分もやっといたから」ミリアが当然の

ように言う。

「げっ、俺もか」

「あたりまえじゃない。お金出してもらって仲間はずれにできないでしょ」

「なんだ？　お金って？」

「ほら、予約金一万円でしょ。三人分で三万円」ミリアが紙面を指差す。

「よく三万円も持ってたな」

「うん、カードだから」

「カードって、おまえらクレジットカードなんか持ってないだろ」

「うん。わたしたち、現金もカードも持たない主義だから」ミリアとユリが胸を張って答えた。

「だから石崎さんのカード番号を書いて送っといた。カード番号でもいいみたいだったから。きっと引き落とされるからお金入れといてね」ミリアがにっこり微笑んだ。

「おまえなあ、なんで人のカード番号知ってるんだよ」

「このあいだ見といたのよ、万一のために。アイスキャンディー買ってこいって財布ごと渡したでしょ。駄目よ、そんなことしちゃ」

「くそっ、どうも最近おかしいと思ったんだよ。口座の金の減る速度が速いんだよ。プロバイダの金額が高いのかと思って、それでプロバイダも安いのに変えたんだよ」

「駄目よ、石崎さん。カード会社の請求書もちゃんと見なくちゃ、危ないわよ。あれって会費分だけ紙屑を送ってきてるわけじゃないのよ」

「わかったよ。それで、おまえらの申し込みは受け付けられたのか？」

「うん」ミリアが頷く。「ちゃんと船の切符と交通費、送ってきたよ」

「新手《あらて》の詐欺《さぎ》かと思ったが、ちゃんと切符を送ってきたか……。しかしおまえら、詐欺だとは思わなかったのか？　切符を送ってきたということは、これはどうも違うみたいだけど」

「うん。どうせ損しても人のお金だし、騙されたとしても返してもらうから、何倍にもして」ユリがあたりまえのように言う。

「そうだな。それでこれ、健康診断書が必要だって書いてあるけど、おまえらのはあっただろうが、俺のはどうしたんだよ」

「ああ、適当に書いて送っといたから。保健室に忍び込んで紙盗んで、校医のはんこも押しておいたから、本物と同じじょ。石崎さんはミステリィ研の顧問だから、学校発行の診断書でもおかしくないでしょ」ミリアが石崎に確認する。

「そうだな。相変わらずそういう裏工作はうまいな、おまえら」

「当然でしょ」二人が胸を張る。

「それで石崎さん、なに持ってく？」ミリアが明るい声で石崎に尋ねる。

「なに、持ってく？　って、それより先に考えることがあるだろ」

「なにを考えるの？　人生の意味について？　それとも、人という種の行く末について？」ユリが不思議そうな顔をする。

「違うっ！　そんなくだらんことじゃない」

「ああ、わかった、わかった」ユリが気づく。「石崎さん、予約金を出してくれてありがとう。後で参加料として戻ってくるっていっても、ちゃんと頭下げなきゃね」ユリが頭を少し下げた。

「ああ、そっか」ミリアも気づいた。「そうよね。ちゃんとお礼を言わなくちゃね。頭下げるのはただだもんね。石崎さんありがと」ミリアもぴょこんと軽く頭を下げる。「わたしたちって、やっぱ大人よね。親しき中にも礼儀ありってやつよね」

「そんなことじゃない。おまえら、この案内状を見て変だと思わないのか？」石崎が二人の顔を見つめる。

「別に？」ミリアが軽く答えた。

「わたしも別に変だと思わないけど……」ユリが首を捻る。「うーん……、しいていえば、謝礼五万円っていうのは安いかな。もうちょっと高くてもいい気もするけど。でも石崎さん、それを言ったら贅沢《ぜいたく》というものよ。よくばりよ。昔話なら、間違いなくばちがあたってるわよ。田吾作《たごさく》さん」ユリが石崎の肩を突つく。

「そうそう」ミリアも石崎の肩を叩く。「人間お金だけじゃないでしょ。少しはわたしたちの生き方を見習いなさいよ。お金なんか全然持ってないけど毎日楽しいわよ」

「おまえらが楽しいだろうということは俺も認めるよ。俺が言いたいのは、お金が安いということじゃない。あえてお金のことだけを言うと、この謝礼は、逆に高いと思うんだ。五万円だろ、しかも食費も交通費もいらないときてる。途中で中止した場合だって、参加料で一万円貰《もら》えるんだぞ」

「だからなんなのよ。いいじゃない、くれるっていうんだから、くれるっていうもの、病気でもなんでも貰っときなさいよ。三十過ぎた男が、贅沢言ったらばちが当たるわよ」ミリアが怒ったように言う。

「俺が言いたいのはだな。こんなイベントに本当に意味があるのか？　その心理学なんかの研究の役に立つのかと言いたいんだよ。費用をかけて無人島に行って、しかもたった一つだけしか物を持って行くことが許されないなんて、変だよ。そんな心理学の調査なんて聞いたこともない」

「でも石崎さんは、その精神医学とか心理学の専門家じゃないでしょ。専門家ならなんかわかるんじゃないの、こんな試験でも」ユリが適当に言う。

「しかしなあ……」

「どうもはっきりしないわねえ。何をそんなに気にしてるのよ」ミリアが石崎を睨む。

「やっぱなあ……」石崎の歯切れが悪い。

「だからなんなのよ」二人がはっきりとしない石崎に食って掛かる。

「そして誰もいなくなった」

「は？」二人が聞き返す。

「やっぱ、おまえら知らないか」

「なによ、それ？」二人が首を捻る。

「ミステリィだよ」

「なんでミステリィが関係あるのよ」ミリアが口を尖らせる。「それに何よ？　その、誰もいなくなったって」

「何者かに招待され島に渡った人たちが、次々に殺されていく話なんだ」

「ふーん……。それがどうしたのよ」

「俺たちもそうじゃないか。訳のわからない招待を受けて島に行くんだぞ」

「ぶっ！」ミリアとユリが吹き出した。

「な、なんだよ」唾《つば》の直撃を受けながらもめげずに石崎がきく。

「石崎さんいい大人なんだから、なんでもミステリィに関連付けるのやめなさいよ」ミリアが諭《さと》すように言う。

「そうそう」ユリが頷く。「まさか石崎さんは、わたしたちが殺されるって思ってるの？」

「いや、そういうこともあるかなって……さ」

「まったく……、なんでわたしたちが殺されなきゃいけないのよ。殺されるのにはそれなりに理由がいるでしょ。石崎さんなら殺されてもしかたないけど」ユリがあきれたように言った。「だいたいその、『そして誰もいなくなった』って、どんな話なのよ」

「十人の人間が、ある島に招待されて行くんだ。そしてそこで、マザーグースの童謡の通りに次々と殺されていくんだよ」

「マザーグースって何よ？　カーネルサンダースみたいなもの？」ユリが首を捻る。

「なんだ知らないのか。イギリスの童謡集みたいなもんだな。それで、その中のインディアンの子供の歌の通りに人が殺されていくんだよ。その島の館にはインディアンの人形もあって、人が殺されるたびにそれも無くなっていくんだ」石崎が説明した。

「ふふふふ」ミリアが笑い出した。同時に嬉しそうに石崎の肩を叩いている。

「どうした、ミリア。笑いながら俺を叩くなよ」

「わたしにはわかったわ。犯人が」

「な、なんだって？　犯人ってなんだよ」

「その、『そして誰もいなくなった』の犯人よ」

「ミリアおまえ、読んだことないんだろ。今の俺の話だけでわかったのか？」

「当然でしょ。今の石崎さんの話だけで充分よ」ミリアが自信たっぷりに答えた。

「じゃあ、と、とにかく犯人を言ってみろよ。登場人物の名前なんかわからないだろうから、どんな人物かでいいよ」

「いいわよ。でもここから先はネタばれよ。読んでいない人は注意してよ」

「誰に言ってるんだよ」石崎が突っ込む。

「ユリに言ってるのよ」

「ああ、別にいいわよ、ミリア。どうせわたし読まないから」

「わかったわ。じゃあ犯人を言うわよ」

「犯人は……」

「犯人は？」ユリが繰り返す。

「双子の中国人女性よ！」

「ふたごのちゅうごくじん？」石崎が聞き返した。

「そう。そしてそのトリックは、双子であることを利用した入れ替わりトリックよ」

「すごい、すごいじゃないミリア。トリックまでわかっちゃったんだ」ユリがミリアの顔を見つめる。

「ふふふ、当然でしょ。でもこの犯人って、そのなんだっけ？　秋葉原《あきはばら》のパソコン売り場みたいなやつ」

「ラオックスの十階ね」ユリが答える。

「そう、それ。ラオックスの十階違反よね」

「おい、ミリア。そのノックスの十戒の件はいいとしよう。だがな、どうして犯人が双子の中国人女性なんだよ」

「なに？　石崎さんわかんないの？　本読んでるんでしょ」

「わたしはわかったわよ」ユリが嬉しそうに石崎を突っつく。

「と、とにかく、理由を言ってみろ」石崎がミリアを急《せ》かす。

「いいわ、教えてあげるわ。その話は、インディアンの子供の童謡の通りに人が殺されていくのよね。そしてそれと共にインディアンの人形もなくなっていくのよね」

「そうだ」石崎が頷く。

「インディアンの人形といえば？」

「インディアンの人形といえば」ユリが合いの手を入れる。

「そうっ、『恋のインディアン人形』リンリンランランでしょ」

ミリアの言葉に石崎が椅子からずり落ちる。

「おまえなあ、どうしてそうなるんだよ。それは日本の歌謡曲だろ。しかも知らない人の方が多いぞ」

「知らないからって、トリックに使っちゃいけないってわけじゃないでしょ。それを言ったら最近のミステリィなんか知らないことばかりじゃない。遺伝子なんとかとか、ＤＮＡがどうしたとか、ネタがないからって科学技術に頼っちゃだめよ。そいつを知らなきゃ誰でも犯人がわからないもの。ピストルを知らない人たちの中で、ピストルで人を殺して、それがミステリィになるのと同じことでしょ。死体の中から鉛玉が見つかって大騒ぎになるのよ。これはいったいどういうことだって。当然場所は種子《たねが》島《しま》よ」

「そうそう」ユリが大きく頷く。「そして犯人はピストルを頭の上に載せて、ちょんまげにみせかけてごまかすのよ。でも、こんな話書いたら、もうその作家も終わりかもね」

「だから、その『そして誰もいなくなった』は、恋のインディアン人形の歌を知らない限り犯人がわからないわけだから、反則といえば反則よね。ラオックスの十階に行くまでもないわよね。駅前のジャンク屋で充分よ。以上ネタばれ終わりっと……」ミリアがまとめた。

「おまえら……、全然わかってない」石崎があきれたように言う。「『そして誰もいなくなった』はそんな話じゃない。双子の中国人も出てこない」

「うそっ！　違うの犯人？」ミリアが驚いて石崎の顔を見る。

「あたりまえだ。それにな、もともと『そして誰もいなくなった』は、インディアンの子供の童謡じゃないんだよ。イギリスで出版された当初は、インディアンじゃなくて黒人の子供だったんだよ」

「なにそれ？」ユリが聞き返す。

「マザーグースの元歌は、黒人の子供が一人ずついなくなる歌なんだよ。でもアメリカで出版されるときに、人種問題とかあるからインディアンに変えたようなんだ」

「へーっ、そんなこともあるんだ。でもそんなこと変えてもストーリーは平気なの？」

「ああ、別に話の筋は変わっていないのだろうし、俺も原著を読んでるわけじゃないから正確なことは言えないけどね。それに、この歌は数え歌だからね。一人、二人と消えていくという意味が伝わればいいんだろうな」

「数え歌って？」ユリが首を傾《かし》げながらきく。

「童謡でよくあるだろ。一番目の子供がどうしたとか、二番目の子供がどうしたとか唄って、十番目くらいに落ちのある歌だよ。その、数字で繋《つな》がっていくことで、連続殺人をイメージさせるのがいいんだろうな。いわゆる見立て殺人だな。この『そして誰もいなくなった』も有名だし、日本だと『悪魔《あくま》の手《て》毬唄《まりうた》』なんかもそうだな。童謡っていうのは、よく意味を考えると残酷な歌詞が多いからね。結局子供って、残酷なのが好きなんだろうな」

「ふふふふ」ミリアがまた笑いだした。

「な、なんだミリア。またか」

「わかったわよ、わたしには。その『悪魔の手毬唄』の犯人」

「お、おまえなあ、俺はまだ題名しか言ってないんだぞ。なんでそれがわかるんだよ。悪魔って落ちはだめだからな」

「あたりまえでしょ。それじゃしゃれにもならないじゃない。いい？　ここからはネタばれよ。いいわね」ミリアが確認する。「じゃあ、解説するわ。問題は数え歌でしょ。数え歌といえばあれよ」

「そっか！　あれか」ユリが大きく手を打つ。

「そう」ミリアが頷く。

「一つ人よりはげがある」

「二つ古傷はげがある」

「三つ三日月はげがある」

「四つ横ちょにはげがある」

「五つ……」

「ま、まて。これ以上差別用語を並べるな」

「なによ、数え歌でしょ。童謡よこれ。子供の頃よく歌ったもん」

「まあまて、それで、なんでそのはげの歌で犯人がわかるんだ。だいたいそんな歌でストーリーになるのか？」

「ストーリーまで話しちゃっていいの？　ミステリィの面白さって、トリックだけじゃないでしょ。ストーリーまで話しちゃったら読む人いなくなっちゃうわよ」

「いいんだよ。はげと『悪魔の手毬唄』は関係ない」

「いいわ。じゃあ説明するわ。人が次々と殺されていくのよ。しかも、それぞれの被害者の間には、一見なんの関係もないように見えるのよ。これって、えーっと……」

「ミッションリング？」ユリが答える。

「そう、そのミッションリング、失われた大陸ってやつよ」

「ミッシングリンク、失われた輪だよ」石崎が呟く。

「とにかく捜査陣には、被害者たちの関連性がまったくわからないわけよ。しかし、探偵がある共通点を見つけるのよ。第一の被害者にははげがあった。二人目の被害者は頭の古傷がはげになっていた。第三の被害者には三日月はげがあった。第四の被害者には頭の横側にはげがあったのよ」

「おまえなあ……」石崎があきれている。

「ふふふ、現代の警察は、髪の毛っていうのは、DNA鑑定して身元を確認するためにあるものだと思ってるでしょ。まさか、はげが被害者の共通点だと思わないでしょ。そこが盲点なのよ」

「わ、わかったよ。ミリア。それで犯人は誰なんだよ」

「ここまでわかれば簡単じゃないの。連続殺人の被害者の共通点を知った愚かな一般大衆はどうすると思う？」

「どうするんだ？」

「普通の人は何もしないわよ。でも、はげの人はパニックになるわね。だって、次の被害者は自分かもしれないもの。だから、被害者にならないため、とにかくはげを治そうとして、毛生え薬や育毛剤に殺到するでしょ。犯人はそれが狙《ねら》いなのよ。つまり、犯人は育毛剤メーカーよ。当然動機は売り上げを伸ばすためね。これっていわゆる社会派ってやつでしょ」

「それで事件を解決する探偵は、頭がつるつるの探偵でしょ」ユリが続ける。「そんな探偵いたわよね、外国のミステリィに。そりゃあ事件解決に必死になるわよ。つるつるじゃあ自分はもう発毛する可能性ないもんね。探偵として自分が被害者になることだけは避けたいもんね」

「そうよ。以上ネタばれ終わり……っと」

「はあーっ」石崎が溜め息をついた。

「どうしたの石崎さん？」ミリアが石崎の顔を覗き込む。

「いや、ちょっと疲れた……」

「駄目よ、過労ははげのもとよ」

「そうか、ありがとうな。えーっと、話を戻させてくれ。なんの話だっけかな」

「石崎さんが、今度のイベントでわたしたちが殺されるんじゃないかって言ってたんでしょ。その野望をわたしの推理が打ち砕いたんでしょ」ミリアが拳を顔の前で握り締める。

「そうだったな。おまえらなら大丈夫な気がしてきたよ。でも、殺すとか、それ以外の目的もあるかもしれないぞ」

「なによ、まだ懲《こ》りないの」ミリアが石崎を睨む。「あんまりしつこいと嫌われるわよ。ストーカー規制法第一の適用者にならないでよ、石崎さん」ユリが石崎の肩を突つく。「それで、孤島での殺人に巻き込まれる以外に何があるのよ」

「その逆を考えてみればいいんだよ。孤島には意味がないんだ。孤島に俺たちを行かせたいのは、俺たちをいつもの生活の場所から遠ざけたいということなんだ」

「わかったあ！」ユリが叫んだ。

「な、なんだ。こんどはおまえか。俺はまだミステリィのことは何も言ってないぞ」

「わたし、石崎さんが言おうとしてる、そのミステリィの話知ってる」ユリが嬉しそうに言った。

「なんだ。ちゃんとミステリィの勉強してるじゃないか」石崎が笑顔で頷く。

「うん。『禿げ組合』でしょ」

ユリの言葉に、石崎がまた椅子からずり落ちる。

「と、とにかくだ。おまえらが、何故《なぜ》かはげに、ある意味トラウマを持っているのはわかった」

「なによ！　リストラは石崎さんでしょ」ミリアが口を尖らせて石崎に食って掛かる。

「リストラじゃなくて、トラウマだ」

「なによそれ？　昔の方角？　それとも、ライガーとかレオポンとか、そういうの？」

「どっちでもない。日本語だと心的外傷。子供の頃とかに精神的な強いショックを受けて、その影響が大人になっても残っているようなことだよ。心に残った古傷みたいなものだな。本人も忘れてる場合が多いね」

「ああ、それなら知ってる」ミリアが答えた。

「なあんだ。それならわたしも知ってるわよ」ユリが続ける。「犯人の動機が考え付かないときやストーリーを考えるのが面倒なときに、犯人には子供の頃こんなことがあって、それがトラウマになったとかなんとか書いとけばいいやつでしょ。子供のころ辛いことがあったからって、そんなの関係ないじゃない。今辛いことがある人はどうするのよ」

「だからなあ、子供のころって弱いだろ。親とかの保護とか愛情とか必要だろ。それに事件に巻き込まれたりしたらショックも大きいだろ」

「だからわたしは、ミステリィの話をしてるんでしょ。どうも石崎さんは、現実とミステリィの区別がつかないわね。わたしが言いたいのは、トラウマだろうがリストラだろうが関係ないということよ。人の心の中なんてわからないでしょ。きちんとその、トラウマとかいうやつの勉強をして、理解してミステリィにしてるんなら問題ないわよ。でも石崎さんみたいな人が安易《あんい》に持ち出してきて、あんたは子供の頃の、こういうトラウマがあるから人を殺したんだ、だからしょうがないよ。だなんて、物知り顔して言われたんじゃたまらないわよ。わたしなら真っ先にそいつを蹴り殺すわ。過去のトラウマよりも現在の怒りよ」

「わ、わかった、わかったよ。はげのトラウマ発言は取り消すよ。蹴り殺されちゃたまらんからな。とにかくだ、その無人島に俺たちが招待されたのは、こちら側、つまりおまえたちならこの寮、俺なら会社とか自室から、俺たちを何日間か離れさせたいんじゃないかということだ」

「ああ、そういうことか。そうならそうと早く言ってよ」ユリが石崎の肩を突つく。「ほんっと、石崎さんて、前置き長いし説明多いし、話が進まないわね」

「話が進まない原因はおまえたちにあるような気がするんだが……」

「なんでよ」二人が石崎を睨む。

「と、とにかく何か心あたりないのか？　おまえらがここに居られると困るというようなこと」

「うーん。それは心あたりがありすぎるわね」ユリが首を捻る。

「そうね。わたしたちを寮から追い出そうと思ってる人たちだけでも、寮長でしょ、寮母でしょ、担任のおばさんでしょ、ほとんどの寮生でしょ」

「ほら、ミリア。寮もそうだけど、部室も狙われてるんじゃない」

「あっ、そうか。ミステリィ研究会の部室も、他の部が狙ってるのよ」

「おまえら、期待に違《たが》わず敵ばかりだな。俺は嬉しいよ、同志がたくさんいて」石崎が大きく頷いている。

「なに言ってんのよ。わたしたちはいいとして、問題は石崎さんでしょ。もしかしたらこの無人島イベントって、新手のリストラじゃないの？」ミリアが心配そうに石崎の顔を見る。

「そうそう」ユリも石崎の顔を覗き込む。「帰ってきたら石崎さんのデスクないかもよ」

「げっ、それありえるなあ。でもこのイベントの案内状って、おまえらのところに送られてきたんだろ」

「甘い、甘いわねえ、石崎さん」ミリアが指を立て左右に振る。「石崎さんがわたしたちのミステリィ研の顧問やってるのって会社は知ってるんでしょ」

「ああ。一応、地域社会のボランティア活動ということで届けてある。地域の青少年への教育活動としてな。会社はボランティア活動にも査定《さてい》ポイントつけるんだよ。ボランティアの意味がわかってないだろ」石崎が鼻で笑った。

「そりゃあ、おばかさんだけど……。それって、会社がミステリィ研の住所を知ってるってことじゃない。だから、わざわざうちに案内状を送って、ということも考えられるわよ」

「いや、やっぱそれはないな。明日からこなくていい、十文字言えば済むことだ」石崎が指を折って答えた。

「でも石崎さんに非がある解雇なら、退職金とか出さずに済むじゃない。ボランティアにかこつけてわたしたちと遊んでたらまずいでしょ」ミリアが反論する。

「いや、退職金なんか騒ぐほど出ないよ。日本って面白い国だからね。今、終身雇用制をやめて実力主義にしようというふうになっているようだけど、実際、途中退社の人のための職なんかないんだよな、現実には。もちろん退職金なんかほとんどでない。そのうえ定年まで働いた人の退職金も減らされている。実力主義といっても、実力をきちんと冷静に評価できる人間がいないから、結局、派閥形成に行き着くだけだしさ。日本はアメリカとは違うんだよ。アメリカ人になりきれないくせにアメリカの真似《まね》をする。表向きだけアメリカの真似をするから他の部分にひずみが出る。実力主義だなどと言いながら、ボランティアなど仕事とは関係ないことも評価しようとする。企業なんてのは、物を売って金を稼ぐ、それでいいんだよ。よけいなことするなって言いたいよ」

「わかった、わかったわよ石崎さん。ここは新橋のガード下じゃないんだから、愚痴《ぐち》を言わないでよ」

ミリアが石崎をなだめる。

「そうよ。いつも愚痴を聞かされる身にもなってよ。そりゃあ石崎さんも仕事大変かもしれないけど、だからこそわたしたちがこうやって遊んでやってるんでしょ。それこそこっちがボランティアよ」

ユリが少し頬を膨らませた。

「そ、そうかな。よくわからんが……」

「だいたい、今の生活の場所にいられたら困るからって、無人島に招待するなんてことないわよ。石崎さん、そんな誰かに狙われるような物ないでしょ、会社にも自宅にも」ミリアが尋ねる。

「ああ、ない」

「そうでしょ。それに石崎さんが邪魔なら殺しちゃえばいいんでしょ。わざわざ島に呼ぶ必要ないわよ」

「ああ、殺されたくないけど」

「わたしたちも別に問題ないわよね」ミリアがユリに確認する。「無人島から帰ってきたら、部屋の荷物が全部実家に送られてて、寮とか追い出されてたり、部室を取られてたりしても、また取り返せばいいだけだもんね」

「そうよ。そんなことしたら、現金がなくなってるって嘘ついて、百倍にして返してもらうわよ。それに一応用心のために、『バルサンしてます』って紙をドアに貼っておきましょうよ」

「そうね。それなら誰も入らないもんね。それで入ったら、それこそルール違反だわ。鍵を掛けとかなくても平気なんじゃない。まさに密室状態。バルサンの密室よ」二人が頷きあっている。

「それで石崎さん。まだ何か心配なことでもあるの？」二人が石崎の顔を見る。

「いや、なんかおまえらを見ていたら心強くなってきたよ。それにこの案内状を見たら、ミステリィファンの俺としては、行かないわけにはいかないしな。ふふふ、こんな変なイベントで、何も事件が起きない訳ないものな。まあ俺にまかせておけよ」

「起きない、起きない」ユリが石崎に突っ込む。

「石崎さん、探偵ごっこは一人でやってよ。イベントでわたしたちに恥をかかせないでよ」ミリアが石崎を睨む。

「わかったよ。せっかく参加する気になったのに、怒るなよ」

「石崎さんに常識がないからでしょ。普通の人はミステリィと現実を一緒にしたりしないのよ」ミリアが諭すように言う。

「ちぇっ、わかったよ。じゃあ現実的な問題だけど、食事は向こうで用意するって書いてあるけど、インスタントだろ。それに冷房完備って書いてあるけど、うちわだって冷房だぞ。おまえらそういうの耐えられるのか？」

「ああ、へっちゃら、へっちゃら。もともと学校の給食と寮の食事って、ろくな物食ってないから、全然平気よ。大切なのは『ただ』ということよ。ただって最高の調味料でしょ」ミリアが嬉しそうに言う。

「冷房だって平気よ。寮の部屋ってクーラーついてないし、うちわしかなくて、どうしてもがまんできなかったら、うちわは冷房じゃないって、暴れちゃうから」ユリも笑顔で答える。

「そうか。じゃあ問題は、退屈せずに五日間過ごせるかどうかか……」

「やっと、本題に入れたわね」ミリアがほっとしたように微笑んだ。

「ほんとに長い前置きだこと……。それで石崎さん、なに持ってく？」ユリが尋ねる。

「まあ、ちょっと待て」

「また待つの？」二人が頰を膨らませる。

「その一つだけ持っていく物って、単に五日間を退屈せずに過ごせるような物でいいのかな？」

「いいんじゃないの。そう書いてあるじゃない。いったい今度は何を言いたいのよ」ミリアが口を尖らせてきく。

「いや、何かサバイバルみたいなのに必要な道具とかがいるのかなって思ってさ」

「そりゃあ、精神的なサバイバルって書いてあるけど、それはあくまでもたとえでしょ。その後に、余暇の過ごし方や娯楽の成立過程を調べるって書いてあるじゃない」ミリアが案内状の文面を指差す。「それに、食べる物は用意されてるんでしょ。寝具も完備って書いてあるし、服だっていくらでも持っていっていいんでしょ。これじゃあサバイバルも何もないわよ。充分生きていけるじゃない。素直に考えればいいんじゃないのかな。退屈せずに済む物を一つ持っていけばいいのよ」

「そうそう」ユリが頷く。「持ち物も、別に一つならなんでもいいんだし」

「案内状には、イベントの目的のひとつとして、大切と思うものを考察するとも書いてあるぜ。大切な物を持っていけとも解釈できるぞ」

「それは、持ち物には関係ないんじゃないかなあ」ミリアが少し首を傾げる。「だって、限度額十万円以上の補償はしないから、貴重品は持っていかない方がいいでしょうって、『おことわり』のところに書いてあるじゃない。貴重品って大切な物でしょ。きっとこの、大切と思うものを考察するっていうのは、わたしたちに無人島で退屈な思いをさせて、普段の生活では気づかなかった大切な物は何でしたか？　って最後に質問でもするんじゃないかな」

「そうよ。それに案内状の全体からは、余暇《よか》を過ごすのに最適な物を持ってくるようにって読み取れるじゃない。ヘリウムガスじゃ場が持たないとか、文庫本一冊でも貸し借りすれば五日間退屈せずに過ごせる、なんて書いてあるじゃない」ユリが案内状を指し示す。

「そうだな。そうなんだろうな。ただこの案内状読むと、明らかに液体は持って行けないよな。容器も一つと数えるんじゃな。ちょっと厳しいような気がするな」石崎が首を捻る。

「持っていかせたくないんじゃないの？　石崎さんが言いたいのはビールでしょ。やっぱお酒は禁止なんじゃないのかな」ユリが答える。

「そうそう」ミリアが頷く。「きっと、酒さえあれば何もいらないって言って、五日間飲みまくられたら、向こうも困るんじゃないのかな。当人だって身体壊しちゃうでしょ。本当なら、お酒は持ち込み禁止って書きたいんだろうけど、案内状に、禁止の物ばかり書いて、参加者に堅苦しいイメージをもたれたくないとか、そんなことなんじゃないかな」

「そうだな。酒だけじゃなくて煙草も無理そうだもんな。煙草は一つだろうが、ライターとかマッチとか、火種を持っていくと二つになるもんな」

「まあ、そういうことよ。酒と煙草に頼らなくちゃ生きていけない人は、こういう調査なんかやる必要ないということよ」ミリアが言い切る。

「じゃあ、もう一つだ」石崎が指を一本立てる。

「しつこいわね」二人が石崎を睨む。

「お金はどうなんだ？」

「三百円までならＯＫでしょ。日本の小学校共通じゃないの？　問題なのはバナナはおやつに入るかどうかでしょ」

「ミリア、それは有名な『バナナおやつ問題』でしょ。三百円は、『おこづかい三百円問題』よ」

「あ、そっか。こづかいか……。やっぱ遠足行ったら、木刀とかペナントとか買いたいもんね。でもお金はいらないんじゃないの、このイベントは……」

ミリアがユリの顔を見る。

「そうよね、わたしたち、もともと持ってないし。石崎さんは一応持っていってよ。わたしたちにとってお金は、石崎さんという集合の中に含まれているわけだから。もしお金は駄目だ一つに数えるって言われたら、きっと向こうで預かってくれるわよ」

「ああ、一応金は持っていくよ。無人島には店なんかないだろうけど」

「でも、無人島って言ってるけど、わたしたちが行ったら無人島じゃないわけよね」ミリアが首を傾げる。

「普段は無人島という意味だよな。それに、今回のイベント参加者は、少なくとも俺たちで三人だろ、一人だけじゃないんだから、無人島というのもなあ。本当にこのなんとか心理研究会の調査ってよくわからんな」石崎も首を傾げた。

「そんなこと向こうに行ってから考えましょうよ。まずは持ち物を決めなきゃ」ミリアが急かすように言った。

「そうだな、そうするか。じゃあ、とにかく暇をつぶせるものを考えるか。まあ、この案内状にも書いてあるように、音楽を聴いたり本を読んだりするのが一般的だろう」

「それで眠くなったら昼寝してればいいんでしょ。なんてすばらしいんでしょ」ミリアが目を輝かせる。

「でも、本は同じ作家のものなら何冊でもいいみたいだけど、音楽は駄目って書いてあるわよね、これ」ユリが案内状を指し示す。「CDやカセットは本体にセットしてあるものだけ持ち込み可、みたいじゃない」

「うーん……。まあCDには何曲も入ってるしな。それに最近は、メモリーカードとかスティックとか、そういう記録媒体もあるだろ。自分で好きな曲を編集して、それを持っていけばいいんじゃないかな。そういうのにどれくらいの記憶容量があるのかよくわからないけどさ。それもいやなら、ラジオを持っていけばいいんだろ。あの辺ならけっこうラジオ局入るんじゃないか」

「そっか、けっこういくらでもやりようがあるわね」ユリが頷く。

「音楽、本、あとは何があるかな」

「普段やってることを考えればいいんでしょ。あとはゲームかな」ミリアが答える。

「でもゲームだとテレビがいるわね。それじゃ二つになっちゃうからだめね」ユリが首を捻る。「そうだ、液晶画面の付いてるポケットゲームならＯＫよね」

「あとはパソコンのゲームだな。ノートパソコンならディスプレイも付いてるしな。それにパソコンならゲーム以外もできるぞ。インターネットもＥメールも」

「ゲームはわかるけど、インターネットは電話がなきゃだめでしょ」ミリアが指摘する。「案内状には電話のこと、あるともないとも書いてないわよ。携帯を持ってけば繋げられるけど、そしたら二つになっちゃうでしょ」

「いやいや、技術の進歩を甘くみてはいけない。ノートパソコンの増設スロットに差し込むだけで、通信が出来る機器があるんだよ。コマーシャルでもやってただろ」

「でもそれって、二つに数えられちゃうんじゃないの？」ミリアが首を捻る。

「いや、ＡＣ電源コードはＯＫだって書いてあるんだからＯＫだろ。それも付属品だもの」

「でもパソコン自体も、なんか部品の寄せ集めよね。あれって一つでいいのかな？」ユリが首を傾げる。

「いいんだろ。パソコンはパソコンで一つだよ」

「なんか石崎さん、ずいぶんパソコンにこだわるわね」ミリアが石崎の顔を覗き込む。「パソコン持ってくつもりなのね」

「ああ、俺はそうするよ。いろんなソフトを入れておけばなんでもできるし、仕事だってできちゃうぜ。Ｅメールだってできるし、無人島にいようがどこにいようが、こっちにいるのと同じさ。電気が使えるっていうのが、このイベント企画者の失敗だよ。電気がなかったらパソコンも駄目だけどね。結局こんなイベントやっても俺の生活は変わらないということさ。はははは」石崎がわざとらしく笑った。

「まあまあ、強気なことで……」ユリが苦笑する。

「じゃあ、石崎さんはパソコンか。わたしたちもゲームやらせてもらうから、それには賛成するわ。石崎さんにしては上出来よ」ミリアが石崎の肩をぽんぽんと叩く。

「じゃあそういうことで……」ミリアとユリが声をそろえて言った。

「じゃあって、おまえらは持っていく物決めないのかよ」

「わたしたちはもう決まってるから」ミリアが答えた。

「なんだ早いな」

「うん。わたしはトランプ。ユリは麻雀牌《マージャンパイ》よ」

「ふっ」石崎が鼻で笑った。「トランプか、やっぱおまえら子供だな」

「ふんっ、いいでしょ別に」ミリアが頬を膨らませる。

「なんで、ユリは麻雀牌なんだ」

「石崎さん、麻雀教えてくれるって言ってたじゃない」

「そうだったな。まあ軽くもんでやるよ。でも三人じゃあ、一人足りないぞ。三人麻雀じゃあまり面白くないぞ」

「もう一人くらいいるでしょ」ユリが軽く答える。

「そうだな。いるだろうな」石崎も頷く。

「そういうわけで……、送っといたから」ミリアが石崎の肩を叩く。

「何をだ？」石崎が不思議そうに尋ねる。

「わたしたちの荷物よ。着替えとトランプ、それから麻雀牌は石崎さん持ってるでしょ。それを貸してね」ユリがにっこりと微笑んだ。

「荷物は石崎さんの部屋に、着払いで宅配便で送っといたから、明日持ってきてね」ミリアがさらっと言った。

「着払い……、明日って……、これ明日なのか？」

「田舎のばあさんをか」

「うん。第一の殺人ってやつね」

石崎が驚いて案内状を手に取った。

「うん。ここに書いてあったでしょ」ミリアが石崎に指し示す。「だから、さっきから話を先に進めようとしてたんでしょ。それなのに石崎さんが難癖《なんくせ》つけて……」

「そうよ。だから昨日わざわざ石崎さんの会社まで行ったんでしょ」

「おまえらなあ、今日が土曜日で、明日、日曜日だろ、俺はいつ休むって、会社に言えばいいんだよ」

「平気でしょ、そんなの。今から上司にでも電話すれば。なんならわたしがしてあげようか？」ミリアが石崎の顔を覗き込む。

「そうよ。どうせ夏休みだってあるんでしょ。それに地域社会への貢献《こうけん》でしょ。ボランティア活動じゃないの」ユリが石崎の肩を突つく。

「しかしなあ、急過ぎるからなあ。休み貰えるかなあ」

「じゃあ、殺しとく？」ミリアが石崎の顔を見る。

第二章　第二の殺人？

田舎の祖母が亡くなったと会社に嘘をついた石崎は、ミリアとユリ二人の荷物と自分の荷物を持って竹芝《たけしば》桟橋に向かった。

送られてきたチケットは、伊豆《いず》諸島の各島を経由して神津島へ向かう船の特等の部屋のものだ。船は夜十時に竹芝桟橋を出航し、翌朝十時に神津島に着き、神津島から別の船で、目的地の古離津島へ向かうとのことだった。

同じ船に乗る若者たちのラジカセから流れる夏の定番歌手の歌を聴きながら、居心地《いごこち》悪そうに石崎が待っていると、高校の制服姿のミリアとユリの二人が手ぶらでやってきた。二人とも、学外でも制服を着用するようにという先生の指導を守っているのか、はたまた、実は二人とも制服を気に入っているのかはわからないが、石崎と外で会うときは、彼女たちはいつも制服姿だった。しかしさすがに、若者ばかりとはいえ、この場所での制服姿はひときわ目をひいた。

「待ったあ？　石崎さん」二人が片手を挙げて石崎に声をかける。

「いや、今きたところだ。じゃあ乗船手続きするか」石崎も軽く手を挙げて答える。

「ちょっと何か買ってかない？　朝まででしょ。お腹へるわよ」ミリアが親指を立てて後ろの方を指す。

「でも、特等の部屋で、レストランの食事もついてるやつだぜ、これ」石崎がチケットを左右に振ってみせる。

「それとこれとは別よ。そこにコンビニあったから買ってきましょうよ」

「そうだな。じゃあ、永久買い出し係の俺がなんか買ってくるよ」石崎が素直に買い出しに走る。

　石崎が買い物してミリアとユリの側に戻ると、先程までは近くに乗船待ちの若者たちがいたはずなのに、なぜか二人を中心にぽっかりと空間ができていた。

「なんだ、どうした？　なんかあったのか？」不審そうに石崎が尋ねた。

「ナンパしてきた馬鹿がいたから、蹴りいれてやったのよ。おまえらと同じレベルに見るなっつうのよ」ミリアが遠巻きにしている若者たちを睨んだ。

「そうか……、世の中愚かな若者が多いな。ほら、じゃあ乗船しよう」ミリアとユリが辺りを一瞥《いちべつ》してから、さっそうと石崎の後に続いた。

　夏の伊豆諸島行きの船は、貧乏な若者が二等船室に雑魚寝《ざこね》というイメージがあったので、レストランもたいしたことないだろうと期待していなかったが、どうしてなかなかのものだった。ミリアとユリの二人もご機嫌らしかった。

「それで石崎さん。わたしたち、古離津島って行くの初めてだけど、どこなの？　そこ？」ミリアがステーキを切りながらきいた。

「そうよね。伊豆諸島だなんて、島流しの刑で金さんに流されちゃうところでしょ。わたしたちのいく古離津島もそうなのかな？　だいたい着くのあしたの朝って話だけど、そんなに遠いの？」ユリもステーキと格闘しながら話している。

「俺もよく知らないな。伊豆諸島で有名なのは、大《おお》島《しま》、利《と》島《しま》、新島《にいじま》、神津島、三宅島《みやけじま》、御蔵島《みくらじま》、八丈《はちじょう》島《じま》、いわゆる伊豆七島だよな。他にも式根《しきね》島《じま》とか青《あお》ヶ島《しま》とかあるけど、小さいのを含めると全部で百以上あるんじゃないかな。人が住んでない島がほとんどだよ。だから俺たちが行く古離津島も無人島なんだろ」

「へえー、百以上あるんだ。そりゃあ大変だわ。そんなに島があったら、孤島殺人が起こりまくりじゃない。警察も大変だわ」ミリアが馬鹿にしたように笑う。

「でも、人がいないのなら殺人も起きないわね」

「ああそっか、そっか。それはそのとおりだわ。ユリ鋭い」

「いやいや、そこに俺たちみたいのがのこのこと出向くわけだ」石崎がナイフを垂直に立て、左右に振りながら言った。

「石崎さん、まだそんなこと言ってるの？　ミステリィの読みすぎよ。それとも肉食って酔っ払ってるの？　肉をアミノ酸発酵してんの？」ミリアが石崎の顔を覗き込む。

「ちぇっ。そうだ、ミステリィで思い出したんだが……」石崎が二人の手元を見つめる。

「な、なによ。わたしたちのステーキを狙ってるんじゃないでしょうね」二人が手で皿の前をガードした。

「いや、おまえら、今日の待ち合わせ、よく遅れなかったな」

「なに言ってるのよ。遅れたら船が出ちゃうでしょ。ちゃんと早めに寮を出て来たのよ。さすがのわたしたちでも船を待たせておくことはできないでしょ」ユリが怒ったように言う。

「まあ、そうなんだろうが……、そういう意味で言ったんじゃないんだ。時計持ってこなかったのか？」

「うん。だって時計も一つと数えるんじゃないの？だから持って行けないでしょ」ミリアが答える。

「やっぱ、そう思うか？」

「そりゃあ一つじゃないの。石崎さん時計持ってきた……、みたいね。腕時計してるもんね」ミリアが石崎の腕を見つめる。

「ああ、腕時計はしてきたよ」石崎が腕時計を二人の方に向ける。「待ち合わせの時間に遅れたら、おまえらに蹴り殺されるからな」

「でも、きっと島に持っていくのは駄目だって言われるわよ。石崎さんパソコン持ってくんでしょ。二つになっちゃうもの」ユリが石崎の時計を見つめながら指摘する。

「そっか、そうだよなあ……」石崎が考え込む。

「どうしたのよ？　何か考えてるふりしても、そんなに賢そうに見えないから言ってみなさいよ」ミリアが怒ったように促《うなが》す。

「いや……、ちょっとそういうミステリィがあるんだよ」

「またミステリィなの」ミリアがあきれたような声を出した。

「わかったあ！」ユリが叫んだ。

「な、なんだ、ユリ。俺は今回は、題名も言っていないんだぞ」

「ふふふ、簡単なことじゃない。時計が重要な意味を持つんでしょ」

「ああ、そうだ。だが、これ以上はネタばれだから、こっそり言ってくれよ」

「うそーっ？　これってよくある話でしょ」ユリが驚いて目を丸くする。「まあいいわ。教えてあげる。なぜ時計が重要なのか？」

「なぜ重要なのか？」ミリアが繰り返す。

「それは、ジャイアントロボを操縦するからよ」

石崎のナイフが肉を切り損ない、大きな音をたてた。

「そっか」ミリアが頷く。「腕時計が操縦装置になってるのよね。そりゃあ重要だわ。ウルトラセブンのウルトラアイ、ウルトラマンのベーターカプセル、大作《だいさく》君の腕時計、どれも大切なものだわ。でも、わたしたちはまだジャイアントロボを開発していないから、石崎さんの心配も杞憂《きゆう》に終わるわね」

「すごいっ、ミリア。杞憂だなんて、すごい言葉知ってるわね。でも、今もっとすごいことに気づいたわよ。ウルトラアイってすごくない？　だってウルトラ愛よ。愛の力で変人じゃなかった、変身するのよ」

「愛は人を変えるのさ……」石崎が呟いた。

「ぶっ」二人が吹き出す。「石崎さん、それは言いすぎ深読みしすぎ」

「振ったのはおまえらだろ」

「石崎さんでしょ、時計の話始めたのは」ユリが指摘する。

「わかった、わかった。じゃあ時計のことはいいよ」

「いいに決まってるでしょ、最初から。まったく、石崎さんにレベル合わせるのは大変だわ」

「そうそう。まさかこの船の中でも、何か事件が起きるんじゃないかって思ってるんじゃないでしょうね」ミリアが石崎の顔を覗き込み表情を窺《うかが》う。

「ははは、ばれたか。豪華客船で起こる殺人事件ってやつさ。こりゃあもう、夏休み向けの映画に最高だろ。夏休みミステリィ祭り『南海の大決戦』だ」

「なにがミステリィ祭りよ。そんなに殺されたいの？　石崎さん」ミリアが石崎の顔を見る。

「俺は被害者じゃないよ。探偵役だよ」

「どうして、そう都合のいいことしか考えないのかなあ」ミリアが首を捻る。

「自分に都合の悪いことは考えない、それが石崎さんの生き方だもんね」ユリが嬉しそうに答える。

「まあ、そういうことだ。これからすごい事件が起きるかもしれないぞ。ふふふふ」石崎が含み笑いをしながら二人の顔を覗き込む。

「まったく……、こんなところで起きるとしたら、馬鹿な若者が酔っ払って海に飛び込むくらいでしょ。ほんと石崎さんって子供よね」ミリアが鼻で笑う。

「そうそう。さあ食事も終わったから、船の中を探検しましょうよ」ユリが口の回りを拭く。

「そうね。ちょっと操縦させて貰いましょうよ。沖《おき》田《た》艦長がいるかもよ」ミリアが嬉しそうにユリに言った。


食事の終わっていない石崎にかまわず、勝手に二人は立ち上がり、レストランを出て行った。

「ちぇっ、よっぽどあいつらの方が子供だと思うけどなあ。それに俺は、沖田艦長より御統《みすまる》ユリカがいいけどなあ」


石崎も食事を終えてレストランを出ると、通路でミリアとユリが女の子の二人組と話していた。

「おいっ、どうした？」石崎が声をかける。

「ああ、石崎さん。この子たち櫻藍の生徒なのよ」ミリアが二人を紹介した。

「櫻藍女子学院の近藤絵里《こんどうえり》です」

「同じく堺響子《さかいきょうこ》です」二人が頭を下げた。

「ああ、どうも。石崎です」石崎が軽く手を挙げて挨拶《あいさつ》する。

「ああ、どうもじゃないでしょ。ちゃんと挨拶しなさいよ」ユリが石崎の横腹を突つく。

「ちぇっ、いいだろ別に。ところで君たち、旅行か？」

「なにボケてるのよ。彼女たちも同じイベントなんだって」ミリアが怒ったように言う。

「ええ。わたしたち犯罪心理研究会なんです」近藤が答えた。

「犯罪心理研究会？　なんだそりゃ？」

「本当は心理学研究会なんです」近藤が困った顔をする。「でも、今の部長と副部長が、プロファイリングだなんてのにはまっちゃって、勝手に犯罪心理研究会にしちゃったんです。それで今回も、無人島イベントなんかに申し込んだみたいなんです。必ず殺人事件が起きるはずだって言っちゃって……」

「まったく、どこにでもアホがいるわね」ミリアとユリが石崎の顔を見る。

「なるほどなあ」石崎が頷いた。

「心理研の部長と副部長って、あのまじめそうな眼鏡コンビでしょ。人は見掛けに依《よ》らないわね」ミリアが自分の顔の前で指を丸めて眼鏡の形をつくってみせる。

「そうなんです。昔はまじめに心理学の研究をしていたんです。いじめ問題とか不登校の問題とか、そういう青少年の心理について研究してたんですけど、最近テレビや小説なんかで、異常犯罪事件なんかやってるじゃないですか。そういうのに興味持っちゃったんですよね。部長たち」近藤が困った表情で説明する。

「へえー、あの二人がねー」ユリも意外そうな顔をする。

「ミリアとユリはその子たち知ってるのか？」

「ええ」ミリアが少し考える。「確か……、二人とも三年生よね。二人ともまじめなのよ。おばさんみたいな眼鏡してて、よく図書室で調べものしてたわよね」

「そうそう」ユリが頷く。「わたしたち、よく図書室で注意されたもんね。うるさいとか、あっちへ行けとかね」

「でも、あの二人が犯罪心理とはねえ……」ミリアが感慨深げに頷く。「石崎の花は狂い咲きっていうけど、あなたたちも大変ね」

「遅咲きの花だろ、それは。おまえら、その部長と仲悪そうだな。けんかするなよ。その子たちは今どこにいるんだい？」石崎が近藤に尋ねた。

「いえ、部長も副部長も参加していないんです。申し込みしたら、二人とも、参加はご遠慮願いますって返事がきちゃったんです。わたしたちは問題なくて、参加ＯＫの返事がきたんですけど……。おかげで無理矢理一緒に申し込みさせられたのに、わたしと彼女は部長たちにいやみ言われたりして大変でした」

「へえーっ、参加を拒否されたんだ。なんでかな？」ユリが首を捻る。

「さあ、特に理由は書いてなかったみたいです。それでまた、わたしたちが申し込んだから人数が多すぎて抽選になったんだって言い出して、いびられて……、大変でした」近藤が悲しそうな顔をする。

「ついてないわね。なんでも他人のせいにする人がいるのよね。それじゃあ二人で来たんだ」ミリアが尋ねる。

「いいえ。顧問の小林《こばやし》先生が一緒に来てます。先生も申し込んだらOKだったんです」

「へえー、先生にはそれで文句言わないんでしょ。あいつら」

「そうなんですよ。先生だって、あまりこんなイベント乗り気じゃなかったみたいだったけど、部長と副部長に強く主張されて、仕方なく参加したのですけど」

「ふーん……、わたし小林先生ってよく知らないけど。ユリ知ってる?」ミリアがユリの方を見る。

「わたしもよく知らないけど、わたしたちが知らないってことは、いい先生よね。悪い先生なら間違いなく怒られてるはずだから、よく知ってるもの」

「ええ。小林先生、あんまり目立たないから……。でもいい先生よ。先生が顧問じゃなかったら、わたしたちあんな部、もうやめてるもの」近藤が言い切った。

「そうよ。プロファイリングだなんて、やってられないもの」堺も怒った表情で言った。

「ふーん」石崎が頷いた。「ところで、このイベントって、何で知ったんだい?」

「えーっと……」近藤が少し考えて答える。「確か、心理研宛てで、郵便で案内状が来たんじゃなかったかな。部長たちが騒いでたもの。孤島からの案内状だって、事件のにおいがするって」

「ふふふ、かわいい奴等ね」石崎の顔を見てからミリアが笑った。

「そうか……。それで君たち、持ち物って、何を持って来たんだい?」

「それも頭にきちゃうんですけど、本なんですよ」

近藤が頬を膨らませた。

「本なら別にいいんじゃないか？　暇つぶしには」

石崎が不思議そうに尋ねる。

「そりゃぁ、小説とかならいいですけど……、違うんです。部長たちが、あなたたちは犯罪心理研の活動の一貫としていくのだから、ただぼーっとしていちゃ駄目だ、犯罪心理学の勉強しなさいって言って、犯罪心理学の本を持たされたんです」

「そりゃぁ、たまらないわね」ユリが頷く。

「ええ、しかも英語ですよ。プロファイリングはアメリカが本場だからって、それを読んでレポートにまとめろなんて言われて……。ほんとに単なるいやがらせですよ。だから、もう一つの持ち物は英和辞典なんですよ」

「そっか、二人とも大変だな」

「でも、さっききいたら、小林先生、何を持っていくのか決まらなかったって言ってたから、先生に、犯罪心理学の本を持ちこんで貰《もら》おうと思って」

「ああ、それならいいじゃない」ユリが賛成する。

「ええ」近藤が頷く。「ただ、船に乗ってから知ったんで、わたしたち、暇つぶしの物って特に持ってきてないんです。だからわたしは、いつも持っている携帯電話にしようと思ってるの。と言っても、普段も、友達と携帯で話したりして暇つぶしてるわけだし、案外正解かもね」近藤が携帯をポケットから出して見せた。アニメキャラのストラップがたくさんつけられたそれは、インターネット接続やEメールもできる機種だった。

「これならインターネットもできるじゃない。充分よ」ミリアが携帯を手にして言った。

「わたしは船の中で聴こうと思って持ってきた、CDウオークマンにするの。CD一枚だけしか駄目みたいだけど、お気に入りの一枚があればね」堺が片目を瞑《つぶ》ってみせた。

「英和辞典はどうするの？」ユリがきいた。

「うん、わたしたち帰国子女だから、英語の方はなんとかなりそうだから置いていくわ。わたしと響子のどちらかが、英和辞典を持っていくのも、不公平だし。少しくらい自分たちも楽しまなきゃね」近藤が答えた。

「そっか。じゃあ二人ともなんとかなるじゃない」ユリが明るく言う。

「でも、あんまり遊ぶ暇ないんですよね」堺の表情が暗くなる。「どのみちこのイベント中に、本を読んでおかないとレポート書けないし、真剣に読まないと五日間で読みきれないだろうし……」

「そっか、大変なんだ」ユリも声のトーンが落ちる。

「じゃあ、わたしたちも食事したいんで……」

「そうね。じゃあまたあとでね」ミリアが片手を軽く挙げる。

「それじゃ、失礼します」二人は石崎に頭を下げると去っていった。

「なかなか礼儀正しい子たちじゃないか。櫻藍って変な奴ばかりじゃないんだな」石崎が二人の背中を見送る。

「誰が変な奴なのよ」ユリが石崎を睨む。

「石崎さんこそ変なことしないでよね。一応ミステリィ研の顧問なんだからね。わたしたちに恥をかかせないでよ」ミリアが石崎の背中を叩く。

「ああ、事件の解決は俺にまかしておけ」石崎が自分の胸を叩く。

「まだそんなこと言ってるの。それが恥ずかしいって言ってるのよ。さっきの子たちの話だと、犯罪心理研の部長もそんなこと言ってたみたいだけど、ほんとにお目出度《めでた》いわね」

「ふんだ。どんなことが起こっても知らないぞ」

「ほんとっ、子供だからなあ、石崎さんは」ミリアがあきれたように言う。

「あっ、そうだ、石崎さん」ユリが質問する。「プロレスリングってなに？」

「あっ、わたしもそれききたい。あの子たち、そんなこと言ってたわね。なによその、プロレスリングって？　なんでプロレスが犯罪と関係あるのよ」ミリアが首を傾げる。

「あっ、プロレスってプロレスリングの略なんだ。じゃあ、わかったわよ、ミリア。ほら、プロレスって、レスラーに愛称みたいのつけるでしょ。人間発電所とか死刑執行人とか。それと一緒よ、犯罪心理学っていうのも。そういう呼び方されてるレスラーがいるのよ」

「そっか、彼女たちアメリカが本場だって言ってたわね。確かにアメリカならそんなレスラーいるかもね。でも、そりゃあ、あの子たちも部活やめたくなるわね。そんなレスラーの研究させせられるんじゃ、ちょっとつらすぎるわ」

「おいおい、おまえらなあ、さっきずっと話を合わせてたじゃないか。なんで意味もわからないで会話してるんだよ」石崎があきれたように言う。

「人の話なんか聞かないで、適当に相づち打つのが日本語会話の基本じゃないの。それに意味はもうわかったじゃない」ユリが石崎に答える。

「違うっ」石崎が首を振る。

「うそっ？　うーん……。じゃあ、あれしかないじゃない。もう言葉の意味そのものよ。容疑者を力ずくで吐かせるのよ。プロレスラーが尋問するのよ」

「そっか、そりゃあきついわね。プロレスラーって締め技が得意だもんね。やっぱ見た目のはでさはないけど、打撃技より締め技の方がきくもんね。でもアメリカって、人権の国なんじゃないの？　たとえ犯人でもそんな乱暴なことしていいの？」ミリアが首を傾げる。

「いいか、おまえら。俺はアメリカが人権の国かどうか知らんが、その答えも違う。プロレスリングじゃなくて、プロファイリングだ。このプロファイリングっていうのはな、アメリカのＦＢＩが開発した、異常犯罪を解決するための手法なんだ。犯行現場に残された手がかりをもとに、行動学や心理学によって犯人像を推定していくんだ。といっても、普通の人たちの心理をもとに推測しても役に立たないだろ。だからまず、今までに逮捕されている異常性のある事件の犯人たちを調査して、そういった事件を起こす犯人の心理や行動パターンを解析したんだ。そしてそれを基に、新たな異常な事件が起きた時に、その犯人像を推定し追いつめていくわけだ。簡単にいうと、こういう犯罪をする奴はこういう奴で、そういう奴はこういう行動をとるって推定する手法だ。今までの経験から統計的に犯人像を推定するんだな」石崎が説明した。

「なにそれ？　それが、そのプロファイリングなの？」ミリアが首を傾げる。

「ああ」石崎が頷く。

「そんなの普通に誰でも考えてやってるじゃない」

「そうよ」ユリが同意する。「よくテレビの刑事ドラマで、うだつの上がらない万年平《ひら》刑事が、昔の似たような事件とか思い出して解決するのがあるでしょ。ちょうさんとかまるさんとかが半年に一遍くらい主役になれる回よ。あれだってそうじゃないの」

「いや、たしかにそうだけど……、これは異常犯罪用のだな」

「ちょっと、それ矛盾してるんじゃない」ミリアが指摘する。「だって、そういった方式にあてはまらないから、異常犯罪なんじゃないの。そんな、過去の犯人とパターンが一緒だったら異常じゃないでしょ。それに統計学って、サンプリングの数が問題なわけでしょ。異常犯罪って数が少ないから異常なわけでしょ。そんな十や二十の少ないサンプルから、こいつはこのパターンだから、こういう奴が犯人だとか、こう行動するとか、そりゃあ都合良すぎるわよ。めだかを二、三匹飼って観察してる小学生の夏休みの自由研究じゃないんだから」

「しかしなあ。成果もあげてるみたいだしなあ」石崎が呟く。

「そりゃああがるわよ。だって犯人は人間なんでしょ。占いが世の中から無くならないのと同じよ。人間なんて、みんな大して変わらないんだから、適当なことを言ってりゃ当たるのよ。当たったと思っちゃうのよ。犯人は几帳面な男で、しかもインテリだ。しかし、かっとなると何をするかわからない人物だ、なんて推測してみなさいよ。几帳面って何？　インテリって何？　大学卒のこと？　それともまじめなサラリーマン？　何をするかわからない状態をかっとなるって言うんじゃないの？　こんなあいまいな言葉を十個くらい並べてみなさいよ。ほとんどあてはまるんじゃないの。犯人像を推定するのなら、犯人はミステリィを読むときに、誤って終わりの方の解決部分を読まないように、ブックカバーの折り返しのところで挟んで最後の方のページを開かないようにしている奴だとか、大学卒の手取り二十万のサラリーマンで、かっとなると駅前の放置自転車の列に蹴りを入れちゃう奴だとか、それぐらいのこと言ってみなさいよ」

「おい、ミリア。なんでそんなこと知ってるんだよ。しかも俺の手取りまで」石崎がミリアの顔を見る。

「そんなことプロレスリングなんかを使わなくてもわかるわよ。結局、今まで捜査に使われていたなんでもない手法を、プロファイリングだなんて名前をつけちゃって、なんか新しいすごいやり方にみせちゃっただけでしょ」

「そうそう」ユリが頷く。「それって、電電公社がNTTになって、株に高値がついて踊らされてたようなもんでしょ。中身は変わらないんだから、騙されちゃ駄目。それに、名前だけかっこよく見せて予算を取るなんて、よくやる手でしょ」

「わかった、わかったよ。まったくおまえらにはかなわんな。とにかく今は、事件が起きていないか、船の中をパトロールしよう。ミステリィなら、そろそろ伏線があってもいいころだ」二人を残し、石崎は去っていった。

「ちっともわかってないじゃないの」二人があきれ顔で後を追った。


パトロールで缶ビールの自動販売機を見つけた石崎は、甲板に上がり適当な椅子に腰掛けて飲み始めた。甲板には若者たちの男女二人組が何組か見うけられた。アベックなどという言葉を今も使っていいのか、それともカップルか、などとくだらないことを考えていると、ミリアとユリが肩で風を切りながらやってきた。

「あっ、石崎さんずるい、一人だけ」二人が石崎の缶ビールを指差す。

「わかった、わかった。なんか買ってこい」石崎がお金を渡すと、二人が缶ジュースを買って戻ってきた。

「かーっ、海風に吹かれて飲む一杯は違うわね」ミリアが唸《うな》る。

「この、一口目がいいのよねえ」ユリが頷く。

「おまえらおっさんみたいなこと言ってるな。それで、なんか面白い物あったか?」

「だめ、だめ」ミリアが首を左右に振る。「艦長に会わせろってブリッジに入ろうとしたらつまみ出されるし、船内を歩けば馬鹿がナンパしてくるし、たまらないわよ。石崎さんの方は?」

「駄目だな。ガキばっかりで、とても難解な事件は起きそうもない」

「そりゃあ、あたりまえよ。でも、彼らにとっては大事件なんじゃないの」ミリアが甲板上のアベックを見て鼻で笑った。

「まあ、そうかもな」石崎も笑った。

「あっ、そうそう。櫻藍の生徒がもう一組いたのよ」ユリが思い出したように言った。

「なんだ、まだいたのか。その子たちも俺たちと同じイベントか?」

「うん、そうみたいよ。さっきの子たちとまた出会って、その時に聞いたんだけど。確か、読書研究会だって言ってたわ」

「なんだよ、読書研究会って？　おまえらの学校は何とか研究会とか多いな」

「そりゃあ、だって楽だもの。運動部とかだと練習しなくちゃいけないでしょ。下手なくせに威張ってる先輩とか、ルールも知らない先生とか、都大会にまぐれで一回出たくらいのくせに、コーチやってる近所のおっさんとかいるでしょ。そんなの相手できないわよ。だから必然的に、文化部と同好会みたいのが多いのよ」ユリが説明した。

「でも、運動部で大きな大会に出れば学校の宣伝になるんじゃないのか？　学校としてはその方がいいんじゃないのか？」

「そんなの新設校の話でしょ。うちの学校なんか伝統とか格式とか、そんなの売るほどあるから関係ないんじゃないの」

「なるほどな。しかしおまえらの学校からの参加者が多いな。なんか、やっぱ変だな。今回のイベント」石崎が首を捻る。

「どうせ全部の部に案内状出したんじゃないのかな。それなら変じゃないでしょ」ミリアが軽く答える。

「みんなおまえらみたいに、補習受けたくなくて参加したのか？」

「わたしたちは部の合宿でしょ。補習は関係ないのっ！」ミリアが石崎を睨む。

「そうよ。けっこう他も合宿なんじゃないのかな」ユリが少し考えて言った。「文化部や研究会は、グラウンドやコートなんかで練習とかしないから、宿泊設備さえあればいいんだし、このイベントってお金かからなくて、時間はたっぷりあるわけだから、とにかく一応合宿でもやっとくか、っていう文化部や研究会には最適なんじゃないかな。さっきの犯罪心理研みたく、馬鹿な部長のせいで参加してるところもあるかもしれないけど」

「まあ、明日になればわかることか……」石崎が缶ビールの缶を握り潰《つぶ》して立ち上がった。「さて、もう部屋に戻ろうぜ」

「そうね。売店でお菓子でも買ってかえりましょ。こういうとこの売店って、コンビニにはない変わったお菓子売ってるわよ。今のうちに食いだめしとかなきゃ」ミリアも立ち上がる。

「ああそうだな。食料はあるっていっても、あんまり期待しない方がいいもんな。俺もビールもう一本飲もうっと」

「本来なら許さないけど、お金を出すのは石崎さんだから許す」ユリがまじめな顔で頷く。

石崎からお金を受け取った二人は、嬉しそうに売店に走っていった。

翌朝、石崎たちを乗せた船は神津島に到着した。

船が着いた神津島港は、島の西側に面しており、イベントの集合場所はその反対側、島の東側の多幸湾《たこう》だった。ミリアとユリが記念に船内の物を貰っていくと船内を物色していたので、石崎たちが下船したのは乗客の中で一番最後だった。既に港から移動したのか、櫻藍の他の生徒たちの姿は見えなかった。

「なあんだ。島っていっても、ただの島じゃないの」乗る時よりも荷物は重く、が信条であるミリアが船から降り立った。しかし今回のイベントでは、船からこっそり戴いた物を持ち込めないことに気づいたので機嫌が悪い。

「そうね。なんか暑いけど……。ここってどれくらい南なの？　まさか、赤道直下じゃないでしょうね」重い荷物は他人に持たせる、が信条のユリが、荷物を持たせている石崎に質問した。

「そんなわけないだろ。ここは北緯三十四度くらいだな。東京から百八十キロくらいだよ。それほど南じゃない。暑いのは夏だからだろ。ちなみに人口は二千三百人くらいだな。島の面積は約十九平方キロメートル、周囲二十二キロメートルだ」

「なんかやけに詳しいわね」ユリが疑わしげな眼差しで石崎を見る。

「ははは、さっき船の中でインターネットで調べたんだ。島に近づいたら通信できるようになったんだ。きっと神津島に携帯電話の中継基地があるんだろうな。だから携帯も使えるんだろ。一応こっちへ来る前に、携帯電話会社の通話可能地域をホームページで調べてたから大丈夫だと思ったけど、今時、観光地で携帯使えないんじゃ、若者は来ないからな。まあおかげでインターネットもEメールもばっちりだよ。これでたとえ一ヵ月間でも退屈せずに暮らせるぞ。古離津島もここからすぐみたいだから通話圏内だろう。まさに、俺の思惑《おもわく》通りに事は進むな」石崎が嬉しそうに言った。

「まさに、貧乏暇なし、石崎さんに甲斐性無《かいしょうな》しってやつね。意味はないけど」ミリアが石崎の背中を叩く。

「それでどうするの？　集合時間って、確か午後三時じゃなかったっけ？」ユリが石崎の脇腹を突っつく。

「そうだったな。いいか、ここが神津島港だ」石崎が近くにあった島の案内図を指し示した。「集合場所の多幸湾は、島の反対側だけど大した距離じゃないな。車なら十五分くらいだな。バスがあるみたいだし」石崎が二人の顔を見る。「どうする？　まだ四時間以上あるし、どっか観光していくか？」

「そうね。せっかくきたんだから素通りじゃつまんないもんね。どこ行く？」ミリアがきいた。

「そうだなあ」三人で島の形が書かれた案内図を見つめる。

「おおおおっ、こ、これは……」石崎が突然騒ぎだした。

「なに騒いでるのよ。なんかすごい所があったの？」ユリが石崎の顔を見る。

「ああ、こ、こいつはすごい島だ。この島はおいしすぎるぞ」

「なにがおいしいのよ」

「いいか、秩父山《ちちぶ》、三浦湾《みうら》、松山展望台《まつやま》、ありま展望台、神戸山《こうべ》……」

「それがどうしたのよ」ユリが不思議そうにきく。

「叙述トリックの宝庫じゃないか。これらの地名を使っても、まさか神津島のことだと誰も思わないだろ。こいつはすごい。たかが周囲二十キロほどの島に、こんな地名が存在しているとは……。神津島恐るべし」

「とは……って、何、絶句してるのよ。神津島のこととは誰も思わないって、それ以前にそんなくだらないこと誰も思い付かないわよ。どうしてそんなたかだか周囲六十センチくらいの頭で、それだけくだらないことを思い付けるのよ」ユリが石崎の頭を指差す。

「そうよ。だいたい、ここって政治犯の流刑地《るけいち》だったんでしょ。ずーっと平安時代とかから。だからそういう人たちが、遠く離れた故郷を偲《しの》んでそういう地名を付けたとか、そのくらいのこと言えないの？」ミリアが石崎の顔を覗き込む。

「そうよ。変な叙述トリック使うより、そういうその土地の歴史や伝説に絡めれば、石崎さんでも何かミステリィが書けるかもよ」

「そうか……、諏訪湖《すわこ》とか隠岐島《おきのしま》の話とかあるなあ」石崎が頷く。

「そうでしょ。石崎さんって、文章力も表現力も全然ないけど、島の観光案内所に置いてあるパンフレットとか参考にすれば、歴史的背景とか島の特産物の話くらい書けるでしょ。できれば島の娘とのロマンスもほしいのだけど。あっ、石崎さんには無理か。でも、島の娘とかロマンスだなんて単語、まさか使うとは思わなかったわ。ああ恥ずかしい」ユリが両手で自分の頬を押さえている。

「島の娘……。ぷぷっ」ミリアが吹き出した。「確かにロマンスには縁のない石崎さんには無理ね。それでもくだらない地名トリックなんか使って読者の反感買うよりも、伝説だの歴史だのに絡めて書いた方が売れるんじゃないかな。うまくいけばドラマの原作になったりして原作料も入るし、それ見た人も原作本を買うわよ。島なんて断崖絶壁もあるから、二時間ドラマのラストには最適じゃない。それに、だいたいその地名トリックでどうやってストーリー創るのよ」

「それはだな……」石崎が説明する。「いいか、神戸で起きた殺人事件の、その犯行時刻の三十分前まで松山に居た男のアリバイを崩すんだよ。どうやったって四国の松山から兵庫の神戸まで三十分では移動できないと思うだろ。犯人のアリバイは鉄壁のように読者は思うのさ。しかし実は、事件は兵庫県の神戸で起きたんじゃなくて、この神津島で起きているんだ。当然犯人が三十分前までいたのも、ここ神津島の松山展望台さ。そこから神戸山まで、自転車だって間に合いそうな距離だ。どうだ、真相を知ったら読者は驚くだろ」石崎が目を輝かせて嬉しそうに二人の顔を見る。

「そりゃあ、驚くわね。万一そんなのが活字になったらね。それこそミステリィだわ」ミリアが鼻で笑う。

「でもそれ、いいんじゃないの。編集者、編集長、校閲係の目をくぐりぬけ出版された、最低のミステリィ。謎が謎を呼ぶわよ。編集者は何を考えているのか？　何か家庭でいやなことでもあったのか？　編集長は勤務中も酔っ払っていたのか？　冒険と無謀という言葉の意味を取り違えているのか？　校閲は、字の間違いと差別用語を探すだけでいいのか？　出版に関わる人間として、最低のミステリィの出版を止めさせるべきではないのか？　出版するときは誰が稟議《りんぎ》書《しょ》のはんこを押すのか？　わざと逆さにはんこを押して、ほんとは認めたくないけど、いやいやながら押すよ、でもこの仕事がうまくいったら俺の功績だよ、などと思っている役員はいないのか？　なんてすごいことになるわよ」ユリが真剣な顔で言った。

「おお、そうだな。おまえらいいこと考えるな。それなら俺にも書けるかもしれないな。確かに、なんでこんなのが本になるんだっていうミステリィもあるもんな。それを更に推し進めていけばいいんだもんな。こりゃいいや。しかも大きな出版社であればあるほど、その意外性は大きいもんな」石崎が嬉しそうに言う。

「なに、本気にしてるのよ。そんな石崎さんと心中するような人いないわよ。わたしたちはあなたを馬鹿にして言ってるんだから、そんな嬉しそうな顔してまじめにとらないでよ」ユリが石崎の肩を突つく。

「なんだよ。本気じゃないのか？」

「本気なわけないでしょ。とにかくどっか行きましょうよ。暑くってここは」ミリアが手のひらで顔を扇《あお》ぐ。「これじゃミステリィより先にわたしたちが死ぬわよ」

第三章　第三の殺人？

石崎たちはタクシーを借り切って島内を巡ることにした。石崎が、タクシードライバーといえばそういうミステリィが、などと言い出したので、当然ミリアとユリの二人に殴られた。

運転手は気のいいおじさんだった。ミリアとユリの暴言にも笑って相手をしてくれた。

「それでおじさんは、いつ流されてきたの？」ミリアが質問する。

「おじさんは残念なことにこの島で生まれたんだ。まあ御先祖様は京の都から流されてきた公家《くげ》さんかもしれないけどな。おじさんの顔立ちは高貴な感じがするだろ。まあ昔のことはわからないけど、でも、やっぱり元々ここに住んでいた可能性が高いかな」運転手のおじさんが笑いながら答えた。

「この島って、そんな昔から人が住んでるんだ」ユリが尋ねる。

「ああそうだよ。おじさんの家はいつからか知らないけど、この島にはずいぶん昔から人が住んでいたみたいだな。縄文《じょうもん》時代以前の痕跡もあるよ。平安時代くらいに流刑地になる前から住んでる人たちはいたわけだ。だからこの島にずーっと住んでいる人でも流刑になった人の末裔《まつえい》とは限らないんだよ」

「へえーっ、じゃあおじさんは良い人なんだ」ユリがきいた。

「ああそうだな。まあこんな狭い島だから、悪い人なんかいないよ。悪いことをすれば生きていけないからね。生きていけなかったら悪いことをしてもしょうがないからね。まあ警察の世話になるのは、ここに遊びに来てる若者だな。といっても大した事件なんかないよ。けんかとか女の子をからかったとか、かわいいもんだ」

「そうなんだって、石崎さん」ミリアが石崎の方を見る。

「ふんだ。ところで、古離津島ってどんな島なんですか？」石崎が質問する。

「ああ、療養島か」

「療養島？」

「ああ。十年くらい前まで、サナトリウムっていうんだっけか？　療養所がその島にあったんだよ。確かその前は……、っていっても戦争中だけど、軍の通信基地があったんじゃないかな。今はその療養所を所有してた大学の持ち物のはずだ。保養所だか研修所だかじゃなかったかな。といってもあそこは、島の周りは全部断崖絶壁で、海水浴もできないし、つまらないところだよ」

「なにか変な噂とかないですか？」石崎が尋ねる。

「いや、別に？　なんかあるのかい？」運転手が不思議そうに聞き返す。

「い、いえ」石崎が口籠《くちご》もる。

ミリアとユリが笑いながら石崎の肩を叩く。

「まったく……、なんでもかんでもミステリィなんだから」ミリアが仕方なさそうに言う。「ところでおじさん、なんか暑いから涼しい場所ないかな」

「そりゃあ、夏だからどこも暑いけど、汗かいたんなら温泉に入っていけ」

「へーっ、温泉があるんだ」二人が目を丸くする。

「そりゃああるさ。伊豆諸島は火山帯に沿ってできている島だからな。ここにも温泉センターがあるんだよ。どうだ入っていくか？　その後天上山《てんじようさん》の方でも行ってみるかい。観音浦《かんのんうら》とかの展望台に行って、風に当たればすっきりするし、さっき言った古離津島も見えるぞ」

「いいわねえ」ミリアが嬉しそうに言う。「それで、おじさん待っててくれる？」

「ああ。温泉センターから港へ向かう客を運んでひと稼ぎしてくるから、一時間後にまた迎えにきてやるよ」

石崎たちは温泉に入り、島内の西側を回ってから、神津島の中央に位置する標高五百七十メートルほどの天上山に登った。(もちろんタクシーで登れるところまでだ)展望台からは島の東側に小さな島が見えた。タクシーの運転手の話では、それが古離津島だった。小さい島のため遠くに見えるが、距離は一キロほどしか離れていないらしい。ただし島の周りは流れが渦を巻いているので、泳いで渡るのは地元の人間でも難しいということだった。

神津島の観光を終えて、石崎たちは時間通り午後三時に集合場所の多幸湾に着いた。港には、船で会った犯罪心理研の二人と、その側に彼女たちの顧問、小林先生であろう三十歳くらいの女性がいた。他に櫻藍女子学院の制服を着た少女二人と、少し離れてやはり三十歳くらいの背の高い男性がいた。こちらはミリアたちの話では読書研究会の生徒と顧問のようである。男性の方は、昨年櫻藍女子学院に転勤してきたとのことで、ミリアたちは顔を見掛けたことがあるくらいでよく知らないらしい。ミリアとユリ、石崎は、一応全員に軽く頭だけ下げておいた。(頭を下げるのは、ただだからなのはいうまでもない)

「おい」石崎がミリアに声をかける。

「なによ」ミリアが答える。

「なんか、櫻藍の生徒しかいないみたいだけど。なんでだ?」

「そんなこと知らないわよ。きっと、うちの学校に案内状出しただけで定員に足りたんじゃないのかな。心理研の部長と副部長、参加を断られたって言ったでしょ」

二人で話していると、長い髪を無造作に後ろで縛《しば》った、白衣を着た女性と、ジーンズとTシャツ姿の大学生くらいの若い女性が近づいてきた。

「無人島イベントに参加される人たちですよね」学

生風の女性が声をかけてきた。「説明を始めますので、こちらに来てください」

言われるままに二人の後についていくと、港の側の小さな民宿の中に入っていき、十畳ほどの和室に通された。

民宿のおばさんが全員に麦茶を配り終えると、白衣の女性が話し始めた。

「さてみなさん。本日は、私ども城陽大学医学部精神科、限定心理研究会の心理調査イベントに参加していただきありがとうございます。私は医学部講師の結城あかねです。こちらはイベントの助手を務めます、研究室の秘書、日向《ひゅうが》めぐみさんです。よろしく」二人が軽く頭を下げて自己紹介した。

結城あかねは二十代後半くらいに見えたが、講師ということなので、もう少し上かもしれなかった。無造作に後ろに縛った髪と化粧っけのない顔が、逆に歳よりも若く見せているのかもしれなかった。日向は秘書ということであったが、短い髪と化粧してない素顔が、大学生、見ようによっては高校生くらいに見えた。

「さて、案内状でお知らせしました通り、本イベントでは、たった一つの物を持ち込んでの無人島での生活を体験してもらい、その時の心理状態を調査させてもらいます。詳しい説明は古離津島に渡ってからしますが、その前にこの民宿で、皆様の持ち物チェックと、一つだけ持って行く物の確認をさせていただきます。そのようなチェックが嫌な方は、今この場でキャンセルされても構いません。それでも参加料の一万円は差し上げますし、帰りの交通費も支給します。さらに今晩、この民宿に泊まることも可能です。その場合宿泊費も負担いたします」

結城の言葉に、誰も異議は唱えなかった。生徒たちは黙っていたし、読書研の顧問であろう男性は、つまらなそうに分厚い本を読んでいた。唯一ミリアとユリが、麦茶以外にお茶菓子はでないのか、などと文句を言うくらいだった。

異議なしということで、一人ずつ持ち物チェックをすることになった。持ち物チェックは、金属探知器と手作業で、荷物と身体を調べ、更に、一つだけ持ち込む物を確認するとのことだった。結城と日向の二人は、呼ばれたら一人ずつ隣りの部屋に来るようにと言って出ていった。


まず犯罪心理研の堺響子が呼ばれて出ていったが、しばらくすると、同じ犯罪心理研の近藤絵里に、腕で×印を見せ、照れ笑いをしながら戻ってきた。その後顧問の小林先生と話していたが、それをミリアが手招きした。

「どうだったの？」ミリアがきく。

「へへへ、CDを別に何枚か持ってたんだ。でも見つかっちゃった」堺はそう言ってぺろっと舌を出した。

「持ってっちゃ駄目だって？」

「うん。やっぱり駄目だって、一枚だけだって」

「厳しいわね」

「うん。歯ブラシとかも駄目だって」

「うそ？　じゃあ五日間歯磨きなし？」ミリアが驚いたように目を丸くする。

「ううん、歯磨きは向こうで用意してあるって、旅館とかに置いてある使い捨てのやつ」

「へーっ、そんなもの用意するなら歯ブラシくらい持ち込ませればいいのにね」

「それを認めると、あれもこれもってことになるからかもね。でも、顧問の小林先生のおかげで、わたしたち、絵里の携帯と、それから、一枚だけだけどCDも聴けるし、助かったわ」堺が笑った。

「結構厳しいんだな」彼女が去ると、隣りで聞いていた石崎が言った。

「そうね。石崎さんパソコンやばいんじゃないの」ミリアが石崎の持っているパソコンケースを見つめる。

石崎たちのミステリィ研は、まずミリアが隣室に呼ばれた。隣室も、待っている部屋と同様の和室だった。入り口に相対してテーブルを挟んで、結城と日向が座っている。

「御薗ミリアさんね」結城が確認する。

「そうよ」ミリアが頷く。

「まずは質問をいくつかしますね」

「御薗さんは、……」

「ミリアでいいわよ」

「じゃあ、ミリアさん。ミリアさんは櫻藍女子学院でミステリィ研究会に所属していますが、ミステリィ研究会って、どんな活動をしているの？」

「そうね……。別に決まっていないわ。ゲームやったりインターネットしたり、お菓子食べたり、いろいろね」

「あのー」日向が不思議そうに尋ねる。「ミステリィ研って、推理小説とか探偵小説とか、そういうのを読んでみんなで意見交換するとか、自分たちの書いた小説を掲載するために会報を作るとか、そんなことをするんじゃないの？」

「へっ？　うそっ、そんなことするの？　なんでまた？」ミリアが目を丸くして尋ねる。

「なんでって言われても？　そうですよね、結城先生」

「えっ？　わたしもよく知らないけど……、どうなのかしら？　うちの大学にあったかしら？　ミステリィ研？」結城が首を傾げる。

「駄目よ。そんなことじゃ」ミリアが結城に向かって言う。「世間の誤ったイメージで物事を判断しちゃ駄目。先生だって研究者なんでしょ。自分で見て自分で感じなきゃ、ブルース・ウィルスもそんなこと言ってたわよ」

「ブルース・ウィルス？　そ、そうね」気を取りなおして結城が質問を続ける。「それじゃ、質問を続けますね。えーっと、ミステリィ研の顧問って」

「石崎さんね」ミリアが答える。

「その石崎さんは櫻藍の先生じゃありませんよね。どうして顧問をしているのですか？」

「うん、先生じゃないわよ。でも、学外の人に部の顧問をしてもらうのは学校にも認められてるのよ。もちろん健康で、身元のはっきりしている人じゃなきゃ学校は許可しないけどね。それで、どうせ先生たちは誰もわたしたちの部の顧問なんかしないから、石崎さんにやってもらってるのよ」

「どうして先生たちはしてくれないの？」

「直接きいたことないからわからないわ？　きこうとも思わないし、別に石崎さんがやってるんだからいいんじゃないの」

「なるほど。運動部なら、コーチとかよく学外の人にやってもらいますもんね。わかりました。あと、石崎さんの申込書には、職業独身叙述師って書いてあったけど、なんですかこれ？　身元がはっきりしてないと顧問になれないんでしょ。それとも職業欄を何か他の欄と間違えたのかしら？」結城が手元の書類を不思議そうに見ている。

（やば、ふざけて書いたんだっけ、適当にごまかしとこ）ミリアはごまかすことにした。

「うわあ、やっぱ心理学の研究やる人は違いますね。気づきましたか。もちろん彼の表向きの仕事は堅気《かたぎ》のサラリーマンです。学校にもそう届けてあります。ふふふ、でも気をつけた方がいいですよ、彼には。彼の本当の正体、独身叙述師って、まあ、おみなえしじゃなかった、悪魔絵師みたいなもんです」

「あくまえし？　な、何かあるんですか？」日向が心配そうな顔をする。

「これ以上はわたしの口からは言えないわ。なんといっても叙述師だもん」

ミリアの言葉に結城と日向が顔を見合わせた。

「そ、そうですか。それじゃ、さっそく荷物を調べましょうか。いいですね」結城が確認する。

「うん、いいわよ」ミリアが日向にバッグを渡す。

「中を確認して、それから金属探知器でも調べますね」日向がバッグを開けて中を調べ始めた。その後、警棒のような金属製の棒をバッグの周りを何度か往復させた。更に、失礼と言って、ミリアの身体も調べられた。

「えーっと、ミリアさん。バッグの中に着替え以外に、タオル、歯ブラシ、それとトランプがありますけど……」日向がミリアと結城の方を交互に見た。

「ああ、島に持って行く物はトランプよ。さっき前の子に聞いたんだけど、歯ブラシとか用意してあるんでしょ」

「ええ、用意してありますので問題ありません。タオルも寝具もありますよ」結城が答える。

「当然よね」

「それではミリアさんはトランプということでいいですね。タオルと歯ブラシはこちらで預かります。もちろんタオルもたくさん島に用意してあります。いいですね」結城が確認する。

「うん」

「それでは結構です。向こうに戻ったら、次の相川さんに声をかけてください」

結城の言葉にミリアが立ち上がる。「ねえ、その金属探知器、どこで売ってるの？」

「はあ……？」

「面白そうじゃない。イベントが終わったら貸してね」

ミリアの次は相川ユリだった。

「相川さんは……」結城が質問を始める。

「ユリでいいわよ」

結城と日向の二人が顔を見合わせて少し微笑む。

「それじゃあユリさんは、ミリアさんと同じミステリィ研ですけど、ミステリィ研は楽しいですか？」

「そりゃあ楽しいわよ。今回もミステリィ研の合宿でしょ」

「いえ、このイベントは……」

「ああ、わたしたちは合宿のつもりだから。といっても朝練とか、ヒンズースクワットとかしないから。五日間ボーッとしてればいいんでしょ、このイベント」

「ええ、まあ」

「そうでしょ。わたしたちにぴったりだわ。お互いに良かったわね。利害が一致して」ユリが微笑む。

「あの、顧問の石崎さんって……」

「あれ？　もう石崎さんが話題になってるの？　やっぱ、石崎さんはすごいわ。それで何をやらかしました？　お尻でも触られましたか？　石崎さん白衣とかに弱そうだもんなあ。白衣にリストラがありそうだもん」

「いえ、別に何も……」結城が口籠もりながら答える。

「まあ、石崎さんには注意するにこしたことはないわね。手負いのサーベルタイガーみたいなもんだから」ユリが自分で納得するように大きく頷く。

「はあ……」二人が顔を見合わせる。

「それじゃあ、ユリさんの荷物を調べますね」日向が荷物を調べ始める。

ユリもミリアと同様に調べられ、麻雀牌を持って行くことは問題ないとのことだった。


最後に石崎が部屋に入ると、若干《じやっかん》の沈黙があった。結城が日向の顔を見てから話し始めた。

「そ、それでは、いくつか質問します」

「はいはい、なんでもきいてください」石崎が嬉しそうに返事をする。

「えーっと、石崎さんはミステリィ研の顧問をしていますが、どうしてですか？」

「えっ？　ああ、どうしてかな？　うーん、やっぱミステリィが好きだからかな」

「いえ、そういう意味ではなくて」

「ああ、あいつらのことですか。あいつらの相手なんかよくやってると思うでしょ。そうでしょ。あっ、もしかしてなんか失礼なこと言いました？　あの二人、先生たちに。本当にすみません。でも、たまにはいいところもあるんですよ。五日間、面倒かけると思いますがよろしくお願いします」石崎が頭を下げる。

「は、はあ」結城と日向があいまいに頷く。

「それで荷物検査ですよね。おお、これが金属探知器ですか」石崎は、日向の手から探知器を奪うと、自分の身体を調べ始めた。すぐに赤いランプが付きブザーが鳴った。

「おお、すごいなあ。ちゃんと鳴るなあ。まずは時計だろ。あとは小銭か？　あっ、ベルトのバックルも鳴るなあ。やっぱ磁力かな？　でも鉄以外でも鳴るな。まあ鉄以外でも磁性はあるからな。まあ磁場の干渉かな」石崎が時計や小銭入れをテーブルの前に置き始めた。さらにベルトも外そうとしている。

「石崎さん、ベルトはいいんです。着るものですから」あわてて結城が止める。

「ああ、そうかそうか。えーっと、後は……、ああそうだ、歯の詰め物でも鳴るかな」石崎が口の中に棒を入れようと口を大きく開けた。

「ちょっと、いいです。もういいですから返してください」

「ああ、そうですか」日向が石崎から探知器を奪い取った。

「一応、こちらでも、もう一度調べますね」日向が石崎の身体とバッグを調べた。バッグは中を開けて念入りに調べている。

「こちらは問題ありませんね。バッグはもう一つですね」日向がパソコンの入った方を調べようとする。

「ああ、ちょっと待った。金属探知は勘弁してください。電磁気はやばいだろうから……」あわてて石崎がノートパソコンをバッグから出した。

「パソコンですか……」

「ええ。いいんですよね。自分はこれを持っていくつもりです」

「うーん……、ノートパソコンですか」日向が結城の顔を見る。

「これは？」結城がパソコン側面の増設口に差し込まれている、アンテナのような棒がついた装置に気づいた。

「ああこれ。コマーシャルでもやってたでしょ。通信機器ですよ。電子メールもインターネットもできますよ。これはパソコンに接続してますから、一つと考えていいんですよね」石崎が確認する。

「ええ、まあ」結城が頷く。

「じゃあＯＫですね。携帯は古離津島も通じますよね」

「はい」

「ははは、そうですよね。ああ、そうそう、これって携帯電話なら二つに数えちゃうでしょ。でもこれは電話としては使えませんからね。うまく考えたでしょ」石崎が側面の通信機を指して嬉しそうに言った。

「あの……、石崎さん」結城が真面目な顔をして声をかける。

「はい」

「そのパソコン、高いですよね」

「ええ、全部込み込みで五十万くらいかな。それが？」

「あのー、もしこのイベントで壊れても十万円以上は補償できませんが……」

「ああ、平気ですよ。今はパソコンなんて壊れませんよ。故障なんて初期不良がほとんどですよ」

「そうですか……」結城が曖昧《あいまい》に頷く。

「あと質問ですが、お金は持ってっていいんですか？」

「はい。持って行けないものは、こちらで預かるというより、この民宿に預けておくのですが、さすがにお金は持って行ってかまいません。こちらでも責任を持ちかねますので。ただ、一応財布はどのようなものか確認させてください。でも古離津島にはお金を使うところはありませんけど」

「じゃあ、腕時計は？」

「時計は一つと数えますから、持って行くとしたら、パソコンとどちらかを選択ですね」

「そうですよね。時計は駄目ですよね」石崎が嬉しそうに言う。

「向こうの施設にも時計はありますから必要ありませんよ」

「でもパソコンには内蔵時計が入ってますからね。パソコンって便利ですよね。じゃあこれでもうＯＫですよね」石崎は勝手に納得しながら出て行こうとする。

「ああ、石崎さん」結城が声を掛ける。

「なんですか？　まだ何か」石崎が振り返る。

「独身叙述師って何ですか？　申込書に書いてありましたけど」

「ああ……」石崎が眉をひそめて少し考える。「ふっ、生きざまみたいなものかな」

石崎が出ていくのを確認して日向が言った。「先生、どう思います？　今のミステリィ研。なんか全然、ミステリィじゃないような。別の意味でミステリィですけど……」

「そうね。みんな変わってるわね。最後の石崎さんって、何かやっぱり変ですね。訳のわからないこと言って出ていったし」

「こんなんでうまくいくのでしょうか？　先生」日向が心配そうな顔をする。

「そうね。少し心配ね」結城の顔が曇《くも》る。

持ち物チェックが特に大きな問題もなく終わり、結城と日向が全員のいる部屋へ戻ってきた。

「それでは皆さん、船の方へ行きましょう。皆さんの、島へ持っていけない荷物は、この民宿で預かっていただきますから安心してください」結城が説明する。

「メンバーはこれだけですか？」犯罪心理研顧問の小林敦子《あつこ》が質問する。

「あっ、失礼しました。今日の昼過ぎに、先に島に渡っている人たちがいます。飛行機で来た方たちです」

「飛行場もあるんだ、ここ」ミリアがきいた。

「ええ、定期便がありますよ。もちろん先に島に渡った人たちも、今の皆さんたちと同じように持ち物チェックをしました。島へ行きましたら、皆さんには正式に自己紹介していただきます。それではまいりましょう」

イベント参加者は観光客相手の釣り船に乗り古離津島を目指した。

古離津島は神津島の多幸湾から船で十五分程の距離だった。島の周りは黒い岩でできた切り立った断崖で囲まれ、船の着けられる場所はないようにもみえたが、少し窪《くぼ》んだ小さな入り江のような場所があり、そこに船が着けられた。船が着けられたすぐ側の崖に、手すりのついたコンクリート製の急な階段が、崖にへばりつくように上へ三十メートルほど延びており、一行はそこを上って島に上陸した。その階段を利用する以外には、島には上陸できないとのことだった。

古離津島は周囲三キロメートルほどの小さな島だった。島の中央には神津島と同じように火山性の山があった。もとはもっと大きな島だったようだが、波の浸食で削られていったらしい。かつてはきちんとした港の設備もあったが、これも台風と波の浸食により崩壊したとのことだった。船は参加者を降ろすとすぐに島を離れていった。

イベントの行われる建物、『研修館』は、階段を上がりきった場所から二十メートル程先に建っていた。外観は学校の校舎のようであり、鉄筋コンクリート造りの大きな平屋の建物だった。汚れたコンクリートの壁面に年代が感じられた。研修館以外の建造物は特に周りには見えなかった。階段から建物までは、舗装されていない、少し砂利の混じった道が続いている。さらにそれと直交する形で、島の周囲を一周する道が左右に延びていた。

「ふふふふ」石崎が今上ってきた崖の下を覗きこんでいる。

「なに、笑ってんのよ。ふふふふっていうのは、わたしのセリフなんだから、使わないでよね」ミリアが石崎の背中を叩く。

「うわっ！」石崎がよろめく。「お、おまえなあ、落ちるだろうが、押すなよ」

「平気、平気、石崎さんなら落ちたって平気よ」ミリアが明るく答える。

「なになに？　どうしたの？　石崎さん」ユリが後ろから石崎の背中を突っつく。

「うわっ！」石崎がまたよろめく。「おまえら、わざとやってるだろ」

「うん」二人が嬉しそうに頷く。

「崖の下眺めて笑ってるのが悪いんでしょ。どうせ、テレビの二時間もののラストみたいだなんて思ってたんでしょ」ユリが石崎の顔を覗き込む。

「ばれたか……」石崎が頭をかく。「いやあ、これだけお膳立てされると、何か事件が起きる気がしてこないか？」

「してこない、してこない」ミリアが手を左右に振る。「崖なんか見て喜ばないでよ。石崎さん、崖フェチ？　自分の立場が会社で崖っぷちのくせに」

「いやいや、既に崖から落ちてる」石崎が胸を張る。

「自分で言ってちゃしゃれにならないわよ」ミリアが斬り捨てる。「でもさあ、石崎さん。そんなに事件が起きてほしいのなら、やっぱり今ここで落ちなきゃ。つかみとしては最高じゃない。島に上陸したらいきなり断崖絶壁から転落死だもん。最初の殺人は、事故か他殺か、はたまた自殺かわからないのがいいんじゃないの？　なんならわたしたちが、石崎さんは世の中の女性に全く相手にされないことを悩んでいるみたいだったから自殺じゃないかって、証言しとくわよ」

「それじゃあつまらんだろ。俺は最後まで生き延びて結末を見届けるんだ」

「探偵役をやるって言わないだけ自分をわきまえてるけど、どうせ何も起きないわよ」ユリがあっさり言う。

「そうそう」ミリアが大きく頷く。「誰かに期待してちゃ駄目よ。いつも言ってるでしょ。自分でやらなきゃ。そんなに事件が起きて欲しかったら、自分で起こすのよ」

「それで、誰を殺すの？」ユリが真面目な顔をして石崎にきく。


「わかった、わかったよ。せっかくの合宿なんだから、俺がみんなを盛り上げようとしてるだけだろ。そもそも俺は、犯人が最後に崖下に転落して自殺するのって嫌いなんだよ。ほんとに安っぽいドラマみたいじゃないか」

「安っぽいのはあんたの頭でしょ。犯人も何もここにはいないでしょ。事件が起きる前にラストの心配してどうするのよ。しっかりしなさいよ」ミリアが石崎の肩を叩く。

「うわっち！」石崎がよろける。「安易《あんい》に叩くなよ。まったく……。あっ、そうだ、思い出した。おまえら、申込書に独身叙述師だなんて書いただろ」

「うん」ミリアが頷く。

「なんだよ。独身叙述師って？　突然、結城先生にきかれて驚いたぞ」

「いいじゃない、別に。石崎さんどうせ永久的に独身だし、叙述トリックが好きだって、いつも言ってるじゃない」

「おまえなあ。それとこれとは全然別だろう」

「それで、結城先生にはなんて答えたの？」ユリが興味深そうにきいた。

「ああ、生きざまみたいなものかなって答えておいたよ」

「ぶっ」二人が吹き出した。

「なによそれ、そんなこと言ったの」ユリが目を丸くしている。

「ああ」

「なにをどう考えると、そんなことが言えるのかわからないけど、石崎さんの場合、生きざまじゃなくて死にざまでしょ」ミリアがあきれたように言う。

「そうよ。いざとなったら、わたしたちが骨は拾ってあげるから、心配しなくていいわよ」ユリが嬉しそうに言う。

「ちぇっ、おまえらが勝手に変なこと書くから悪いんだろ、どうせなら探偵とか書いといてくれよ」

「手取り二十万のサラリーマンがなに言ってるのよ。ほら、石崎さん、他の人たち、みんな行っちゃったわよ」ミリアが研修館の方を指差す。「駄目よ、団体行動なんだから。わたしたちも早く行くわよ。石崎さん社会人なんだからしっかりしなさいよ。そんなことじゃ、いい死に方しないわよ」


石崎たちが到着すると、結城あかねが、玄関ホールで建物の説明を始めた。

「それでは、今回の心理調査イベントを行うここ、『研修館』の説明をします。この研修館は、というよりここ古離津島は、戦時中は日本軍の通信基地でした。その後大学病院の療養施設でしたが、十年程前から城陽大学の研修所となっています。と言ってもこの島は、おととしの台風で港の接岸設備が壊れてしまいましたし、ご覧の通り断崖に囲まれていて海水浴の出来る砂浜もありませんので、ほとんど利用する者はいません。ですから、今回このイベントをここで開催することができました」結城が一呼吸おく。「そうです。この島は無人島なのです」結城が皆を見回した。「と言っても、皆さんがここにいますし、既に先に着いている人もいますから、正確には無人島ではありません」

「いいから、いいから、そんなことは。とにかく荷物くらい置かせてよ」荷物を石崎に持たせているミリアが不満そうに言った。

「そうですね。では、この玄関ホールの右側の部屋が食堂ですので、そこで説明しましょう」


食堂には四人がけのテーブルが六つ並んでいた。石崎たちが入ると既に、昼過ぎに島に着いたという先着組四人が席に着いていた。食堂には、廊下に面して前後二箇所にドアがあり、建物の外に面した側には、曇りガラスがはまった大きな窓が四つあった。

全員が席に着くのを確認すると、結城が話し始めた。

「では本イベントの説明を始めます。この無人島での心理調査イベントは、私が所属しています城陽大学医学部精神科を中心とした組織、日本精神心理医学会の限定心理研究会が行います。この心理調査イベントは、精神心理学の調査を目的としています。その大きな目的は、ある限定した時間、空間、条件が、人の心理に与える影響を調査することです。と言っても難しいことはありません。皆さんはこの無人島で、五日間過ごしていただくだけで良いのです。ただしイベント最終日に、皆さんと面接をして、いくつかの質問をさせていただきます。また、本イベントでは、基本的に何をしようと行動は自由ですが、いくつかの規則を守ってもらいます」結城が言葉を切り一同を見回した。

「まず第一に、他人の迷惑となることをしない」

「当然ね」ミリアが頷いた。

「次に、これから部屋割を説明しますが、他人の部屋にはむやみに入らない」

「これも当然ね」ユリが頷く。

「更に建物の外、つまり島内は自由に歩いてかまいませんが、皆さん島に来る途中、船から見ておわかりと思いますが、島の周りは、すべて急な断崖絶壁になっています。ですから崖のそばには近づかないようにしてください。柵もありませんし、島が垂直に海に突出している関係上、下から突風が吹いて、よろけて転落する可能性もあります。落ちたら間違いなく死んでしまう高さです。注意してください。さて、今言ったように島の外周は危険ですが、その他は危険なところはありません。この島は火山性の島で中央には山もありますが、噴火の危険などもありません。過去に火山性の地震が頻発した時期もありますが、今は安心です。中央の山は低い山ですので軽装での山歩きもできます。火山性の土地ですからあまり大きな森や林もありませんし、危険な野生動物もいません。狭い島ですから迷うこともないと思います」


「ここ以外に他に、家や建物はないのですか？」読書研究会の顧問と思われる男性が質問した。

「はい、ここしかありません。ここは無人島ですから……」結城が答えた。「それではこの研修館の内部の説明をしましょう。まず皆さんのいるこの部屋を食堂と呼びます。基本的にここで食事をしてください。こちらが冷蔵庫、そしてその横に食料の入っている棚があります」結城の指し示す先に、光沢のないマット調の、赤い色の大きな冷蔵庫が二台、その横に大きな木製の棚があった。

「水道はこちらに流しがあります。そして電気湯沸かしポットを二つ、この一番前のテーブルに置いておきます」食堂の隅にはタイル張りの流しがあり、その脇のテーブルに大きなポットが二つ置いてあった。

「このポット、鍵がかかるポットなんです。以前うちの大学で、薬物がポットに混入される事件がおきまして、その時に大学の事務局で購入したものです。せっかくついているものですので一応鍵をかけておきます。水の補充は私と日向でやりますので気になさらないでください」そう言ってから、結城が天井の方に目を向けた。「さてみなさんお気づきでしょうが、この食堂にはエアコンが付いております。今も稼動していますね」

一同がエアコンを見る。

「みなさん各自の部屋にも、更にこの部屋の向かいの談話室、そして娯楽室にもエアコンは付いています。自由に使用してください」

その言葉に、全員にほっとしたような雰囲気が流れた。

「談話室は、この食堂の向かい側の部屋です。この部屋よりも、もう少し座りごこちの良い椅子とテーブルが置いてあります。読書や音楽鑑賞、おしゃべりなど、もちろん他人の迷惑にならない範囲でですが、使うのが良いでしょう。娯楽室は談話室の横です。こちらも使い方は自由ですが、この部屋は和室、つまり畳敷《たたみじき》の部屋です。さてみなさんの部屋ですが、玄関ホールに対して、この今いる食堂から反対側になります。一応、高校生は各グループで一部屋。櫻藍女子学院の先生と城陽大学の人たちは一人で一部屋にしました。各部屋には、ベッド、机、椅子、テーブルがあります。寝具や歯ブラシ、タオル等もおいてあります。自由に使用してください。ただし、トイレは共同のものが館の一番端にありますのでそこを使用してください。また、みなさん不満かもしれませんが、当施設には入浴施設がありません」

「うそっ！」ミリアとユリが大きな声で叫んだ。

「と言いましても、各部屋にシャワーと簡単な流しがありますので、シャワーで我慢してください。きちんとお湯も出ますし、石鹼とシャンプーも用意してあります」

「なんだ、それを早く言ってよ。シャワーがあれば問題ないでしょ」

「そうそう。危うく暴れる体勢取っちゃったわよ」

ミリアとユリが浮かしかけていた腰を落ち着けた。

「ごめんなさいね。本当は別棟があって、そこに厨房や入浴施設があったんですけど、利用者が少なかったので取り壊してしまったの。それで、簡単なシャワーだけ各部屋に後から設置したのです」結城が申し訳なさそうに言う。「それと各自の部屋には名前が貼ってありますから、後でみなさん確認してください。それと、各自の部屋の扉には鍵がかかりません。大学の施設ということで、鍵をかけるなどという発想がなかったようで、鍵がついていないのです。もちろん窓や館の玄関ホールには鍵はかかります。と言ってもここは無人島ですから、誰も入ってきませんので心配することはありません。ですから、他の人の部屋の扉を開ける時はノックをする、という最低限のマナーさえ守ってくだされば何の問題もありません」

「なんで鍵がかからないんだよー」石崎が悲しそうに呟いた。

「どうしたのよ。何を嘆いてるのよ」ミリアが小声で石崎に尋ねる。

「鍵がかからないんじゃ密室殺人が起きないじゃないか。ポットに鍵つけるくらいなら、部屋に鍵をつけてくれよ。これじゃあカレーのかかってないカレーライスみたいなもんだ。だめだ、だめだ、こんなんじゃ。このイベントを企画したのは誰だ。ミステリィってものが全然わかってない」石崎が首を左右に振る。

「わかってないのは石崎さんでしょ。これはミステリィじゃないのよ。心理学のイベントなの。あんまり馬鹿なことといわないでよ。まったく」ミリアが石崎を睨み付ける。

「次に食事の件ですが……」結城が話を進める。

「いよいよ一番重要なことね」それを聞いたミリアがユリに囁いた。

「うん。今度こそ暴れる準備しとかなきゃ」ユリが結城の方を真剣な表情で見つめる。

「食料は先ほど言いましたように、冷蔵庫とそこの棚に入っています。冷蔵庫には飲み物も入っています。これらはいつでも自由に食べていただいて構いません。全員が五日間暮らせる量は充分にあります。特に日持ちの良いカップラーメンはたくさんあります。そこでお願いですが、冷蔵庫には、今日午前中に買ってきたコンビニのお弁当やおにぎり、パンが入っています。ですからこれらから食べていってください。つまり賞味期限の短いものから食べて欲しいということです。ただし電子レンジはありませんので、冷たいかもしれませんが我慢してください」結城がそう言うと、日向が冷蔵庫の扉を開けてみせた。中にはコンビニの棚顔負けの量の弁当、おにぎり、パン、さらに紙パックの牛乳、オレンジジュース等が詰め込まれていた。

「おおーっ」ミリアとユリの口から感動の声が漏《も》れる。

「インスタントやコンビニ弁当なんかで、恐縮《きょうしゅく》なんですけど、今回のイベントでは、食べるという行為は、余暇の過ごし方から、なるべく排除したいということで、このようにしました。グルメな人には、食べること自体が趣味的なものになってしまうからです。みなさん了承《りょうしょう》してください。それと、ここで注意点です。食べ終わったごみは、すべてこの部屋の隅にあるごみ箱に入れてください」日向が部屋の隅に置いてある、ごみ箱と書かれた段ボールの箱を指差した。

「ごみはこちらでこまめにこの建物の後ろにある焼《しょう》却炉《きゃくろ》で燃やします。これは、お弁当の容器や包み紙等で暇をつぶされたくないからです。食事は食べること、つまり栄養補給のためだけにしていただきたいからです。ですから、食事で出るごみはすべて燃やせるようにとの配慮から、飲み物も紙パックのものしかありません。つまり残念なことに缶蹴りはできません」

「ねえ、ミリア。あの先生缶蹴りにトラウマでもあるのかしら？　案内状にも書いてあったわよね」ユリがミリアの耳元で囁く。

「うん。きっとまだどっかに缶が立ってるんじゃないの。子供のころのが……」

「それと、棚の方にはお菓子もありますから自由に食べてください」日向が棚をあけると、お菓子とカップラーメンが山積みされていた。

「おおーっ！」ミリアとユリの二人だけが大きな声をあげた。

「うわーっ、正解だわ。やっぱこの合宿、正解だ」ミリアが嬉しそうに言った。

「うん。わたしたちの勝利だわ」ユリも大きく頷いた。

「さて、みなさんにもう一つお願いがあります。五日間、何をしていても良いといいましたが、一日のうち二回、この食堂に顔を出してください。正午と午後八時の二回です。私と日向は、常に、建物の中や島内を巡回してみなさんの様子を観察していますが、部屋で孤独を楽しみたい方もいると思います。そういう方は、ずっと部屋に籠もっていてもかまいません。しかし、みなさんの健康面や精神面の不安がありますから、日に二度、この食堂に顔を出してください。その時に特に質問などもしません。顔を見せるだけでかまいません。ここに顔を出して、食料を取って、自室で食事しても問題ありません。顔だけ出してくだされぱよいのです。時間は、各部屋やこの食堂、談話室、娯楽室に時計がありますので、それで確認してください」結城の指し示す方に、家のような形の時計が見える。

「ハト時計なんです。外観は全部木製ですけど、電池で動いていますので、ねじをまく必要はありません。毎時ごとにハトが出てきて鳴きます。みなさんの部屋にもこれと同じものがあります。ですから、正午と午後八時には、必ず食堂に顔を出してください」

「そうだろう、そうだろう」石崎が頷く。

「それともう一つ。持ち物の貸し借りは自由です。やることがなくて暇でしたら、他人の持ってきた本などを借りるのもよいと思います。持ち主の方も貸してあげてください。貸し借りは心理調査には特に問題ありませんので」

「それでは説明が長くなりましたが、これからみなさんに自己紹介してもらいましょう。私たちがみなさんに強制するのもこれが最後です。あとは御自由にということです。ではまずは私から」

咳払《せきばら》いしてから結城は自己紹介を始めた。

「城陽大学医学部精神科の結城あかねです。もともとは児童心理学が専門で、普段は精神科でカウンセリングとかやってます。今回は限定心理研究会の調査担当になりましたが、みなさんよろしくお願いします。一応医師ですので、体調が優れなかったらすぐに言ってください。と言ってもやぶ医者なんですけど……」結城の言葉で一同に笑いが起こった。

次に日向めぐみが自己紹介した。

「結城先生がいらっしゃる研究室で秘書をしています日向です。今回のイベントでは、助手として結城先生のお手伝いをします。みなさんにはご苦労をかけるかもしれませんがよろしくお願いします。何かあったらすぐに相談してください」日向が頭を下げる。

「では参加者の自己紹介は、江口《えぐち》さんからお願いします。それと、ひとつだけ持ち込んだ持ち物についても他の方に教えてあげてください」結城が言って、各自の自己紹介が始まった。

江口薫《かおる》は肩幅の広いがっちりとした体格をしていた。Tシャツの袖から出ている腕は太く、そして鍛《きた》えられていた。髪は短く、後ろから見ると女性とは見えなかった。さすがに前から見れば、顔の造りや筋肉ではない胸の膨らみから女性とわかった。

「城陽大学格闘技同好会の江口です。あたしたち、城陽大のメンバーは神津島までは飛行機で来ました。後から来た皆さんよろしく」江口が頭を下げる。「えーと、今回は、教育心理学の単位が足らないので結城先生に泣きついたら、このイベントを紹介されました。イベントに参加すれば単位をくれるそうです。あたしは単位のためにここにきています」一同に笑いが起こった。「でもいい機会ですので、島内を走り込んで身体をさらに鍛えたいと思います。持ち物はポータブルCDプレーヤーです。あたしだって音楽くらい聴くんです」

中村紀子《なかむらのりこ》は、江口に比べるときゃしゃな身体、一般的にいうとスタイルの良いスリムな体形をしていた。肌は白く、その白さが肩まである黒髪を引き立たせていた。はでさは感じられないが、美人といってよい女性だった。

「同じく格闘技同好会の中村です。先ほどの江口は、大会に出たりけんかするために格闘技をしていますが、わたしは身体を鍛えるつもりで同好会に入っています。大会なんかにもでません。ですからこのイベントで、ありあまる余暇を持て余した江口がこれ以上身体を鍛えると、ますます体力差がつきすぎて危険なのです。結城先生から聞いたこのイベントのことを、江口に話したのは失敗だったと思います」中村の言葉に、横にいた江口が笑いながら中村の背中を軽く叩くと、中村がよろめいた。「見たでしょみなさん。狂暴なんです、彼女は」一同に笑いが起こる。「わたしは本当は文学少女なんです。ですから持ち物は本を持ってきました。推理小説です。同一作家なら複数でもいいというので、シリーズものを何冊か持ってきました。みなさんも自由に読んでくださいね。談話室に置いておきます」

永井弘《ながいひろし》は、隣りに座った江口と比べると痩せすぎのように見えるが、その隣りの中村と比べれば、やや痩せているかというくらいの長身の若い男性だった。髪を短く刈り精悍《せいかん》な顔付きをしていたが、時々見せる笑顔はさわやかな印象を周りに与えた。

「同じく江口にいじめられている永井です。格闘技同好会は、あと何人かメンバーがいるのですが、江口を恐れたのか我々三人だけ、しかも男性は自分だけの参加です」永井の言葉に江口が睨む。それを見てびる永井を見て笑いが起こる。「というわけで、格闘技は観戦するもので参加するものではないと思っている自分は、携帯ゲーム機を持ってきました」永井は手のひらくらいの大きさの、液晶画面のついたゲーム機を全員に見せた。

小林敦子は小柄でおとなしそうな女性だった。時々不安そうな眼差しをして暗そうな雰囲気を与えるが、教師という職業からか、大きなはっきりとした通る声で自己紹介した。

「櫻藍女子学院の小林敦子です。社会科を担当しています。今日は学院の犯罪心理研究会の部員たちの引率《いんそつ》で来ました。生徒たちをよろしくお願いします」小林が頭を下げる。「私、普段から優柔不断《ゆうじゅうふだん》なところがあって、今回も持ち物を決められなかったので、生徒の代わりに犯罪心理学の本を私が持つことにしました。私自身は犯罪心理学には興味ありません。だから本当は今回のイベントで、私自身は持ち物を何も持ってきていないのです。ですから今回はいい機会ですので、こういう自分を、自分の優柔不断な性格や今までの生活を、見詰め直したいと思います。この五日間でいい結論がでるといいのですが……」

近藤絵里と堺響子は、二人一緒に立ちあがり自己紹介した。二人ともミリアとユリと同じように櫻藍の制服姿だった。ただ二人ともミリアたちと違い、ほんの少しだけ髪を茶色に染めているようだった。

「心理学研究会の近藤絵里です」

「堺響子です」

「さっき小林先生は犯罪心理研究会って言いましたけど、昔は心理学研究会だったんです。ここには来ていない馬鹿な部長と副部長のせいで、犯罪心理研究会になってしまったんです」近藤が怒ったように言う。「おかげで今回わたしたちは、部長に、犯罪心理学の本を持たされてしまいました。レポートも書かなければいけません。とんだ災難です。でも、持ち物が無いという先生のおかげで、別の物を持ってきました。わたしは携帯電話、響子はポータブルCDプレーヤーです」

「一枚しかないから、CDを持って来た江口さん、飽きたら交換しましょうね」堺の言葉に江口が太い手を挙げ、男のような声で、おうっ、と答えた。

前田徹《まえだとおる》は細身の神経質そうな男性だった。難しそうな顔をして、ややうつむき加減に低い声で自己紹介をした。短めの髪と女性のような白い肌がアンバランスな雰囲気を与えて、それで気難しそうに見えるのかもしれなかった。

「櫻藍女子学院の社会科教師の前田です。読書研究会の引率できました。社会科教師なのに読書研は変かもしれませんが、教師はどこかの顧問になるのが決まりらしくて。社会科関係の部はないので、読書研の顧問をやっています。今日は専門書を持ってきました」

伊東美由紀《いとうみゆき》と中沢美枝《なかざわみえ》も櫻藍の制服を着ていた。やや不健康に見えるくらい二人とも肌が白く、全体の雰囲気は、先程の心理研の二人よりもまじめそうに見えた。(と言っても心理研の二人も一般的女子高校生に比べれば充分まじめに見える)やはり二人一緒に自己紹介した。

「読書研究会の伊東美由紀です」

「同じく中沢美枝です」

「普段は自宅や学校の図書室で本を読んでいるので

すが、担任の小林先生にこのイベントのことを聞いて、読書研の、と言ってもわたしたち二人しかいないんですけど、二人で参加しました。たまには環境の違うところで読書しようかなと思いました。当然持ってきた物は本です。わたしはクリスティをたくさん持ってきました。当然孤島のお話もあります。一度読んでいるけど、いい機会だからもう一度読もうと思って」伊東が嬉しそうに言った。

「わたしもミステリィです。わたしたちも談話室に本を置いておきますので皆さん読んでくださいね」

中沢も笑顔で自己紹介した。


「よし、よし」石崎が大きく頷く。

「なにが、よしよしなのよ」ユリが石崎を突つく。

「みんな偉いと思ってな。ちゃんとミステリィを読んでいる。立派な子供たちじゃないか」

「なにを馬鹿なこと言ってるのよ。まあ、未成年の犯罪があると、すぐにミステリィの名前あげて、この本の影響を受けたとか、手口が同じだとかいう馬鹿な奴等よりはいいけどね」ユリが鼻で笑った。

「実際影響受けちゃうガキもいるけどね」ミリアが続ける。「でも、親のいうことも先生のいうことも聞かないわけでしょ、そいつら。しかも社会に反感持ってて犯罪を犯そうとしてるくせに、他人の、しかも商業ベースに乗っている本の影響を受けたりなんかしちゃ駄目よ。他人の書いたものに影響されるくらいなら、親や身近な人のいうことを聞けっていうのよ。本屋さんで売っている本なんて、社会の中の仕組みに組み込まれたもの、社会そのものじゃない。本を作ったり売ったりして生活している人が何万人もいるのよ。本は社会そのものなのよ。そういう本を読んで影響されて、社会を見返してやるとか、復讐してやるとか言ってちゃ駄目。もっと駄目なのは、そういう本が青少年に悪い影響を及ぼすなんて言ってるアホがたくさんいることよ。自分の言ってることが世の中にもっと悪い影響を及ぼしていることがわからないんだもの、あいつら」

「おまえらの言っていることは正しい」石崎が大きく頷く。「しかし問題なのは、おまえたちがまったく本を読まないことだ」

「あのー、すみません」勝手に三人で話している石崎たちに結城が声をかける。

「ほら、石崎さん、わたしたちの番よ。自己紹介」ユリが石崎の腕を突つく。

「ああっ、失礼」石崎が立ち上がる。

「櫻藍女子学院高校ミステリィ研究会顧問の石崎です。と言っても先生じゃなくて、ボランティアで顧問やってるんで、ですから、えーっと、小林先生と前田先生と会うのはおそらく今回が初めてです。よろしく」石崎が頭を下げる。「それで、持ってきたものはノートパソコンです。通信端末の装置も付いているので、メールもインターネットもできます。今回のイベントで、どんなことが起きるのかすごく楽しみです」そう言って石崎は結城と日向の方を見て微笑んだ。

石崎に続いてミリアとユリが立ち上がった。

「御薗ミリアです。ミステリィ研の会長です。うちの顧問の石崎さんは何か勘違いしているようですが、今回のイベントではのんびりと過ごしたいと思います。トランプを持ってきたので、あとでみんなでやりましょうね」

「同じくミステリィ研代表の相川ユリです。顧問が変だからって、わたしたちを嫌わないでね」ユリの言葉に、くすくすと笑いが起こる。「わたしは麻雀牌を持ってきました。興味ある人は声をかけてね」

「えーっと、最後は須藤《すどう》さんね」結城が声をかけると、前髪の長い、背の低い少女がうつむいたまま立ち上がった。下を向いたままなので、暗そうに見えるが、顔の小さなかわいい少女だった。

「須藤まみです。本当は高校一年生なんですけど、今は休学中です。結城先生に勧められて今回のイベントに参加しました。みなさんよろしくお願いします。わたしポータブルCDプレーヤーを持ってこようとしたんですけど、さっき誤って海に落としちゃったんです。だから何も持ってこれなくて……」小さな声で言うと、須藤はすぐに椅子に座り下を向いた。

「それでは全員の自己紹介が終わりましたね。ではこれからイベント開始ですが、何か質問はありませんか？」結城が皆を見回した。

石崎が手を挙げる。

「どうぞ、石崎さん」

「島の外との連絡方法は？」石崎が立ち上がって質問した。

「私が携帯電話を持っています。この島は携帯が使えます。普通の電話も昔あったのですが、今は使えません。ちなみに電気と水道は神津島から引いていますので心配ありません。何かあったら携帯で連絡すれば、さきほどの船が来てくれます」

「そうですか……。でも海が荒れたら船は来られないのでは？」

「ええ、そうです。ですから体調の悪い方は早めに言ってくださいね。薬も少し持ってきていますが、痛み止めや風邪薬、睡眠薬などの飲み薬だけです」

「そうですか……。嵐がきたら我々は孤立しますね。もし何かあったら犯人の思うつぼですね」そう言って石崎が含み笑いをした。

「はあ？」結城が不思議そうな顔をする。

「ミリア、早くこの馬鹿を止めないと」ユリがあわてて立ち上がる。

「いてっ！」ミリアが石崎の頭を後ろから叩いて、背中を押して無理矢理座らせた。

「そ、それでは、他に質問は？」結城がきく。

江口が手を挙げる。「結城先生たちは、ここでどういう生活をするのですか？　それに持ち物は何を持ってきたのですか？」

「ああ、そうですね。それを言っておきましょう。私と日向の二人も、皆さんと同じように生活します。皆さんと同じものを食べ、同じような部屋で寝ます。私たちが皆さんよりいい生活をしていたら、皆さんも不満に思って、心理状態に影響しますからね。ですから、持ち物も一つとはいいませんが、限定しています。私の場合は、着替えの他は、現金、携帯電話、記録用のレポート用紙、筆記用具、心理学の専門書くらいですね。それと先ほど言った飲み薬と絆創膏《ばんそうこう》だけです」結城が答え、日向の方を見て促す。

「私も、着替え、現金、記録用ノート、筆記用具しか持っていません。ですから、余暇《よか》を過ごすための持ち物はありません。何も持ってきていません」日向が答えた。

「では、他に質問は？」結城がきく。

犯罪心理研の近藤が手を挙げた。「このイベントの心理調査の目的を知りたいんですけど……。案内状には、余暇の過ごし方や娯楽の成立過程、人が大切と思うことを調べる、なんて書いてありましたけど、持ち物をひとつだけ持ち込んで、五日間過ごすだけで、そんなことがわかるのですか？　一応、質問しとかないと、後で部長とかに質問されたらいやなんで教えてください。調査に支障が出ない範囲でいいですから」

「そうですね」結城が説明する。「まず今回の調査イベントで調査することは、一つではありません。研究会に所属する先生たちの提案した心理調査を何件か行います。それを私が代表して調査するわけです。ですからその調査内容には、無人島という環境に来ただけで、人間の心理にどのような影響が現れるか？　などということから、案内状にも書いたような、娯楽の成立過程を調べるもの、長時間の余暇が人に及ぼす影響など、いろいろあります。ただ、今回のような試みは、私の所属する研究会でも初めての試みですので、果たして五日間という短い期間できちんとした結果がでるのか？　電気や水道のある環境で無人島といえるのか？　などという疑問も、研究会の先生たちの間から出ました。しかし、それでもとにかくやってみようということになりました。ですから今回の調査イベントは、きちんとした心理学の調査を行うための、予備的な調査と考えてもいいかもしれません。しかし予備的といっても、きちんと調査を行います。ですからこちらも不慣れな点があるかと思いますが、みなさんよろしくお願いします」結城の真剣な表情での説明に、皆が大きく頷いた。

「ちなみに、結城先生の調査テーマは何なのですか？」石崎が質問した。

「えっ？　私ですか？」結城が少し考えてから答える。「えーっと、私の今回のテーマは……、そう、人が大切に思う物は何か？　です」

「それはみんなが一つだけ持ち込んだ物ということですか？」石崎がきく。

「いいえ、そうとは限りません。今回のみなさんの持ち込んだ物は、余暇を過ごすための物が多いでしょうから……。そうですね。どちらかというと、五日間、普段の忙しい暮らしから離れて、あるいは普段気づいていない大切な物と離れて暮らして、そして自分を見詰め直してみれば、何か大切な物がわかるかもしれない。そんなイメージですね。わかりやすくいうと、のんびりしていても仕事がないと落ち着かないとか、テレビなんていつもただ点《つ》けっぱなしで、真剣に見たことないけど、無くなると寂しいとか、そういうことってあるでしょう。もっと率直に、仕事が大切とか、お金が大切とか、やっぱり健康だとか、そういうことでもいいんです。そんな、人が大切と思う物を調べたいということです。私の調査は、今回のイベントのメインの調査ではないのですけど、最後にみなさんに質問するつもりです。心の隅に少しだけ意識していてください、大切な物は何か？」

「他に質問はありませんか？」結城が皆を見る。

小林が手を挙げた。「櫻藍女子学院の生徒が参加者に多いのですが、これは何故《なぜ》ですか？」

「ああ、それは私、櫻藍の出身で、櫻藍の校医の先生とも知り合いですし、そういうわけで櫻藍に案内状を出しました。その他のメンバーは大学の学生や私の知り合いです。夏休みですし、学生の方はかなりスケジュールは自由になると思いました。ただ調査のサンプリングとしては、学生と先生ということで、年齢や環境に違いがありますけど、それはこれから同様の調査をしていくことで解消されていくと思います。ただ、一応皆さん独身ですね。その点は共通してますけど、大部分が学生ですから当然といえば当然かしら」

「石崎さん、みんな独身だからって、変なことしないでよ」ミリアが石崎を睨む。

「変なことって、完全犯罪とかか？」

「そういう発言を含めた全てよ」

「他に質問は？」結城が更にきいた。

「先生、あたしたちは単位のために来てるけど、自由にしていていいのですか？　何かレポートを提出するとかないんですか？」江口が質問した。

「ええ、あなたたちも他のみんなと同じように、自由に過ごしてかまいません」

「よかったあ」江口が胸をなで下ろした。

「さて……」結城が一同を見回す。

「それではよろしいですね。皆さん各自の部屋を確認してください。その後は自由です。ただし午後八時と正午には、この食堂に来てください。私の部屋と日向の部屋も、皆さんの部屋と同じ並びの一番奥、トイレの向かいにあります。何かあったら、どちらかに声をかけてください。それでは五日間よろしくお願いします」結城と日向が頭を深く下げた。

石崎の部屋は玄関ホールに一番近く、廊下を挟んだ館の入り口側、その横がミリアとユリの部屋だった。部屋の中にはベッドと机、椅子、テーブルがあった。ベッドの上部にはエアコンが、その反対側の天井近くの壁面にハト時計がかかっていた。机の横には曇《くも》りガラスのはまった大きな窓があり、窓を開けると、夕闇に沈む海と神津島が見えた。部屋の出入り口のドアの横にもう一つドアがあり、そこはシャワー室へ通じていた。着替えるスペースに陶製の小さな流しがあり、その横に歯ブラシとプラスチック製のコップが置かれていた。シャワー室には温度調節できるシャワーが設置されており、石鹼とシャンプーが置かれている他には何もなかった。

石崎は部屋の隅のクローゼットに着替えの入ったバッグを押し込み、ハンガーにズボンを掛けると、短パンとTシャツに着替えた。机の上でノートパソコンを開き電源を入れようとすると、ミリアとユリが、やはりTシャツと短パン姿に着替えてやってきた。

「おっ、石崎さんの部屋もわたしたちとおんなじだ」ミリアが部屋の中を見回す。「石崎さんはわたしたちと同じスペースで一人なんだから、ここをわたしたちの娯楽室にします」ミリアが提案した。

「賛成です」ユリが賛成する。

「反対だ」石崎が反対する。

「では、二対一。これによりこの議案は可決されました。よって現時点から、この部屋は出入り自由、行動自由となります」ミリアとユリがベッドにポンッと飛び乗った。

「それで石崎さん、何する?」ミリアがきいた。

「何するって、俺に決定権などないだろう」

「一応民主主義だから、ミステリィ研は」

「なんでもいいよ。時間はたっぷりあるしな。散歩と行きたいところだが、もう外は暗いからな」

「そうね。じゃあ、まずは簡単なところからで、トランプしようよ」ミリアが提案する。

「それはいいけど、三人じゃちょっと少なくないか、せめてもう一人くらい」

「そうね。石崎さんトランプ馬鹿弱だから、結局わたしとユリの二人でやってるようなものだもんね」

「じゃあ、わたしとミリアで、誰かもう一人連れてきましょうよ。ついでにお菓子も持ってくるから、石崎さんは、わたしたちの部屋にトランプあるから持ってきといてよ。あと椅子も四人分ね」ミリアとユリの二人が出ていった。

石崎がテーブルの周りに椅子を並べ終えると、ミリアとユリが須藤まみを連れてきた。

「さあさあ、トランプしましょ」ミリアがまみの手を引っ張って部屋の中に入る。まみは恥ずかしそうに下を向いている。

「このおじさん、幼稚園児みたいに半ズボンなんか穿《は》いて頭悪そうに見えるけど、別に悪い人じゃないから」ユリが石崎を指差して言った。

「頭が悪いは余計だよ」石崎が言うと須藤まみがくすっと少し笑った。

「えーっと、須藤さんだよね」石崎が尋ねる。

須藤が頷いた。

「まみちゃんでいいわよね」ミリアが確認する。

「はい。いいです」

「じゃあ、さっそく始めましょう」ミリアがトランプをきり始める。

「その前に……」ユリがおせんべいの袋をあけた。

「ポテトチップとか探したんだけどないのよね。まあぜいたくはいわないけど」

四人でおせんべいを食べジュースを飲みながらトランプを始めた。

「じゃあ、何やる？」ミリアがトランプをきりながら全員の顔を見る。

「なんでもいい」石崎が答える。

「あいかわらず投げやりね」ミリアが石崎を一瞥《いちべつ》する。「まみちゃんは？」

「なんでもいいです」まみが小さな声で答えた。

「あら、まみちゃん。こんなおっさんと同じこと言ってちゃだめよ」ミリアがまみに向かって言う。

「おっさんは余計だ」石崎の言葉にまみが笑った。

「えーっと、じゃあばば抜きね」

「おまえなあ。なんでばば抜きなんかやるんだよ」石崎がミリアに食ってかかる。

「なによ、なんでもいいって言ったでしょ」ミリアが石崎を睨む。

「そりゃあ言ったけど、ばば抜きなんて……」

「だったら最初からばば抜きはいやだって言いなさいよ。それに石崎さん、以前言ったでしょ。ばば抜きで犯人を当てるミステリィがあるって。せっかくわたしが自分の意見を殺して、ミステリィ好きの石崎さんのためにばば抜きをやってやろうとしているのに……」

「おまえなあ、いつ俺がばば抜きだって言ったんだよ」

「あれはばば抜きじゃないです」まみが下を向いたまま小声で言った。

「あれっ？　まみちゃんってミステリィ読むんだ」ミリアがまみの顔を見る。

「ええ、本読むの好きなんです」

「おお、そうか。須藤君、君は偉い、偉いなあ。そんなにミステリィが好きか。よし、君のためにばば抜きでもなんでもやろう」石崎がミリアからトランプを奪ってくばり始めた。

「まったく、調子いいんだから。ミステリィじゃなくて本が好きだって言ったのよ、彼女は」ミリアが手元に配られたカードを確認しながら言った。

ばば抜きで石崎の注意力のなさが暴露《ばくろ》され、神経衰弱で記憶力のなさが暴露され、スピードで反射神経のなさが暴露されていった。いよいよ身体も暖まってきたとのミリアの言葉で、お菓子のあられせんべいをチップにしてポーカーが始まった。

「じゃあ、ポーカーやりましょ。まみちゃんポーカー知ってるわよね」ミリアがカードをきれいな手さばきでシャッフルした。

「はい知ってます」まみが答えた。

「いいわね。じゃあ始めるわよ」ミリアの言葉でポーカーが始まった。


「わははは、まみちゃん。残念でした。ホントはブタだったんだよ」石崎が嬉しそうにカードを見せる。

「うわあ、くやしいなあ。わたしフラッシュなのに」まみが悔しそうにチップを渡した。

先程からまみは、いい手役はできるのだが、チップを張る段階になると降りてしまい負けることが多かった。

「ふふふ、ポーカーならば勝てるかもしれない」石崎が嬉しそうに笑う。

「まみちゃん駄目よ。石崎さんを調子づかせちゃ」ユリがまみに声をかける。

「はい。でもわたし、相手が強いのか弱いのか、単なるはったりなのかわかんないんです」

「いい、まみちゃん」ミリアがまみの方を向く。

「まみちゃんは、さっきから下ばっかり見てて、相手の顔や仕草を見てないでしょ」

「はい……」まみが小声で頷く。

「それじゃ駄目よ。相手の心理は見破れないわよ。相手の顔を見なくちゃ。特に目よ。目を見るのよ。そして相手の仕草も観察するの」ミリアがまみの顔を見つめる。

「目ですか……。なんかわたし、人の顔を見るのも、自分が見られるのも苦手なんです」

「駄目、駄目、そんなことじゃ。それじゃ石崎さんの思うつぼよ。とにかく相手を見なきゃ。そして相手に見られたら睨み返すのよ。こうやって」ミリアがまみを睨む。

「こ、こうですか」まみが真似をしてミリアを睨む。

「そう、そうよ。それが重要なのよ。そうやって相手を威嚇《いかく》して、そして相手の態度を観察するのよ。特に石崎さんなんか気が弱いから、すぐに目に表れて視線が定まらなくなるわよ」

「わかりました。やってみます」まみが石崎を睨みつける。

「きゃははははは」ミリアが笑う。「まみちゃん、どう、わかったでしょ。石崎さんの心理状態を読むのなんか簡単でしょ」

「はいっ！　石崎さんって、ものすごく顔に出ますもの。安い手で勝負しているのもすぐわかるし、高い手だと手がぶるぶる震えてるし、ばっちしわかっちゃいます」まみが嬉しそうに答える。

「そうでしょ。そうでしょ」ミリアが嬉しそうに頷く。

「はいっ！　ほんと石崎さんて単純ですね。こんなにポーカー弱い人、初めてです」まみが石崎を見ながら嬉しそうに笑う。

「くそーっ、そうかあ、手が震えていたか。よーしっ、じゃあばれないように、常に手を震わせておくぞ」石崎が手を震わせながらチップを置いた。

「なんてアホなの、まったく」ユリが石崎を一瞥する。「いい、このイベントが終わったら、ちゃんと清算するからね。ふざけてても知らないわよ」

「なんだよ。これ賭けてるのかよ」

「当然よ。一番負けた人がみんなにご飯おごるのよ」

「くっそーっ、いつもおごってるけど負けるのはくやしいからな。がんばるぞ」

「わたしもがんばる」まみが拳を握り締めた。

石崎たちがトランプで大騒ぎしていると、結城あかねが部屋に入ってきた。まみが最初に気づいて嬉しそうに声をかけた。

「あっ、結城先生。わたしトランプまぜてもらってるんですよ」

「まみちゃんここにいたの」驚いたように結城がまみを見る。

「ああどうも、結城先生」タオルでねじりはちまきをした石崎が声をかける。「結城先生もどうですか？　こいつら馬鹿強なんですよ。やっぱ若いからかなあ。先生一緒にやりましょうよ。どうも若い奴ばかりだと、やりにくくて」

「本当に馬鹿でしょ、石崎さんって」ミリアがまみに囁《ささや》いた。

「うん。暗に先生は歳とってる、おばさんだって言ってるんだもんね」まみが答える。

「しかも、それにまったく気づかないんだもの」ユリも囁く。

「いえっ、私はちょっと……」結城が答える。

「ああ、そうですか。仕事ですもんね。でも暇になったらやりませんか？　自分も本当は仕事があるんです。だからパソコンを持ってきたのですけど……。ほんとに、こいつらの相手で大変です」石崎が机の上のノートパソコンを指差した。

「なにが、こいつらよ。仕事なんかしたら怒るからね。今はとにかくトランプでしょ」ミリアが石崎を睨む。

「わかってるよ。とにかくおまえたちに勝つっ！」

「あのーっ」結城が声をかける。

「ああ、やっぱやりますか？　先生。負けたら先生にもおごってもらいますからね」

「いえ、もう午後八時なんで、一度食堂に顔を出してください。ここにいるのは私もわかりましたけど、一応きまりですので」

「なんだ、そうですか。騒いでいて気づかなかった。よーっし、じゃあ飯にしようぜ。これでツキの流れがかわるぞ」

「ふん、望むところよ。一気に止《とど》めを刺してやるわよ。いいわね、まみちゃん、ユリ」

「うんっ！」二人が頷いた。

「なんだおまえら、同盟か。ふふふ、いくらでもつるむがよい。弱い奴ほど群れたがるからな。さあ飯だ、飯だ」石崎が騒ぎながら出ていくと、ミリアとユリ、それにまみも嬉しそうに後をついて行った。


食堂に行くと午後八時を五分過ぎていた。食堂では助手の日向と、石崎たち以外のメンバーが食事をしていた。

「さあって、何を食べよっかな」ミリアが冷蔵庫を開ける。「あっ、わたし冷やし中華にしよっと」

「じゃっ、わたしも」

「わたしもっと」ユリとまみも続いた。

「石崎さんは？」ユリが尋ねる。

「ふっ、おまえらまったくわかってないな。夜に冷やし中華食うなよ。いいかこういう時はな、カツ丼だよ、カツ丼。勝負事と取り調べにはカツ丼って決まってるんだよ」石崎が冷蔵庫の前のミリアを押しのけてカツ丼弁当を手に取った。

「押さないでよ、もおっ。冷えたカツ丼なんて喜んで食べるのはあんたくらいだから、慌てなくても平気よ」

「ここでも食ってるよおーっ」格闘技同好会の江口薫が向こうで手を挙げて笑っている。

「うわっ、江口さんすみません」ミリアが頭を下げる。

「まったく、恥かいちゃったでしょ。石崎さんのせいで」ミリアが石崎の腕をつねった。

「おおおおおっ」石崎が大声を出す。

「そんなに強くつねってないでしょ」

「い、いや、いい物を見つけたぞ。お酒があるじゃないか。紙パックの日本酒だけどな。こりゃあいいや。飲んじゃおうっと」石崎が日本酒の二百ミリリットルサイズの紙パックを手に取った。

「なんでお酒まであるのかなあ」ユリが首を捻る。

「さっきは気が付かなかったわ。そんな牛乳パックみたいなお酒もあるんだ。でもお酒飲んでもいいんだ、このイベント」

「ええ、かまいませんよ。飲みすぎなければ……」近くのテーブルでおにぎりを食べている日向が答えた。

「ああ、うまいなあ。でもストローでお酒飲むと、酔いのまわりが早いんだよな」石崎が立ったまま飲み始めた。

「石崎さん、一個だけだからね、お酒」ミリアが釘を刺す。「酔っ払ったら駄目だからね。酔っ払いにトランプで勝ってもつまらないから」

「ああ、わかってる。俺はいつでも全力を尽くす」石崎が胸を張る。

「あれで全力なの？」まみがミリアにきいた。

「ううん。あれでも、いつもより強いくらいよ」

石崎たちが席について食べ始めると、江口たち格闘技同好会のメンバーが食事を終えて立ち上がった。そこにちょうど食堂に入ってきた結城が声をかけた。

「永井君、ちょっと」

「なんですか？　先生」永井弘が結城の方に振り返る。

「永井君、携帯ゲーム機持ってきたでしょう。良かったらあれを貸してくれないかしら？」

「ええ、持ってきましたけど……。先生ゲームなんかやるんですか？」永井が驚いたようにきいた。

「ええ。私、不登校や引きこもりの子供たちのカウンセリングやってるでしょ。そういう子たちって、家でゲームを一日中やってる子供が多いのよ。だから、子供たちがやっているゲームってどんなものなのか知りたくて」

「ああ、そういうことですか。いいですよ。持ってきますよ」

「それと、私って機械全然駄目だから、詳しくゲームのやり方も教えてくれる?」

「いいですよ。じゃあ、あれってピコピコ音もだせるから、娯楽室でやりましょうか」

「ええ、お願いするわ」結城が嬉しそうに微笑む。

「わかりました」永井が頷く。「江口、そういう訳だから、夜のトレーニングは俺出なくていいよな」

「まあ、許してやるか。結城先生の依頼じゃあ」江口が頷く。

「ごめんね」結城が江口に微笑む。

「わたしは?」中村紀子が江口に尋ねる。

「紀子は関係ないだろ」

「うそっ、薫と二人だけでやるの? それはいやだわ。薫のペースじゃついていけないもの。やっぱり永井君も一緒にやりましょうよ。お願いっ」中村が手を合わせて永井を見つめる。

「そうか。確かに江口の相手は一人では危険だな。じゃあ先生、簡単な操作だけ教えますから、わからないことがあったら後できいてください。とにかく、今ゲーム機持ってきますので……」永井が食堂を出て行きながら江口の方を振り返る。「江口、トレーニングは二十分後にしてくれ、食事したばかりだし、いいだろ」

「わかった」江口が頷く。

「あーあ、サボれなかった」中村が残念そうに呟く。

「甘えるなよな。紀子」江口が中村の背中を叩きながら、二人とも食堂を出ていった。

「結城先生」食堂に残った結城に石崎が声をかける。「ゲーム機の操作だったら自分もわかりますよ」

「えっ? ああ、ありがとうございます。永井君にちょっと教えてもらえば大丈夫だと思います」少し困った顔をしながら結城が答えたところに、永井がゲーム機を持ってきた。音がうるさいだろうからと言って結城と永井は娯楽室の方へ出ていった。

「石崎さんはわたしたちとトランプがあるでしょ。逃がさないわよ」ミリアが石崎を睨む。

「そうそう」ユリも当然のように頷く。「食事が終わったら再開するわよ」


石崎たちが食事している間に、他のメンバーは食事を終え、次々と自室や談話室などへ戻っていった。食堂に最後に残った石崎たちも食事を終えると、トランプを再開するために部屋に戻った。

「うわあああーっ、こ、これは」最初に入った石崎が叫び声をあげた。

「どうしたの？　石崎さん」ミリアとユリが駆け寄る。

「ぶははははっ。いやあー、石崎さんおめでとう。いやや、御愁傷様かな」ミリアとユリが腹を抱えて笑っている。

石崎のパソコンには、オレンジジュースがたっぷりとかかっていた。当然精密機器のパソコンであるから、これで使い物にならなくなった。

「くそーっ、誰がこんなことをしたんだ」

「風でジュースが倒れたんじゃないの」ユリが気楽に答える。

「いや、パソコンは、蓋《ふた》が開いてたんだぜ」

「ああ、そうだったわね」ミリアが軽く言う。

「それなのに今は蓋が閉まってて、そのうえたっぷりジュースがかかってるんだぜ。しかも、ジュースはキーボードの上にもたっぷりかかってるみたいだから、キーボードにジュースをかけてから、わざわざ蓋を閉めたことになる。自然に蓋が閉まる訳ないから、これは誰かがやったとしか思えない」

「がたがたうるさいわね。ジュースのパックが風で倒れたのよ。蓋だって風で閉じたのよ。たいしたことじゃないでしょ。いつも言ってるでしょ。この世には不思議なことなど何もないのだよって、京極《きょうごく》さんが言ってるって」ミリアが怒ったように言う。

「そうそう。でなければ、きっとばちがあたったのよ」ユリが笑いながら言う。

「そんなあ……」石崎がパソコンの蓋を完全に開けようとする。

「ちょっと石崎さん、ジュースをびちゃびちゃさせながら、そんなの開かないでよ。それ、中にまで入ってるわよ。シャワー室でやってよ。ここはみんなの娯楽室なんだから汚さないでよ」ミリアがシャワー室の扉を指差す。

「そうよ。それにもう駄目だと思うわよ、それ」ユリがパソコンを指差す。

「くっそー、しょうがない。あきらめるか」石崎がパソコンをシャワー室に置いてきた。「いいや。どうせ会社の支給品だい。イベントが終わったら、分解して丸洗いして、他のやつのとこっそり取り替えてやるぜ」

「そうそう。やっと人生ってどういうふうに生きるかわかってきたみたいじゃない、石崎さん」ユリが石崎の肩を突つく。

「おおっ、わかってきたぞ」

「とにかく今はトランプよ。いいわね、まみちゃんも」ミリアが声をかける。

「うん、勝負よ」まみが答える。

パソコンのトラブルをものともせず、さらにトランプは続き石崎は負け続けた。

「石崎さん、どうしてそんなに弱いのですか?」まみが不思議そうに質問する。

「まだまだこれからだい。くそーっ、喉《のど》かわいたな。なんか持ってこようぜ」

「そうね。じゃあちょっと休憩しましょうよ」ミリアが提案する。「誰か他にもトランプやる人いるかもしれないから、談話室とか行ってみましょ」

全員で食堂に飲み物を取りに行くと、江口が一人で食事をしていた。

「あれっ、江口さん。また食事してるんですか?」ユリが声をかける。

「おおっ、腹減っちゃってさ」江口はカツを一口でほおばった。

「うわっ、またカツ丼弁当食べてるんですか？」ユリが驚いたように目を丸くする。

「うん、こいつは腹にたまるからね」

「冷たくても平気なんですか？」ユリが江口の機嫌をうかがうようにきいた。

「そりゃあ、温かい方がいいけどさ。ぜいたくはいえないよ」

「そうですよね。でもなんで電子レンジくらい置いておかないのかなあ」ユリが首を捻る。

「そうね」ミリアも首を捻る。「湯沸かしポットもあるし、エアコンだってあるのにね。冷蔵庫だってあるし、なんで電子レンジがないのかしら？」

「ふふふふ」石崎が笑い出した。

「なに、笑ってるのよ」ユリが石崎を突つく。

「おまえら、やっと気づいたか。まあ、おまえらくらいのレベルなら、今ぐらいに気づくのなら上出来だな」

「いったい、なにを言ってるのよ。なによ？　気づいたかって？」ミリアが石崎の顔を見る。

「この館に電子レンジがないことには、きっと深い意味があるぞ。俺なんかすぐわかったぞ」

「どういう意味があるのよ」ミリアが怒ったようにきく。

「そりゃあ、事件を解くヒントがあるのさ」石崎が答える。

「石崎さん、いい？　しっかりしてよ」ミリアが石崎の顔を見つめる。「まだ事件も何も起きてないでしょ。わかる？」

「俺のパソコンが壊された」

「それはただの不注意でしょ。まったく……、トランプに勝てないからって、変なところでひがまないでよ」ミリアがあきれたように言う。

「ちぇっ、いいよーっだ。後で教えてくれって言っても教えてやらないよーだ」石崎が舌を出す。

「ほんとに子供なんだから」ユリがあきれたように言う。「さっさとトランプやりましょうよ。メンバーを増やさなきゃ。江口さん、トランプやりません？」

「いや、あたしはまだ寝る前に、もう一度外を走るつもりだから」

「そうですか。でも江口さんすごいですね。格闘技のプロを目指すんですか？」

「いや、格闘技は趣味かな。あたしは先生になりたいんだ。だから教育学部に入ったんだよ」

「でも最近景気が悪いから、先生になるのは難しいでしょ」ミリアが言った。

「うん、でもなりたい。実はあたし、弟が自殺してるんだ。いじめでさ。だから先生になって、いじめてる奴等をいじめてやろうと思ってるんだ。単純だろ」

「いいですね。格闘技やっとけば、どの程度殴ったら死ぬかわかりますもんね。くそガキ共《ども》に地獄を見せてやれますもんね」ユリが嬉しそうに頷く。

「そうなんだよな。体力だけは今でもOKなんだけど、脳がついていかないんだよな。前期科目でも、教育心理学の単位落としたんだ」

「教育心理学って結城先生が担当なの？」ミリアがきいた。

「うん。結城先生は、医学部でも精神科だから、教育学部で講座を持ってるんだ。教育心理学っていっても、カウンセリングの真似事やったり、グループで研究発表やったり、けっこうおもしろいんだ。授業が終わったあとで先生と一緒に飲みにいったりするしね」

「それで単位とれなかったんですか？」ユリがきく。

「うーん。試験が駄目だったのかなあ」江口が首を捻る。

「ああ、わかります。そうですよね。やっぱ優秀な人間って認められないんですよね」ユリが大きく頷く。

「まあ、このイベントに参加すれば単位をくれるっていうから、いいけどね」

「中村さんと永井さんも単位落としたんですか？」

ミリアがきいた。

「そうなんだよ。あたしなんか他の科目の単位も落としてるから別に不思議じゃないけど、他の科目はほとんど優を取ってるあの二人が落としたくらいだから、もしかしたら難しいのかな。と言っても、落とした人間自体は少ないんだよね」

「へえー、じゃあどっちにしてもあの二人も、このイベントに参加しないわけにはいかないんですね」

ユリが納得したように言った。

「まあ、そうだけど。格闘技同好会として参加するとは思わなかったんだろうな。あいつら、健康のためにやってたりサークル気分で同好会にいるわけだから、あたしといっしょに走り込みとかしてけっこう疲れたんじゃないかな。夜のトレーニングが終わったらすぐに、疲れたから寝るって言って部屋に帰ったもの。あたしが少ししごきすぎたかな」

江口と別れ食堂を後にして談話室に行くと、犯罪心理研の近藤絵里と堺響子の二人が、頭を突きあわせて犯罪心理学の本を読んでいた。

「近藤さんたちトランプやらない？」ミリアが誘う。

「ああ、ミリアさん。駄目。この本難しくて、何書いてあるかわかんないのよ。わたしたち帰国子女で、英語はばっちりだから、英和辞典いらないだろうと思って置いてきちゃったでしょ。考えが甘かったわ。この本、専門用語が多くてまるでわかんないのよ。ほんとに気合入れて読まないと読み終わらないわ。まるで暗号解きながら読んでるみたいだもの」近藤が本から顔を上げて悲しそうな声で答えた。

「ほんと頭きちゃうわ。ああ、わたしたちも遊びたいわ。でもちゃんと読んでおかないと部長に怒られるからなあ。レポートのこともあるし」堺も悲しそうな顔をする。

「ほんと、ついてないわね。いやになったらいつでも言ってね。トランプやろうね」ミリアが優しく声をかける。

「うん、ありがと」二人が微笑む。

「先生は?」ユリがきいた。

「小林先生は部屋かな」近藤が少し首を傾けながら答えた。「前田先生も最初はここで本読んでたけど、わたしたちがぶつぶつ文句言いながら本読んでたら、嫌そうな顔して出ていった」

「ふーん……。読書研の二人は?」

「あの二人もさっきまでここにいたけど部屋に戻ったわよ。部屋で本を読むって。そこの棚にある本は勝手に読んでいいって言ってたわよ」堺が談話室の隅の棚を指差した。

石崎が棚に近づいて本を確認しはじめる。

「おい、ミリア、ユリ。これを見ろ」

「なによ」二人がやってくる。まみも石崎の手元を覗き込む。

「ほら、これが、『そして誰もいなくなった』だ」石崎が文庫本を手に取って見せる。

「ふーん」二人が興味なさそうに頷く。

「いい機会だから読んでみろ。他にもクリスティの作品がいっぱいあるぞ」

「いいわよ別に、もう犯人わかってるし」ミリアが面白くなさそうに答える。

「おまえの言った犯人は違うって言っただろ。おっ、『アクロイド殺人事件』もあるな。おまえら、これも読んでないだろ」

「ああ、駄目だわ」ミリアが額に手をあてて首を左右に軽く振った。「自分の才能が恐いわ」

「なんだ?」石崎がミリアを見る。

「また、わかっちゃったわ。犯人」

「すごいじゃない。ミリア」ユリがミリアを見つめる。

「まあ、当然よね。瞬殺のミリアって呼んでね」

「一応念の為にきいておくが、犯人は誰なんだ」

「いいの？　またネタばれよ」

「いいも何もない。早く言え」

「石崎さんに言ってるんじゃないわよ。ユリとまみちゃんよ」

「わたしはいいわよ。読む気ないもの」ユリが答える。

「まみちゃんは？」

「わたし、ここにあるのは全部読んでる」

「おっ、すごいな」石崎が嬉しそうにまみを見る。

「まみちゃん、それは読みすぎだわ。そんなに読んでると、この変なおじさんみたいになっちゃうわよ」

「はいっ、気をつけます」まみが素直に返事をする。

「気をつけなくていい。それよりミリア、早く犯人を言ってみろ」

「いいわ。教えてあげる……、というより、なんでみんなわかんないの？　こんな簡単なこと。いい？アンドロイド殺人事件でしょ。ということは、アンドロイドが殺されたか殺したかのどっちかでしょ。でもアンドロイドはロボットでしょ。人造人間だっていうかもしれないけど。人間じゃないわ。つまり殺人事件というからには、アンドロイドは被害者たりえないわ。つまりここでいうアンドロイドは加害者、アンドロイドが殺人事件の犯人なのよ」

「でも、ちょっと待って」ユリがミリアに言う。「ロボットは人を殺しちゃいけないんじゃないの。確かロボット三原則よね」

「そうよ。さすが、ユリは気づいたわね。そうなの。そこがこの作品が注目を浴びた理由なのよ。この作品はロボット三原則を破った作品なの。まさにぎりぎりなのよ」ミリアが説明を終え胸を張る。

「す、すごいですね、ミリアさん。ほんとに題名だけで犯人がわかっちゃうんですね」まみが尊敬の眼《まな》差《ざ》しをミリアに向ける。

「おいおい、まみちゃん。アクロイド読んだことあるんだろ」石崎があわててまみに尋ねる。

「はい。読みました」

「だったらミリアの言ってることが違うってわかるだろ」

「ええ。でも、海外のミステリィって、翻訳者によってイメージが全然変わるって聞いたことがありますから」

「ありますから……って。そんな犯人が変わるわけないだろ。まあ確かにアクロイドは、アクロイド殺人事件という題名で翻訳されているのと、アクロイド殺しっていう題名で翻訳されているもの、さらにアクロイド殺害事件って翻訳されているものがあるが……」

「ああ、やっぱりね。アンドロイド殺人事件じゃ、わたしみたいな鋭い人間に犯人がばれちゃうもんね。だから殺人事件じゃなくて、殺しとか殺害事件だなんて題名にしてるのよ。出版社もいろいろ考えてるわね」

「ミリア。でもそれだけじゃないのかもよ。『鬼殺し』ってお酒あるじゃない。きっと『アンドロイド殺し』っていうのもあるのかもよ。だから気を遣ったんじゃないかな、お酒のメーカーに。やっぱ、お酒に酔ったうえでの殺人とかの話だと、お酒メーカーはいい顔しないみたいよ。ビールとかウイスキーメーカーに嫌われちゃうと、営業的にまずいんじゃないかな。不景気でも広告費にお金かけてるもの、ああいう会社は」

「す、すごいですね、ユリさん。そんなことまでわかるんですか」まみがユリを尊敬の眼差しで見つめる。

「ああ、まあ当然よ。わたしは社会派だから。社会派のユリって呼んでね」ユリが胸を張る。

「わかった、わかったよ。おまえらが、アクロイドをアンドロイドと読み間違えるボケだけで、そこまで引っ張れるのは認めよう」

「うそっ、これって誤植じゃないの？」驚いてミリアが本を手に取る。「完全に誤植だと思ってたわ。さすがにアンドロイドじゃ、犯人はアンドロイドだってわかっちゃってストレートすぎるもん」

「そうよ。誤植じゃないんだったら、アクロイドって何？　ゲームの名前？」ユリが首を捻る。

「何って？　人の名前だよ」

「人の名前って、その人有名人？　歴史上の人物？」ユリが追及する。

「いや、その小説の登場人物だよ」

「そりゃあ、まずいんじゃないの？　それって近所のおっさんが殺されたのと同じことでしょ。日本で言ったら山田二郎殺人事件じゃない。それこそ誰？山田二郎って？　魂の名前？」ユリが更に追及する。

「確かにそれはまずいわよね。三郎でも四郎でもいいわけでしょ……」ミリアが急に黙りこんだ。「まさか、これは連続殺人……。一郎、二郎、三郎と殺されていくのよ。被害者に共通するのは『郎』の字と、一つずつ増えていく数字だけよ。恐ろしい事件だわ。きっとアクロイドって名前もそうなのよ」

「す、すごいです、お二人とも。題名だけでそんなに推理できるなんて、櫻藍のミステリィ研ってすごいレベルですね」まみがミリアとユリの二人を見つめる。

「おいおい、まみちゃん。勘違いするな」

「なにが勘違いよ。近所のおっさんでもないし、連続殺人を暗示する名前でもないなら、やっぱ誤植しかないじゃない。いや、誤植って言ったらまずいわね。これは作家と編集者による意図的な誤植なのよ。ケアレスミスの振りしてるけど、確信犯なのよ」ミリアが自信たっぷりに言った。

「わたしもそう思うな」ユリが頷く。「誤植だと読者は思って、軽く流しちゃうのを利用したミステリィなのよ」

「おおおーっ」石崎が急に大声をあげた。

「なによ、石崎さん。とうとう壊れたの?」ユリがあきれたように石崎の顔を見る。

「いいじゃないか、いいじゃないかそれ。誤植を利用したミステリィ。これぞ究極の叙述トリックだぞ」石崎が興奮している。

「意図的にやったら既に誤植じゃないでしょうが」ミリアが突っ込む。

「さて……、しゃれと現実のわからない人は、トランプで痛めつけてやりましょうよ」ユリが話題を変えるように言った。

「はいっ」まみが頷く。

「ああ、そうだ。トランプといえばこれだ」石崎が文庫本を手に取った。

「もう、しつこいわね。あんたは出版社の回し者か」ユリが石崎に突っ込みを入れる。


「前に話したことがあるだろ。トランプで犯人を当てるやつ」

「ああ、ばば抜きで当てるやつね」ミリアが答える。

「ばば抜きは違うっていつも言ってるだろ。この『ひらいたトランプ』はだな、ブリッジの結果から犯人を当てるんだ」

「ブリッジって、セブンブリッジ?」ミリアがきいた。

「いや、このブリッジっていうのは……、そうだな、ナポレオンに似てるかな」

「マイティ、よろめき、正ジャ、裏ジャってやつね」ユリが確認する。

「そうだ」

「ふふふ、またわかっちゃったわ。犯人」

「さすが瞬殺のミリア。まさに出版社泣かせ」ユリが笑う。

「またかミリア。それで、犯人は誰なんだ」

「名前はわかんないわよ。でも犯人はわかるわよ。犯人は隠れてる奴でしょ。じゃあ裏ジャックを持ってる人よ。裏ジャックは持っていても隠していいんだもの。裏ジャ隠しって一般的なルールでしょ」

「そりゃあ俺の高校時代も裏ジャックは隠していいルールだったけど、まあ切裂きジャックっていうくらいだから犯人でいいのかな」

「また、わたしの知らないこと言ってるわね。そんなことよりとにかく早くトランプを再開しましょうよ」

「そうだな。よーっし、返り討ちにしてやるぞ」石崎が気合を入れた。

部屋に戻ってトランプが再び始まった。

「まみちゃんさあ」

「なんですか？　ミリア先輩」いつのまにか年齢が一つ上のミリアとユリは先輩と呼ばれている。

「まみちゃん、どうして休学してるの？」まみに質問しながら、ミリアがハートの8を置いた。ゲームは、ポーカーでは勝てない石崎の提案で、7並べになった。

これ以上負けられない石崎以外は、おしゃべりしながら適当にゲームしている。

「わたし……、ほんとは櫻藍の生徒なんです」

「えーっ、じゃあ一年生？」驚いてミリアとユリがまみの顔を見る。

「はい。でも、全然学校行ってないんです」

「まみちゃん高校から？　中学にはいなかったわよね」ユリが確認する。

櫻藍女子学院は、小学校からの生徒と（ちなみにミリアとユリは小学校からである）、中学受験で入ってくる生徒、高校受験で入ってくる生徒がいた。

「はい。わたし中学は別の私立に通ってたんです。本当はエスカレーター式にそこの高校にも行けたんですけど……」まみが俯《うつむ》く。

「それで、どうしたの？」ミリアがきく。

「でもそこで、すごくいじめられてて、それがいやで、ずーっと不登校で。それで櫻藍を受験したんです」

「なんでいじめられてたの？　いやな奴でもいたの？」ミリアがまみの顔を覗き込むように質問した。

「みんなで、わたしのこと、ブスだとか汚いとか言って……」

「ふーん」ミリアとユリが曖昧に頷いた。

「全然、ブスなんかじゃないじゃないか」石崎が言った。

「石崎さんは黙っていなさい」ミリアが石崎を睨む。「本当のブスに、ブスって言ったらいじめにならないのよ。石崎さんが彼女にブスじゃないって言うのも、ブスだって言っていじめてる奴等と同じレベルの発言なのよ。人の外見について言ったら同じなのよ」

「わ、わかった。そうだな」

「まったく、よくそれで大人がやってられるわね」ミリアがあきれたように言う。「まあ、いいわ。でもまみちゃん、櫻藍に受かったんだから、もういじめなんかないでしょ。どうして休学してるの？」

「交通事故に遭っちゃったんです。春休みに車に乗ってて、シートベルトちゃんとしてなくて、それで頭をぶつけちゃって」

「ついてないわね。でも、もう治ったんでしょ」

「は、はい。ちょっとおでこに傷が残ってるけど大丈夫です」まみは前髪を長く伸ばしているので、もともとおでこは見えなかったが、さらにおでこを隠すように、手で前髪を下になでた。「すぐに退院できたし、それに結城先生も大丈夫だって言ってます」

「なんだ、結城先生って、その事故のときに治療してもらったの？」ミリアが意外そうな顔をする。

「いえ、もっと前から、中学の時のいじめの時から先生に相談してたんです。いろいろカウンセリングとか受けてたんです」

「そうなんだ。でも良かったわね、櫻藍に入れて」ミリアが微笑む。「いじめとかする馬鹿な奴等なんか、相手にしない方がいいわよ。そういうのを見逃してるような学校にいたってしょうがないわよ」

「そうですよね」

「そうそう。櫻藍は楽しいわよ」ユリが微笑む。

「はいっ。なんか先輩たち、すごく楽しそうですもんね」

「そりゃあ、楽しいだろうさ」石崎がふてくされて言った。

「なに、ふてくされてるのよ」ミリアが石崎の方を見る。「さては置くカードがなくなったな。石崎さんもうスリーパスでしょ。負けよ」

石崎の、今日はこれぐらいで勘弁《かんべん》してやる、という捨てぜりふでトランプは終わった。


ミリアとユリ、まみの三人は、これからは女だけのおしゃべりがある、などと言って隣りの部屋に戻っていった。

もう午前一時近かったが、石崎は一杯やってから眠ろうと思い、食堂に行くと、向かいの談話室に灯《あ》かりがついていた。入っていくと、読書研顧問の前田徹が本を読んでいた。

「どうも」石崎が頭を下げる。「前田先生、読書ですか？」

「ああ、石崎さんでしたね。ご覧の通り勉強中です。うるさい生徒たちも自室に戻ったみたいなんでね」前田が分厚い本を見せる。

「ははは、高校生って元気ですよね。引きも強い し。ところで、何の本を読んでるのですか？」石崎が本を覗き込む。

「私は、日本史、特に古代史が専門なんです」前田が本の表紙を見せた。

「ああ、社会科を担当していると」

「ええ。でも高校生なんか、まったく歴史なんかやる気ありませんよ。特に日本史はね。女子高生は現代のことしか興味ないようです」前田が面白くなさそうに言った。

「先生は女子高は嫌いですか？」

「ええ。石崎さんは先生でもないのに、よくあんな奴等の相手をしていられますね」

「あんなやつら……ですか」

「ええ。もともと私は大学に残って研究をしたかったんですよ。しかし大学には私のポストがなかった。仕方なく高校教師をやっていますよ」自嘲気味に前田が言う。

「はあ、研究ですか……。文化系ではポスト自体が少ないでしょうね」

「ええ。でもチャンスが訪れましてね。ちょっとしたコネが出来て、大学に戻れそうなんですよ」前田が笑みを浮かべる。「やっと馬鹿な高校生の相手もおさらばできそうです」

「そうですか。良かったですね。でも、大学も高校と同じで、学生に教育する場所でもあるでしょう。大学の先生って研究者であり教育者でしょ、特に日本の場合は。それにいろいろくだらないしきたりとか雑用とか多くて研究にならないみたいですよ」

「そうですかね」

「まっ、大学で何も学んでこなかったわたしが言っても説得力ないですけど……。それじゃあ、おじゃましました。わたしは寝ます」石崎は、前田を残し談話室を出た。

紙パック入りの日本酒をストローで飲みながら自室に戻ろうとすると、小林敦子がちょうど食堂から出てきた。

「ああ、小林先生、どうしました。先生も寝酒ですか」石崎が声をかける。

「い、いえ。ちょっと……、喉がかわいて」

「ああ、そうですか。生徒たち、もう寝ました？」

「ええ。読書研と心理研はかなり前に。おたくのミリアさんたちも、さっきトイレで会ったら、これから眠るところだって言ってました」

「まみちゃんもですか？」小林が聞き返す。

「須藤さんです」

「ああ、あの子も一緒でした」

「そうですか。みんな寝たか。じゃあ俺も寝よっと。それじゃあおやすみなさい」


翌朝、石崎が、顔を洗って歯を磨き服を着替え、食事にいくかそれとも散歩でもしようかと考えながら、窓を開け朝の海風に当たっていると、ミリアとユリがやってきた。当然ノックなどせずに、ずかずかと部屋に乱入してきた。

「おーおー、外なんか眺めて、たそがれてて、詩人か何かのつもりなんじゃないでしょうね」ミリアが石崎の肩を叩いてからかう。

「おまえらなあ、俺だってこういう景色のいい所にくれば、詩の一つや二つひねり出せるよ」

「寝ぐせで髪の毛立ててる男がよく言うわ」ユリが石崎の頭を指差す。

「ちぇっ、いいだろ別に。男は外見じゃないんだよ。それでどうするんだ。散歩でも行くか？」

「そうね。朝飯前に少し散歩しましょうよ」ミリアが答える。

「じゃあ、まみちゃんも呼んでくるわ」すぐにユリが部屋を出ていった。


まみは起きたばかりだというので、準備ができるまで談話室で待つことにした。そこでは読書研の二人が既に本を読んでいた。

「おお、K談社ノベルスも置いてあるじゃないか」石崎が棚に置いてあるK談社ノベルスに気づいた。

「さっき中村さんが置いていきました。江口さんの特訓で読む暇もないからって」読書研の中沢美枝が本から目をそらさずに言った。

「なになに、大門寺豪《だいもんじたけし》の不可能犯罪シリーズか。おお、最新刊もあるじゃないか」石崎が銀色の帯のついた本を手に取り、本の帯を見ている。「K談社ノベルス創刊十八周年フェアか。おお、オリジナル図書カードが貰えるぞ」

「貰えるんじゃなくて、抽選なんだから、当たるぞでしょ」ミリアが突っ込む。

「いいんだよ。もう貰ったようなもんだ。愛読者アンケートはがきを送ればいいいんだよ」石崎が挟んであったはがきを見る。

「おおおおっ」

「なに騒いでるのよ、今度は」ユリが石崎の手元を覗《のぞ》き込む。

「切手を貼れって書いてある。K談社ノベルスの愛読者はがきって、いつもは切手はいらないのに……。しかも宛先も違うぞ。うーん……。こ、これは、何か恐ろしいトリックが隠されているはずだ」

「なにが、隠されているはずだ……よ。浮いたお金でプレゼントの代金を捻出《ねんしゅっ》しようとしてるんでしょ。まったく」ユリがあきれたように言う。

「いやいや、そんなはずはない。K談社だぞ」

「でなければ、いやがらせで、本屋ではがきだけ抜かれて何も書かずに出されて大損害被《こうむ》ったとか、五十円切手代出す余裕があるのなら俺の印税上げてくれって、誰か言ったのよ」ミリアが簡単に言う。

「そうそう」ユリが頷く。「それに本来なら、普段の愛読者はがきが、なぜ切手がいらないのか？　っていう方が不思議なんでしょ。トリックがあるならそっちよ」

「そりゃあ、ユリ。愛読者の意見を参考にだな。次の企画に生かすとか、今の読者はどういうものが好みなのかとか、そういう情報に対する投資みたいなものだよ。愛読者はがきを送ってくれた人に出版案内を送るとかさ。それに、作家に見せれば作家もやる気がでるだろうしさ」

「それは表向きのことじゃないかな」ミリアが少し

首を捻って言う。「だってはがきって今五十円でしょ。ノベルスって八百円くらいでしょ。本の代金の六・二五％よ。これって大きい割合でしょ」

「そりゃあ一冊としては大きな割合だけど、実際に出されるはがきは少ないから、全体からみればたいした割合じゃないんじゃないかな。郵便代金の割引もあるだろうしさ。それに、絶対読者全員がはがきを出すことはないからね。最高裁判所の裁判官が、国民審査でいまだかつて罷免《ひめん》されたことがないのと同じだよ。愛読者はがきの回収率なんて限られているんだよ。絶対に全部戻ってくることはない」石崎が言い切った。

「また、最高裁判所がどうしたとか、わけのわからないこと言い出したわね。そんなことでごまかされないわよ」ミリアが真剣な表情で石崎を見つめる。「じゃあさあ、もしも、もしもよ。愛読者はがきが全部送られてきたらどうなるのよ。全員が愛読者なのよ。それだけの愛読者を開拓《かいたく》しておきながら、はがきの切手代で損害被って赤字になるのよ。その場合、編集者は誉《ほ》められるの？　責められるの？　本を買ったって、つまんなくて最後まで読まない読者も多いでしょ。最後まで読んでも、あつまらなかったって、それだけの読者もいるわよ。それを、全員が愛読者ですってはがき出してきたわけよ。すごいじゃない。でも赤字よ」

「そうね。確かに問題よね。きっと販売関係の人間は編集者に言うわよ。赤字じゃしょうがないって、君の自己満足のために出版してるんじゃないって」

「だから全部戻ってくることはないんだよ」

「そうなの？　そんな弱気なの？　そんなことないと思うわ。もっと強気のはずよ。きっと全員を愛読者にして、愛読者はがきの回収率百％を目指しているはずだわ。それが編集者の魂というものよ」

「おおーっ、ミリア、そうか、おまえからそんないい言葉が出るとは思わなかった。そうだな、そうだよな。俺が間違ってた」石崎が大きく頷く。

「そうでしょ。愛読者の名簿を業者に売ればお金になるもの。嘘のお話でもすぐに感動しやすい、騙されやすい人のリストだって」

ミリアの言葉に石崎が頭を抱えた時に、ちょうどまみがやってきた。

「先輩、お待たせしました」まみが声をかける。

「ほら、いくわよ」ミリアに急かされて石崎も名残《なごり》惜しそうに本を置いた。

「ああ、結城先生、日向さん、おはよう」ミリアとユリが挨拶をする。

結城と日向がまみの後ろに立っている。

「散歩ですって？」結城が尋ねる。

「うん、朝食前の運動よ」ミリアが明るく答えた。

「結城先生たちも一緒にどうですか？」石崎が誘う。

「いえ、私たちは……」結城が口籠もる。

「ああ、そうですか。残念だなあ。じゃあ、帰ってきたらトランプやりませんか？」

「いえ、ちょっと……」

「ほら石崎さん、行くわよ」ミリアとユリが石崎の腕を引っ張る。

「わかったよ。それじゃ、また」石崎がミリアとユリに引きずられるように部屋を出ていった。

「先生、良かったですね」日向が結城に微笑む。

「ほんと、良かったわね。うまくいってるものね」結城が笑った。

「違います、わたしが言ってるのは。もちろんそれもありますけど。今言ってるのは、あの石崎さんのことですよ。石崎さんて、先生に気があるんじゃないですか？」日向が結城の顔を見る。

「また、ふざけてますね。日向さん」

「別にふざけてません。先生、もうちょっと自分のことも考えた方がいいですよ。だいたい先生は頭が良すぎるから男性が敬遠しちゃうんですよ。でもあの石崎さんって、全然そんなこと気にしなさそうじゃないですか。ちょっと変わり者みたいだけど、あぁいう何も考えてないような人が先生にはいいんじゃないですかあ?」日向が結城の顔を下から覗き込む。

「大人をからかうもんじゃありません」結城が日向を睨む。「ふざけてないで、館内をもう一度見回りましょう」

「はーい」日向が笑いながら結城の後を歩いて行く。


「石崎さん、恥ずかしいから、あんまりしつこく誘わないでよね」島の外周に沿った道を歩きながらミリアが石崎に言った。

「何がだよ。なんかおかしいか? 結城先生たち誘うの?」

「嫌われちゃうわよ。あんまりしつこいと」ユリが石崎の脇腹を突つく。

「なんだよ。好きとか嫌いとかじゃないよ、別に……」

「でも結城先生、彼氏いないいんじゃないかなあ」まみが何気に言った。

「でも彼氏がいないということは、必要条件であって十分ではないのよね。石崎さんに振り向くとは思えないな。それに女医さんと、リストラ寸前のサラリーマンじゃあねえ、それこそ無人島で二人っきりになってもだめだと思うな」ミリアが嬉しそうに言う。

「はいはい、俺はそんなこと言われてもびくともしないよー。結婚する気も彼女つくる気もないもんね」

「完全に開き直ってるわ」ミリアがあきれたように石崎の顔を見る。

「その明るさが悲しいわね」ユリがあきらめたように首を左右に振った。

石崎たちが騒ぎながら島を一周する道を歩いてい

ると、格闘技同好会のメンバーがランニングしているのと出会った。江口薫は元気一杯だったが、中村紀子と永井弘は息をきらしている。

「おはようっ」ミリアたちが声をかける。

「オーッス」江口が挨拶を返す。彼女だけはその場で足踏みをしている。他の二人は苦しそうに前かがみになって背中で息をしている。

「江口さん元気ですね」ユリが声をかける。

「ああ、こいつらが元気なさすぎるんだよ」江口が二人の背中を叩いた。

「江口、叩くな。息が苦しいんだから」永井が苦しそうに息をしている。

「おまえはオーバーなんだよ。いつもゲームなんかやってるから駄目なんだよ。今も持ってきてるんじゃないだろうな」

「そんな余裕あるわけないだろ。結城先生に貸したままだよ。トレーニングで疲れちゃって、夜のトレーニングの後でも、結城先生に、やっぱり使い方がよくわからない教えてくれって言われたんだけど、疲れてるから明日にしてくれって言って、すぐに寝たよ。今日のトレーニングのことを考えたら、何もする気がおきなくてさ」

「そうか、よろしい。紀子はどう?」

「わたし、もう歩いていいかな。足が痛くて……、この前階段から落ちたでしょ」中村が息を切らしながら答えた。

「紀子、おまえ、あの時はすりむいただけだったろ」

「えへ、ばれた?」中村が舌を出した。

「こいつ調子いいんだよな」江口がミリアたちに向かって言う。「こういうお調子者だから、この前大学で階段を転げ落ちたんだよ」

「あの時は別にふざけてないわよ。混雑してて突き飛ばされたの」

「そうやって言い訳して休憩時間を延ばそうとしない。そら行くぞ」江口の掛け声で、二人は渋々江口の後を付いていった。

帰り道では石崎たちの前方に、前田徹と小林敦子が歩いているのが見えた。

「あれ小林先生じゃないかな。もう一人は前田先生だ」ミリアが指差す。

「うん。前田先生って歩くの早いわね。小林先生、小走りでやっと一緒に並んで歩いてるって感じだもん。二人で散歩かしら」ユリが首を傾げる。

「あの先生たち、仲いいのか？」石崎がきいた。

「仲いいのか？　がどういう意味かわからないけど、二人とも独身よね」ミリアが答える。

「うん」ユリが頷く。「でも二人がつき合ってるかどうかとか、わからないわよ。特に生徒たちにはね」

「どうしてだよ。おまえら、諜報力《ちょうほう》と破壊力は櫻藍で一番だろ」

「そりゃあ、そうだけど。別に興味ないし……。それに変な噂たてても先生たちに悪いしね」ユリがまじめな顔で言った。

「なんだよ、俺のことをさんざんからかってるくせに」石崎が不満そうに言う。

「石崎さんは特別よ。打たれ強いでしょ」ユリが石崎の背中を叩く。

「痛てっ、それでなんだ、その変な噂って？」石崎がユリの顔を見る。

「うちの高校って女子校だから、先生同士の職場恋愛にも厳しいのよ。別につき合っていけないってわけじゃないけど。つき合ったら結婚するって、もう決まってるような雰囲気があるのよ。生徒だけじゃなくて、先生たちの間にもね。だからちょっとでもそんな噂が流れたら迷惑でしょ」

「そりゃあ、たまらんなあ」

「そうでしょ」ミリアが続ける。「そりゃあ、ちょっと気のある先生とならいいかもしれないけど、万一石崎さんのような先生と噂になったりしたら大変でしょ。でもね、石崎さん云々《うんぬん》は別にしても、わたしたちも櫻藍のそういうくだらないところを変えていかなきゃいけないいって思って、日夜戦い続けてるわけよ。おかげで先生たちには睨まれてるけどね」

「すごいですね。ミリア先輩たちって、学校のことすごく考えているんですね」まみがミリアとユリを見つめる。

「そうね。わたしたちってすごいのよ。櫻藍の良心と言ったらわたしたちのことだから」ミリアが胸を張る。

「はいっ、わかりました」まみが大きな声で返事をする。

「おまえらは私利私欲のために生きているようにしか見えないが」

「えっ？」ユリが石崎に聞き返す。「私利私欲のために生きないでどうするの？　他に何があるの？　石崎さん何か勘違いしてない？　利益とか欲とかってお金だけじゃないのよ。石崎さんも前にそんなこと言ってたじゃない。人は自分にとってプラスになることしかしないって。利益とか欲とかって自分にとってプラスになることなのよ。それが結局他人のためになるのか、社会のためになるのかなんて知ったこっちゃないわよ。人の顔色窺ってるほど暇じゃないしね」

「わかった、わかった。おまえの言ってることは正しい。よく俺の言ったことを覚えていたな。偉い！」

「自分は忘れてたくせに」


腹減ったあと言いながら石崎たちが館に戻り、食堂でパンを食べていると、犯罪心理研の近藤絵里と堺響子がやってきた。

「ミリアさんたち、CD知らないですか？」堺響子が尋ねた。

「CDって現金自動おろし機のことか？　大根おろし機はDDだな」石崎が答える。

「馬鹿はほっときましょ」ミリアが石崎を無視する。「どうしたの堺さん？」

「娯楽室にCDプレーヤー置いといたんですけど……、中に入っていたCDが無いんです」

「CDだけ？」

「はい」

「江口さんが借りてったんじゃないの？」ユリが少し首を傾げて言う。「あの人もCDプレーヤー持ってきてたでしょ。だからCDだけ借りてったんじゃないの」

「ううん、違うんです」堺が首を左右に振る。「江口さんのCDも無くなってるんです。お互いにCDの借りっこしようってことにして、昨日も夜、娯楽室で交換して聴いてたんです。わたしは犯罪心理学の本も読まなくちゃいけないから、娯楽室に置いて部屋に戻ったんです。その時、自分の聴いてない時は娯楽室に置いておこうって約束したんで。それで今朝見てみたら、CDだけ無くて、江口さんのも無くなってて」

「ふーん……、それは妙ね」ミリアが首を捻る。

「CDプレーヤーは残ってるんでしょ」

「はい」

「それと……」今まで黙っていた近藤が話しだした。「わたしの携帯電話も無いんです。部屋に置いていたんですけど、無くなってて、昨夜はあったのは覚えてるんだけど、さっき食事して、響子のCDとか探してて、部屋に戻ったら無くなってるのに気づいたんです」

「携帯か……」石崎が呟き考え込む。

「そ、そうなんだ。うーん携帯電話も知らないわ」ミリアが答えると、堺と近藤は、もう少し探してみると言って部屋を出ていった。

それを確認すると、ミリアとユリが石崎の頭を叩いた。

「痛てっ！　何するんだよ」

「石崎さんが盗んだんじゃないでしょうね」ミリア

が石崎を睨む。

「なんで俺が盗むんだよ」

「なんか、急に考え込んでたじゃない。やばいと思ってわたしたちあせっちゃったわよ」

「盗むわけないだろ」

「じゃあ何を考えてたのよ」ユリが疑わしげに石崎の顔を見る。

「携帯電話がなくなると、外部と連絡が取れなくなると思ってな」

「なによ、またそんな話？」ミリアがいやそうな顔をする。

「いや、俺のパソコンも、壊されてメールのやり取りが出来なくなった」

「壊されてって、あれは石崎さんの不注意じゃないの」ユリが指摘する。

「いや、俺は机の上にオレンジジュースを置いた記憶はない」

「わたし置いた」ミリアが手を挙げる。

「わたしも」ユリも続く。

「くそっ、それでも窓も開けてないのに、風が吹いてオレンジジュースのパックが倒れるのは変だろ、しかも蓋《ふた》まで閉じたんだぞ」

「なんかの拍子にってこともあるでしょ。考えすぎよ。石崎さんは、外部との連絡を絶ってから殺人事件が起きるって言いたいんだろうけど、そんなことあるわけないわよ。ミステリィの読みすぎよ。そう思うでしょ、まみちゃんも」ミリアがまみに確認する。

「はい、殺人なんておきません」

「ほら、ミステリィをたくさん読んでても、普通の人はこういう態度をとるのよ」

「そっかなあ、電子レンジのこともあるしなあ」石崎が呟く。

「ほらっ、そんなことより、とにかく早く食べて遊びましょうよ」ユリが牛乳でパンを流し込む。

「今日は何やる？」ミリアがきく。

「麻雀にしない？　まみちゃんできる？」

「はい、家族で麻雀とかやりましたから」

「いいわね。じゃあ麻雀にしましょ。いいわね石崎さん」

「しょうがねえなあ。いっちょうもんでやるか」

石崎たちはテーブルの上に毛布を敷いて急ごしらえの麻雀卓《たく》にして麻雀を始めた。

「ロン」ミリアが牌を倒す。「……。石崎さん点数は？」

「親の平和《ピンフ》三色ドラ一だから、ピンピンロクだよ」

「ごまかしてないでしょうね。平和三色ドラ一で四本折れるじゃない。マンガンじゃないの？」

「ごまかしてないよ。親の三十符で六翻《はん》だから、一万一千六百点だよ」

「えっ？　役は四つしかないから四翻じゃないの？」ユリが質問する。

「バンバンがつくって言っただろ。最初から二翻ついてるんだよ」

「なんでバンバンなのよ。だいたいなによ、そのバンバンって？」ユリが怒ったようにきく。

「だーっ！　おまえら点数数えられないくせにガン上がって、その上文句ばっかり言うなよ。どうせ俺が点棒払うんだからいいだろ。ほらミリア、一万一千六百点な」石崎が点棒をミリアに渡す。

「石崎さん千点足りないわよ。リーチかけてたでしょ。リー棒の分よ」

「くそっ、気づいたか。なかなかやるな」石崎が千点棒を渡し洗牌《シーパイ》を始める。

「ほら、おまえらもちゃんと混ぜろ」石崎が牌を激しくかきまぜる。

「うん」ユリが頷く。「ほら、まみちゃんも。こうやって石崎さんの方にくず牌が行くように混ぜるのよ」

「はい」まみが真剣な顔で牌を混ぜる。

「よーっし、じゃあ俺の山はくず山だぞーっ」石崎が自分の前に、ものすごいスピードで山を積み始めた。

「ちょっと石崎さん、調子に乗ってそんなに自分の山ばかり積まないでよ」ミリアが頰を膨らませる。

「いいか、さいころふって、自分の山が足りなかったらチョンボだからな」

「うそっ？　わたし親だから九つ以上ないとやばいじゃん。まみちゃんちょっとちょうだい」ミリアがまみの山を少し取って自分の山に付け足した。

「うわっ、ミリア先輩駄目です。ええいっ、ユリ先輩貰います」まみがユリの山を取る。

「うわっ、石崎さん貰うわよ」ユリが石崎の山を取る。

「ほら早くしろ。とっととやろうぜ」石崎が三人を急《せ》かす。

「まったく……、積むのだけはうまいんだから」ミリアが面白くなさそうに言う。

「そうそう。しゃくにさわるから、今度全自動卓買いましょうよ」

「いいわね。じゃあ一番負けた人が全自動卓買うのよ」ユリが提案する。

「負けないようにしなきゃ」まみが拳を握り締める。

「わたしもがんばろ」ユリも気合を入れる。

「おまえらなあ、雀荘で場所代賭けてやるのはよくあるけど、卓《たく》そのものの代金賭けるやつなんかいないぞ」

「なに？　場所代って？　やくざやさんの言うところのショバ代ってやつ？」ミリアが首を傾げる。

「そうか……。おまえら雀荘なんか行かないもんな」

「雀荘って、麻雀やるところでしょ」ユリがきいた。

「ああそうだ。閉ざされた雪の雀荘とか、雀荘事件とかじゃない。麻雀をやる店だ。四人で行って麻雀卓を借りるんだよ。場所代を賭けるっていうのは、その借り賃を賭けて麻雀をやるんだよ。一時間千円とか千二百円とか」

「ふーん。でもそれは雀荘にお金が入るわけでしょ。麻雀に勝った人は場所代を払わずにすむけど、自分の懐には入らないわけでしょ。全然儲からないじゃない」ユリが不思議そうな顔をする。

「そうだよ。俺も場所代だけ賭けるなんて、学生の頃の、暇はあるけど金が無いっていうときくらいだけど、でもそれでも楽しかったよ」

「まあ、お金賭けなくても勝負事は面白いものね」ユリが頷く。

「そうだな。勝負事って、お互いのプライドを賭けてるようなものだからな。お金は二の次だろう」

「なるほどね。でも今回は全自動卓を賭けるわよ。いいわね」ミリアがさいころを振った。「ほら、左っぱ。石崎さんのくず山よ」

「ツモ、白、中、混一《ホンイツ》。ハネマンです」まみが嬉しそうに白を卓の上に叩き付けて手牌を倒して見せた。

「うわっ、痛ったあ。でかいの上がられたわ」ユリが頭を抱える。

「へへへ、うれしいな。白が待ち牌だったから、ツモったのがすぐわかったもの。唯一わたしが盲牌《モウパイ》できる牌だもん」まみが嬉しそうに白を摘まんでみせた。

「リーチっと」今度は石崎がリーチをかけた。

「おおっと、くず手でまたリーチかけてきたわね。じゃあ追っかけ」ユリが追っかけリーチをかける。

「わたしおりよっと」ミリアが嬉しそうに言う。

「わたしも」まみも続く。

「じゃあ、わたしと石崎さんのめくりっこだ」

「めくり勝負だと厳しいな。おまえら俺の一万倍以上引きが強いからな」石崎がツモ切りする。

「えいっ！　あーだめだ」ユリが気合を入れるがツ

モれない。

「いらない」まみが白をツモ切りする。

「ロン」石崎が牌を倒す。「裏ドラはっと……、うわっ乗ってない。リーチだけだ」

「なにやってんのよ」ミリアが石崎の手牌を見る。「そんなの白なんかで待って、もうちょっと待てばタンヤオでも平和にでもなるでしょ。まみちゃんもついてないわね。白なんかで」

「ついてないですー」

「ははは、まみちゃん、あんまりノータイムで字牌を切らない方がいいよ。リーチをかけてくるということは、点を上げるためだけじゃなくて、あがりやすくするためにリーチをかける場合もあるからね」

「はい、わかりました」まみが素直に頷く。

「たまにあがると説教くさいからなあ、石崎さんは」ユリがあきれたように石崎の顔を見る。

「いいだろ。あがったんだから」

「はいはい、石崎さんがあがったおかげで半荘《ハンチャン》終わり。あがった石崎さんがぺけよ」ミリアが馬鹿にしたように言う。

「うわっ、もうオーラスだったたっけ？　かあーっ、しまったあ」石崎の叫びが部屋にこだまする。


麻雀では石崎も、一進一退《いっしんいったい》の好勝負を続けていたが、正午になったので麻雀を中断し食堂へ向かった。


食堂にはイベント参加者全員が集まっていた。石崎たちが食堂に入ると、正面のテーブルに座っていた結城と日向が立ち上がった。

「ちょうどミステリィ研の皆さんが来て全員そろいましたので、皆さんに連絡したいことがあります。実は……、紛失物があるようなのです」

結城の言葉に何人か頷いている。

「わたしのＣＤが無くなったの」堺響子が言った。

「なんか、あたしのＣＤも無いんだ」江口が続く。

「わたしは携帯電話が無いの」近藤が悲しそうに言

った。

「俺は携帯ゲーム機が無いみたいなんだ」永井が言った。

「永井君のゲーム機は、私が昨日借りて、その後娯楽室に置いておいたのだけど……、無くなったようなのです」結城が付け足した。

「そんなに無くなってる物があるの？」ミリアが驚いたようにきいた。

「そのようです。ミステリィ研の人たちは、何か無くなった物は？」

「トランプはあるし、麻雀牌もあるわね」ユリが答えた。

「ツキが無いかな」石崎が呟く。

「は？」結城が聞き返す。

「いや、こっちの話です」石崎が答える。「持ち物の話でしたね。無くなってはいませんがパソコンが壊れました。壊されたのか壊れたのかは微妙なところですが、完全にパソコンの中まで濡れちゃって使い物になりません」

「そうですか……」結城が黙り込む。

「他に何かありますか」日向が結城の代わりにきいた。

「あのー」中村が手を挙げる。「一冊だけ無いんです。K談社ノベルスの最新刊が……。他のはあるんですけど、一冊だけ」

「読書カードが抽選で貰えるやつですか」石崎がきく。

「はい、それです。他のものはあります」

「やっぱ、俺以外に狙ってる奴がいたのか。くそーっ」

「いないって」ミリアとユリが石崎に突っ込む。

「読書研の方たちは何か？」

「別に無くなってません」伊東美由紀が答えた。

「前田先生は？」

「別に何も」

「小林先生は？」

「もともと持ってきてませんから」小林が答えた。

「まみちゃんは？」ミリアがまみに直接きいた。

「わたしも持ってきてないもの」

「ちょっといいですか？」ユリが手を挙げた。「下着とか、そういうものが無くなってるということはないの？」

ユリの質問に皆黙っている。

「良かったわね、石崎さん。まだ手付かずらしいわよ」ミリアが石崎に囁く。

「バカ、まぎらわしいこと言うな」石崎がミリアを睨む。

「それで結局どうしようというのですか？　主催者側としては」前田が結城に尋ねる。「今の話だと、たった一つの持ち物が無くなってしまった人たちが何人もいる。これではあなたたちのいう心理学の研究にはならないのではないのかな。調査イベントは中止ですか？」

「いいえ、イベントは続けます。持ち物の無くなった人は退屈かもしれませんが、それも一つのテストだと思ってイベントを続けてください」結城がはっきりとした態度で答えた。

「わかりました」前田が頷いた。「ただ、イベントを続けることはいいのですが、みんな、無くなったなどと言っているが、物質が勝手に無くなるわけないでしょう。不注意で紛失した物もあるかもしれないが、盗まれたという方が妥当なのでは。つまりこの中に泥棒がいるということです」前田の言葉に、当然そのことを考えていた、ほぼ全員が顔を見合わせる。

「確かにそれは否定できませんが……」結城が顔をしかめた。

「ふふふふ」ミリアが笑い出した。ユリも一緒に笑っている。

「どうしました、ミリアさん」

「泥棒なんかいないと思うわよ。いたとしてもお馬鹿さんね」

「な、なんだ、何が言いたい」前田がミリアを睨む。

「泥棒したってすぐにばれちゃうってことよ。わたしたちは厳重な持ち物検査をしてこの島に来たのよ。それが、帰りに人から盗んだ物なんか持ってたら、すぐにわかっちゃうでしょ。なんなら神津島に渡ってからもう一度持ち物検査したっていいんだし。だからここには、いわゆる普通の泥棒さんはいないということよ。でもそのことも考え付かないおバカさんなら盗んじゃうかもしれないけどね」

「ふん」前田が面白くなさそうに横を向いた。

「そういうこと。結城先生、今のミリアの言っていることに気づけば、またどこかから無くした物も出てくるかもしれないわね。ちょっと借りただけかもしれないし」ユリが結城に言う。

「そうですね。お二人の言う通りですね」結城が頷く。

「そうだ、そうだよ」江口が立ち上がった。「結城先生、結局見つからなかったら、どうせ補償してくれるんでしょ」

「はい、もちろんです」

「じゃあ、あたしはいいや。CDだし。そのぶんトレーニングやるよ。紀子と永井もいいだろ。あたしがみっちり相手してやるから」

「ゲーム機は別にいいけど、トレーニングはいやだ」永井が情けない声をあげる。

「近藤さんと堺さんは、いいの？」小林が二人にきいた。

「わたしはCD一枚だからいいけど」堺が近藤の方を見る。

「もし携帯が勝手に使われてたら、料金は？」近藤が結城に尋ねる。

「もちろんこちらでお支払いします。その時は規定の十万円以上でも払います」

「うわっ、じゃあいいや。そろそろ新しいのにしたいとも思ってたし、ただストラップがちょっとおしいけど」近藤の表情がぱっと明るくなった。

「じゃあ近藤さんと堺さんもトランプで遊びましょうよ。CDも携帯もないんじゃ」ミリアが二人を誘う。

「ああ、まだ全然だめ。まったく本が読み進まないの。どうせ物が無くなるなら、犯罪心理学の本が無くなって欲しいわよ」近藤が悲しそうな顔で答えた。

「それで石崎さん。パソコンは……」結城が石崎の方を窺う。

「ああ、いいですよ、気にしないで。どうせ会社のですから」

「乾かしても駄目ですか？」

「そうですね。まあどっちにしても中を見てみないことには……。ここには工具とかないですから」

「そうですか……。後で修理代は教えてください。できる限りの補償はします」

「まあ、そんなに気にしないで、たいしたことじゃないですよ」石崎が笑う。

「なによ、あの時は情けない顔してたくせに」ミリアが頬を膨らませる。

「ほんと、ええかっこしいなんだから」ユリが石崎を睨む。


「ちょっといいかな」前田が手を挙げた。「結城先生、この島には本当に我々しかいないのか？」

「はい。いません」

「島の上陸ポイントは？」

「私たちがついたところだけです。他は見ての通り断崖で無理です。それが何か？」

「じゃあ、誰かが船で来ればすぐわかるということか」

「はいそうです。みなさんご存知のように船は来ていません。ですから私たちだけです。ただ、夜のうちにこっそり誰かが上陸している可能性は完全に否定できませんけど、この島には、他に建物もありませんし、この館内にも隠れるところはありませんから、私の考えでは、外部の人間が来ているということはないと思います」

「外部の泥棒という可能性は低いわけか……」前田が黙り込んだ。

「なんか前田先生、泥棒にこだわってるわね」ユリがミリアに囁く。

「わたしに泥棒なんかいないって言われたのが悔しいのよ」ミリアが小声で答えた。

「泥棒以外、つまり営利目的で盗むこと以外に、目的があるということはありませんか?」石崎が立ち上がった。

「またださ」ミリアとユリが石崎をあきれて見上げる。

「と言いますと、どういうことでしょうか」結城が首を傾げる。

「これはまだ、単なる序曲でしかない、ということです」まじめな顔で言う石崎の後頭部を、ミリアとユリが思い切り叩いた。

「すみません、この人ちょっとバカなもので。相手にしないでください」ミリアとユリが頭をさすっている石崎を無理に座らせた。

「そ、それでは、一応みなさん注意するということで」結城の言葉で、何に注意するか今一つわからないまま、その場はなんとなく解散になった。


ミリアとユリは石崎の手を引っ張って娯楽室に引きずっていった。

「いてえなあ。思い切り打《ぶ》たなくてもいいだろ」石崎が後頭部をさすっている。

「またミステリィの話をはじめそうだったからよ。何が単なる序曲よ」ミリアが石崎を睨む。

「だってそうだろ。携帯電話が盗まれたのは、外部との連絡をできなくして、俺たちを孤立させるためだぞ。俺のパソコンが壊されたのも、Eメールを出せなくするためさ。ミステリファンならそう思うだろ。ここで騒がなかったら、何のために、今までミステリィを読んできたのかわからないじゃないか。この瞬間のためだけに生きてきたんだぞ。だからいいだろ、ちょっとくらい騒いだって」

「まったく」ユリが怒ったように言う。「こんな時のためにミステリィ読んでる人なんかいないわよ。それに、他にも携帯ゲーム機とか、CDや本が盗まれてるじゃない。これはどういう意味なのよ。外部との連絡なんか関係ないでしょ」

「ふふふ、そうだ。あんまり価値のなさそうな物ばかり盗まれているよな。いいか、これはな、これからこの無人島イベントの隠された意味が明らかになるんだよ」

「石崎さんって、ほんとにアホね」ミリアが石崎の顔を見ながら言った。

「なんだよ。いまさら面と向かって言うな」

「持ち物を盗むのもイベントかもしれないって言うんでしょ」

「ああそうだ」

「だったら隠された意味も何もないでしょ。無人島でただ一つだけの持ち物を持っている被験者より、それを失った被験者の方が心理学的にはいい研究対象かもしれないでしょ。これが本当の心理学の調査なのかも……とか、そういうふうに考えなさいよ。携帯が盗まれたのも、ただそれが、近藤さんのただ一つだけの持ち物だからじゃないのかな。もちろんわたしには心理学のことなんかわからないけどさ」

「ああ、なるほどなあ。おまえら賢いな。しかし、そう思うことも、既に犯人は予想していたのであった」石崎を二人が睨みつける。「ははは、でもミリア、おまえにしては珍しいな」

「なにがよ」

「前田先生が泥棒云々の話をしたら、盗んでもすぐばれるんだから、普通の泥棒なんかいないって、推理してただろ。いつものおまえらなら、こいつはアホかって顔して、黙って見てるだけだろ」

「ああ、そのこと。だって泥棒がいるなんて言って気まずくなるのいやでしょ。せっかく楽しい無人島ライフを過ごしてるのに。こんなおいしい生活、じゃまされるわけにはいかないわ」ミリアが拳を握り締める。

「そうそう。それにいきなり持ち物検査や部屋を調べられるのいやだし」ユリが頷く。

「持ち物なら来るときにだって調べられただろ、別にいいじゃないか?」

「ほんとバカね。石崎さん」ユリが石崎を一瞥した。「こっちきて洗濯してないでしょ」

「うん……」

「うんじゃないでしょ。わかってて『うん』だなんて言ってたら、ぶっとばすわよ。下ネタやるようになったらお笑いもおしまいよ」

「わかった、わかった。俺はもともとお笑いじゃなくて本格のつもりなんだが……。とにかく持ち物検査なんかやだな」

「そうでしょ」ミリアが頷く。「だからさっきはあんなこと言ったのよ。それに誰かを陥れるために、盗んだ物をその人の荷物に入れることも可能でしょ。だから持ち物検査なんか無意味なのよ。だいたい部屋に鍵がかけられないいんだからしょうがないでしょ、がたがた騒いでも」

「なるほどな」石崎が頷いた。「俺はてっきり前田先生のこと嫌いなのかと思ったよ」

「よく知らないって言ったでしょ。よく知らない先生のこと嫌いにならないわよ」

「そっか、向こうは嫌ってたのにな」

「なんですって!」二人が石崎に詰め寄る。

「う、うわっ、おまえらが、じゃあないよ。女子高生が嫌いなんだって言ってたよ。先生やるのいやなんだろ」

「ふーん」

「まあそういうことだ。でも前田先生の言うような、単なる泥棒じゃないことは間違いないだろうし、ということはミリアのトランプやユリの麻雀牌も無くなるかもしれないぞ」

「それは平気よ」ミリアがさらっと言う。

「自分が犯人だから……、とか言うなよ」

「わたしたちはそんな間抜けじゃないからよ」ミリアが鼻で笑う。

「とにかく早く弁当でもゲットして、麻雀再開しましょ」ユリもまったく気にしていない。

食堂に戻ると、結城と日向の二人と話していたまみが、石崎たちに気づいた。

「あっ、さっそく始めるんですか」

「そうよ」ユリが答える。「今、みんなだんご状態だから、これからが勝負どころよ。でもその前に昼ご飯にしましょ」

石崎は高くて普段買えないからと、特上ステーキ弁当にした。ミリアとまみはサラダスパゲティ、ユリはもりそばといなり寿司だ。

「おい、ユリ。おまえなあ、サラリーマンじゃないんだから、もりそばといなり寿司はないだろう」

「なんか文句あるの？」ユリが石崎を睨む。「ほんとならかけそば食べたいんだけど……。いなりセットってやつよ」

「石崎さんこそ、また肉食ってるの？」ミリアが石崎の弁当を覗き込む。

「ああ。コンビニ弁当は俺の定番だけど、特上ステーキ弁当なんか普段食えないからな」石崎が肉をかみ切ろうとする。「うむ、硬いなこの肉、冷蔵庫に入ってたからかな」

「あたりまえでしょ。それにもともと安い肉なんだから硬いのよ。外のひなたへ置いとけば？　すぐにあったまるわよ」ミリアが窓の方を指差す。

「俺にとっては夢の弁当なんだけどなあ。でも外に置いといたら、さすがにこの季節じゃあ、やばいだろ」

「電子レンジがないんだからしょうがないでしょ。平気よ石崎さんなら。それに肉なんて腐りかけが一番おいしいのよ」

「しかしなあ……。ああそうだ、結城先生。ナイフかなんかないですか？」石崎が近くのテーブルでサンドイッチを食べている結城に声をかけた。

「えっ？」結城が顔を上げる。

「いや、肉が硬いんで、小さく切ろうと思って……。さすがに割り箸じゃあ切れません」

「すみません。ナイフはありません」結城が申し訳なさそうに答えた。

「包丁かなんかでもいいですよ」

「それもありません。無人島イベントですから、余計なものは持ってきていないんです。ですからナイフも包丁も、はさみなんかもありません」

「ああ、そっか。無人島でしたっけね。忘れてた。しょうがない」石崎はあきらめて大きな固まりのまま肉にかぶりついた。

「フォークもないんですか？」ミリアが割り箸でスパゲティを食べながらきいた。

「ないんです。ごめんね」結城が答える。

「そっか、まあしょうがないか。食べちゃえば同じだし。なんかあまりにも生活が充実してるから、無人島イベントだってこと忘れてたわ」

「でも変だよな。厳密に言ったら、ナイフやフォークがないわけだから、割り箸だって、あったらいけないはずだよな。この無人島には」石崎が呟いた。


食事が終わると、ミリアとユリがお菓子の入った棚を物色し始めた。

「まだなんか食うのか？」石崎が二人の後ろから声をかける。

「なんかお菓子が必要でしょ。おせんべとかもいいけど、そればかりじゃ飽きちゃうのよね。ポテチとかないかな」ミリアがお菓子の山をかき分ける。

「やっぱ、スナック菓子が食べたくなるのよねえ」

ユリも探している。

「昨日も探してただろ、無いんだろ、ポテトチップ」

「ああ、あった、あった」ミリアがポテトチップの袋を取り出した。「なんだ気がつかなかった。だって透明な袋に入ってるんだもん」

「あっ、それ、包装費けちって安っぽい袋に入れて、本当はたいして安くないのに安く見せて消費者を錯覚させる商法よね。ノーガード戦法、両手ぶらりってやつでしょ」ユリが両手を身体の前に垂らす。「ほんとはこんな透明な袋だと、光が当たって油が劣化しまくりなのに。ただ意味もなく包装にお金かけてるんじゃないのよ。そこのところが社会派のユリちゃんとしては許せないな」

「なにがユリちゃんだ。食わなきゃいいだろ」

「当然食べるわよ。さっ、食料もゲットしたし、麻雀再開よ」


石崎たちは正午からぶっ続けで麻雀をやった。午後八時の集合時間に少し遅れていくと、食堂には犯罪心理研の二人と結城と日向がいるだけだった。他のメンバーは顔だけ出して、すぐに自室や談話室に戻っていったとのことだった。

「ミリアさん」心理研の近藤絵里が声をかけてきた。「実は、犯罪心理学の本も無くなっちゃったんです」

「ほんと？」ミリアが驚いたように目を丸くする。

「はい。さっきみんながいるときに、本を知らなかってきいてみたんですけど」

「そうなんだ。でもよかったじゃない。盗まれたんじゃしょうがないわよ」ミリアが笑顔で言う。

「はいっ！　わたしたちとしては痛くも痒《かゆ》くもないですから」心理研の堺響子が嬉しそうに答えた。

「じゃあさあ、いっしょにトランプしましょうよ」

ミリアが誘う。

「はいっ！」二人が明るく答えた。

「えーとね。麻雀が今途中だから……、後で呼びにいくわ。一時間もかからないから」

「じゃあ、談話室で本でも読んでいます」嬉しそうに二人が食堂を出ていった。

「結城先生と日向さんもトランプやりましょうよ」石崎が結城と日向を誘う。

「はあ、私たちは……」結城が困ったような顔をする。

「いいじゃないですか。あとで呼びにいきますから」石崎が強引に誘う。

「そうよね」ユリも賛成する。「とにかく早い方がいいから、おにぎりでも食べながらやって、麻雀終わらせちゃいましょうよ」

「じゃあ結城先生、終わったら声をかけますから、やりましょうね」結城の返事も聞かずに石崎たちはおにぎりを持って食堂を出た。


石崎たちはおにぎりを食べながら麻雀をして、三十分ほどで終わらせた。

「じゃあ、わたしがみんなを呼んできます。先生や心理研の人以外にも声をかけてみます」麻雀が終わって、まみがトランプの誘いにいくことになった。

「そうね。多い方がいいもんね。じゃあお願いね」ミリアが笑顔でまみに答える。「わたしたちこの部屋を片づけとくから。石崎さんがポテチとか食い散らかすから」

「だいたいおまえらが牌を切るのが遅いから、待ってる間暇なんだよ。だから食っちゃうんだよ」

「なんか強気ね石崎さん。まだ麻雀の決着はついていないんだからね。トランプが終わったらまたやるからね」ユリが麻雀牌を片づけながら石崎を睨む。

「ふふふ、俺はいつでも、誰の挑戦でも受けるよ」

石崎とミリア、ユリが大騒ぎしているのを聞きながら、楽しそうにまみが部屋を出ていった。

その数分後……、「いやーっ！」という女性の悲鳴のような声が微かに聞こえた。

「おい、今の悲鳴じゃないか？」石崎がテーブルの上を片づける手を止めた。

「うん、わたしにも聞こえた」ミリアが顔を上げる。

「なんか、まみちゃんの声に似てたような……」ユリが不審そうな顔をする。

「確かにそんな気もする」ミリアが呟く。

「そうだな……。おまえら、ここを動くな」石崎が部屋を出ていく。当然、言うことを聞かずにミリアとユリも石崎に続く。

通路には誰の姿もなかった。

「どっちだ？」石崎が左右を見る。

「わかんないな。そんな大きな声じゃなかったし」ミリアが困った顔をする。

「とにかく探してみよう。今の悲鳴がまみちゃんの声だとしたら……、まずは結城先生のところに行ってみるか」

石崎が扉をノックすると、しばらくして結城あかねが出てきた。

「結城先生、まみちゃん来ませんでしたか？」石崎が尋ねる。

「いえ、来ていませんが」結城が不思議そうに首を左右に振る。

「悲鳴みたいな声が聞こえませんでしたか？」

「いえ、聞こえませんでした。まみちゃんがどうかしたのですか？」

「先生たちをトランプに誘いに行くって言って部屋を出ていったんですけど、少したったら彼女の悲鳴が聞こえたような気がして、それで心配になって出てきたんです」

「そうですか。何かあったのかしら」結城が首を捻る。「わかりました、私も探してみましょう。日向に声をかけてすぐにいきます」

「それじゃあ、自分たちは食堂の方を見てみます」石崎たちは食堂へ向かった。


「ねえ、ミリア。気づいた？」ユリが声をかける。

「なんにだ？」石崎がきく。

「うん」ミリアが頷く。

「結城先生お化粧してた」ユリが答える。

「うん。ずっと、すっぴんだったのにね」

「そっか？」石崎が首を捻る。

「ばっちり決まってたわよ。石崎さん、相変わらず何も見てないわね。注意力ゼロね」ミリアが言い切る。

「いいだろ、別に。そんなことより、とにかくまみちゃんを探そう」


食堂では江口薫が食事をしていた。

「江口さん、まみちゃん来なかったですか？」ユリが尋ねた。

「いや、見なかったよ。誰も来なかったな。どうかしたのかい」江口がカツ丼弁当をほおばりながら答えた。

「まみちゃん、いなくなっちゃったんです。なんか悲鳴みたいな声も聞こえたし」ユリが心配そうな顔で答えた。

「ああ、そういえばなんか聞こえたような気もする」江口が少し首を傾けながら答えた。

「そうですか。じゃあ他も探してみます。江口さん、結城先生たちにも声かけたんで、何かあったら教えてください」石崎が硬い表情で言った。

「わかった」江口が真剣な顔で頷いた。


談話室では犯罪心理研の近藤絵里と堺響子が本を読んでいた。

「あっ、トランプですね」二人がミリアに気づいて立ち上がる。

「ああ、違うの」ミリアが手で制する。「まみちゃんがいなくなっちゃったの。まみちゃん来なかった？」

「いいえ。来なかったわよね」近藤が堺に確認する。

「うん。わたしたち食事の後ここに来てずっといるけど、一度前田先生が来て、そこの本を持っていったくらいかな」堺がクリスティの本を指差した。

「あと小林先生もちょっと顔を出したけど、すぐに出ていったわ」近藤が答えた。

「そう……」ミリアの表情が曇る。

「君たち、食堂に江口さんがいるから彼女と一緒にいた方がいい」石崎が真剣な顔で近藤と堺に言った。

「どうして？」ミリアが石崎の顔を見る。

「なんかいやな予感がする」

「まあ用心のためにそのほうがいいか……」ミリアが少し考える。「近藤さんたち食堂にいてくれる？」

「うん、わかった」ただならぬ気配を察したのか、二人は読んでいた本を持って食堂に向かった。

娯楽室も覗いてみたが、そこには誰もいなかった。娯楽室を出ると、結城がこちらに向かって歩いてくるところだった。

「結城先生、まみちゃんいましたか？」石崎が尋ねる。

「いいえいません。自室にいた前田先生と小林先生にもきいたんですけど、知らないって言ってました」

「読書研の二人は？」

「やっぱり自室にいましたけど、知らないそうです」

「日向さんは？」

「今、トイレを見に行きました」

「そうですか……」石崎が少し考えてから言う。「ちょっと食堂で話しましょう。江口さんと心理研の二人もいます。他の人も呼んできた方がいい」

しばらくして、まみを除く全員が食堂に集まった。

「みなさん。さきほどから探していたので気づいていると思いますが、須藤まみちゃんがいなくなったようなんです」結城が立ち上がって説明した。

「どこにもいないのですか」小林が心配そうにきいた。

「はい。ミステリィ研の人たちと、私と日向で館内は探したのですが……、どこにも」

「じゃあ、外だな」前田が言う。「散歩にでも行ったんじゃないのか」

「でも、彼女の悲鳴が聞こえたの」ミリアが心配そうに言う。

「詳しく聞かせて」小林が硬い表情できいた。

「わたしたちミステリィ研とまみちゃんで、石崎さんの部屋で麻雀をやってたのよ。それで麻雀が終わって、麻雀が終わったらトランプやろうって、心理研の二人と結城先生と約束してたから、まみちゃんがみんなを誘いにいったのよ。そしてしばらくしたら悲鳴のような声が聞こえて、それで何かあったのかと思って、まみちゃんを探し始めたのだけど、どこにもいないのよ」

「わたしたちも悲鳴のような声、聞いたと思う」読書研の中沢が、同じく読書研の伊東の方を見ながら言った。

「ああ、それなら自分も聞いたな。生徒の誰かがふざけて騒いでいるのかと思って気にしなかったが」前田が思い出すように言う。

「わたしは気がつかなかったわ。少し考え事してたんで」小林が暗い表情で言った。

「俺も聞かなかった。激しいトレーニングで疲れて居眠《いねむ》りしてたから。紀子はどうだ？」永井弘が中村紀子の方を見る。

「わたしも寝てました」中村が答える。

「そう……」結城の表情が曇る。「私も気がつかなかったの。日向さんは？」結城が日向にきいた。

「いいえ、わたしも気がつきませんでした」

「江口さんもなんか聞こえたって言ってましたよね」石崎が江口に確認する。

「ああ、聞こえた」

「心理研の二人は？」石崎がきいた。

「聞こえたような気もするし……」近藤が首を捻る。

「そうですか……」石崎が腕を組む。「聞いている人間も多いですから、何らかのトラブルがあってまみちゃんは悲鳴をあげた。これでまず間違いないでしょう」

「何らかのトラブルとは？」前田がきく。

「あまりいいことではないでしょうね」石崎が考え込む。

「そんな……」小林が絶句する。

「とにかくもう一度探してみましょう」結城が立ち上がった。

「外も探した方がいいな。悲鳴は外から聞こえた可能性もあるだろう」前田が提案した。

「ええ。外に連れ出された可能性もある」石崎が頷く。

「連れ出されたって……」小林が不安そうな顔で石崎の方を見た。

「今はいろいろ考えるより探す方が先よ」ミリアとユリが立ち上がる。

「ちょっと待ってください。暗くなってからの外は危険です」結城が皆を制止する。

「なんかやばいものがでるの？」ミリアが険しい顔をする。

「いいえ、何もでませんけど、島の周りは全て断崖ですから、暗いと足元がわかりません」結城が答えた。

「それに懐中電灯もありません」日向が続ける。

「そっか、無人島だっけ」

「わかりました。でも、この建物の近くくらい探しましょう。各部屋でカーテンを開けて灯《あ》かりを点けておいてください。灯かりを目印にして、館の灯かりが確認できる範囲くらい探せるでしょう」石崎が食堂のカーテンを開けた。「外を探すのは男の方がいいな。前田先生、永井君、いいですか？」

「仕方ないですね」前田が頷く。

「あたしも行くよ」江口が声をかけた。

「それは心強い。万一のこともあるし、一人で行動しない方がいいですね。じゃあ江口さんは永井君と一緒にお願いします」

「確かに心強い」永井が言った。

「ふざけてる場合じゃないだろ」江口が永井の背中を叩く。

「それじゃあ、前田先生は俺と」石崎が前田の方を見る。

「ああ、私もいきます」小林が手を挙げた。

「そうですか、じゃあ前田先生と小林先生でお願いします」

「あとは、俺と……」ミリアとユリが石崎を睨んでいる。「どうせついてくるだろうから、ミリアとユリか」

「私たちは……」結城が石崎の方を見る。

「先生と日向さんは館内をもう一度探してください。それと、その他の人は全員食堂にいてください。みんなが戻るまではじっとしていてほしい」石崎の真剣な表情に全員が頷いた。


館内からの灯かりで館の近くは明るかったが、少し離れると暗く足元もおぼつかなかった。月も空を蔽《おお》う雲に見え隠れしていて、月明かりも頼りになりそうもなかった。これから天気が崩れるのかもしれなかった。


石崎たちは、館の西側を探索し始めた。

「こらっ、あんまりうろうろするな」石崎がミリアとユリを怒鳴る。

「うろうろしなかったら見つからないでしょ」ミリアが怒鳴り返す。

「怒鳴る暇があったら探しなさいよ」ユリも怒鳴り返す。

「二重遭難ということもあるだろ」

「わかったわよ」渋々二人が石崎の近くに寄ってきた。

「でも、まみちゃん無事かなあ」ミリアが心配そうに言う。

「うん。やっぱ、あれ、悲鳴だったよね」ユリが確認する。

「うん。普通の声じゃなかった」

「まさか、これもイベントなのか?」石崎が呟く。

「そんなことないでしょ。こんなの心理学でもなんでもないじゃない」ミリアが答える。

「ということは、犯罪か」

「まみちゃんが、何らかの犯罪に巻き込まれたってこと?」ユリがきいた。

「ああ」

「だったら犯人は、イベントの参加メンバーしかいないのよ」ユリが指摘する。

「そうだ」石崎が頷く。

「なるほどね。そういうわけ……」ミリアが石崎の肩を叩いた。

「どういうわけ?」ユリがミリアの腕を突つく。

「どうもおかしいと思ったのよ」ミリアが歩きながら答える。「石崎さんが、わたしたちを館内に残さないで、外の探索に連れてきたことが。いつもなら、危ないからおまえらは残れ、だなんてかっこつけて言うのに」

「気づいたか」

「なるほど。そういうこと」ユリも頷いた。「他の人は信用できないってことか……」

「ああ。限られた人間しかいなくて、そのうち一人がいなくなった。犯罪に巻き込まれた可能性も高い」

「信じられるのはわたしたちだけと」ミリアが続ける。

「次の事態が起こる前に打ち合わせをしておきたかったと」ユリが頷く。

「まあ、そういうことだ。それもあるが、気をつけろと、釘を刺す意味もある。おまえらは何をするかわからんから、目を離すのも不安だということもある」

「…………」ミリアとユリが黙っている。「まあ、気持ちはありがたいけど、犯罪云々は考えすぎのような気もしないではないわね」

「でも、現にまみちゃんは消えた。殺されている可能性もある」

第四章　第四の殺人？

石崎たちは崖に近づかないように道なりに、館の灯かりが見えなくなる所まで探した。そして帰りは同じ道を、館の灯かりを目印に引き返した。

「こうやって明るい館を見ると、とても無人島イベントとは思えないな」石崎が館の灯かりを見て言った。曇りガラスを通して外を照らす灯かりは、ぼんやりとしていて幻想的だった。

「そうね。あの灯かりは無人島じゃないわよ。科学の勝利ってやつね。何に対する勝利で、誰が負けたのかわからないけど」ミリアが呟く。

「確かに、何か変よね」ユリが首を傾げる。「いざ、人が一人いなくなると、なんかイベントの異常性が際立ってくるわよね。いったいなんなのかしらね。このイベント」

食堂には外に探しに行っていた他の者も帰ってきていた。結城あかねが石崎たちが帰ってきたのを見て心配そうな顔で声をかけてきた。

「どうですか？」

「いいえ、いませんでした。そちらの方は？」

結城が首を左右に振る。

「そうですか。どうしましょうか」石崎が考え込む。

「結城先生、これは警察に連絡した方がいいのでは」小林敦子が不安な表情で言った。

「はい、しかし……」結城ははっきりしない。

「そうですね」石崎が頷く。「いいですか、結城先生。これは犯罪などではなくて、単なる事故かもしれない。むしろ事故の可能性が大きいでしょう。まみちゃんは島のどこかでけがをして動けなくなっている可能性もあります。わたしたちだけでは探しきれませんよ、灯かりもないし。だから小林先生の言うように警察に連絡だけでもした方がいい」

「いえ、それが……」結城の表情が曇る。「私の携帯電話も無くなってしまったのです」

結城の携帯電話も無くなったことを聞いた一同に動揺が走った。

結城によると、携帯が盗まれたのは、昼食後から、まみがいなくなった騒ぎが起きるまでの間とのことだった。特に気をつけていなかったので、正確なことはわからないらしい。

「それじゃあ、神津島とは連絡がつかないということか」前田が険《けわ》しい顔つきで結城に確認する。

「はい。申し訳ありません」

「じゃあ、わたしたちはどうなるの？」心理研の近藤絵里が不安そうにきいた。

「この調査イベントは五日間ですから、あと三日後には迎えの船が来ます。迎えは連絡しなくても来るようになっています。食料も充分にありますし、水も電気もありますから問題はありません」結城が答えた。

「問題はまみちゃんだけだな」

石崎の言葉に一同が黙り込んだ。

「ちょっといいかな」前田が立ち上がる。「彼女のいなくなったのは、イベントじゃあないんですね」

前田が真剣な表情で結城の顔を見つめる。

「は、はい」

「それでは彼女はなんらかの犯罪に巻き込まれたと……」

「いえ、それは……」

「犯罪でしょう。こんな無人島で女の子がいなくなった。どこかの都会なら、一晩くらい帰ってこなくても不思議でもなんでもない。夜遊びの可能性もある。しかしこの島には何もない。もう午後十一時に近い。散歩とは考えにくい。それに彼女の悲鳴を聞いた者もたくさんいる。だがそれだけなら、まだなんらかの事故という可能性もあるでしょう。しかし、我々の唯一の連絡手段である携帯電話はすべて盗まれている。これは意図的なものでしょう。おそらく犯人の……」

「前田先生……」読書研の伊東美由紀が不安そうに前田の顔を見つめる。

「ああ。君が持ってきたクリスティの本にそんなのがあったじゃないか。孤島で人が殺される話。暇だから読ませてもらった」

「じゃあ、まだまだ人が死んでいくってこと?」中村紀子が不安そうに言った。

「うそー、そんなあ」あちこちから声があがる。

「ちょっと、待った、待った」ミリアが立ち上がる。「誰も死んでないでしょ。まみちゃんはいなくなっただけでしょ」

「そうだ。そして誰もいなくなっただ」前田が言った。それを聞いたミリアが、オーバーに両手を広げて首を振りながら、話にならないという表情で座った。

「と、とにかく、みなさん冷静になってください」結城が全員を落ち着かせるように言う。「まみちゃんは散歩にでも出かけて、道がわからなくなってじっとしてるだけかもしれません。今の季節なら屋外でも問題ありません。逆に無理して探そうとして、私たちが崖から落ちる危険があります。ですから、今夜は皆さんお休みになってください。あした明るくなってからもう一度探しましょう」

「そうだな。今はそれしかできない。俺は寝るよ」前田が立ち上がって食堂を出ていった。

「前田先生」小林があわてて立ち上がる。「みんな気をつけるのよ。いいわね」小林は生徒たちに注意すると、前田の後を追うように出ていった。

「なんか、前田先生もミステリィの読みすぎなんじゃないの」ユリが前田の出ていった方を見ながら言った。

「いや、そうでもなさそうだぞ」石崎が食堂内を見回した。

食堂に残ったメンバーは、それぞれ自分たちのグループで集まってこそこそ話をしている。

「しょうがないな、ミリア、ユリ。読書研と心理研の子には、一人で行動するなって言っておけよ。俺が言っても警戒されるかもしれないからな」

「わかってるじゃん、自分のことが」ユリが石崎の脇腹を突つく。

「おまえらも今日はもう寝ろ。いいな、探偵のまねごとなんかするなよ」

「その言葉、石崎さんにそのまま返すわよ」ミリアが石崎の肩を叩く。

「ああ、わかったよ」


翌朝、ミリアとユリの二人に石崎は起こされた。日向めぐみがいなくなったという。

石崎が食堂に行くと、日向と須藤まみ以外のメンバーは既にそろっていた。

「結城先生、日向さんがいなくなったと聞きましたが」石崎が尋ねる。

「はい。朝起きたら部屋にいなくて……。でも、外にまみちゃんを探しに行ったのかもしれません」

「誰か、今朝、日向さんを見た人は？」

石崎の問いに誰も手を挙げなかった。

「ベッドに眠った跡はありましたか？」

「は？　ああ、ありました」結城が答える。

「そうですか。どちらにしろ外を探してみましょう。どうせ今朝はまみちゃんを探すつもりだったんですから」石崎が立ち上がる。

「そうだな。じゃあ俺はさっそく探しにいくよ。山の方へ行ってみる」前田が一人でさっさと出ていった。

「あたしたちも行こう」江口薫に永井弘と中村紀子が続いた。

「小林先生は生徒たちと館内にいてください」石崎

が指示する。

「はい、わかりました」小林が不安そうな表情で頷く。

「結城先生も館内をもう一度探してください」

「はい」結城が頷く。

「じゃあ、俺たちも外に探しに行こう」石崎がミリアとユリに声をかける。

外は湿気を含んだ生暖かい風が吹いていた。空は厚い雲に蔽《おお》われ、今にも雨が降り出しそうだった。

「石崎さんどう思う?」ミリアが首を傾げながらきいた。

「日向さんか……」

「うん。まみちゃんを探しに外に行くのなら、結城先生に声をかけるわよね」

「ああ、声をかけられる状況ならな」

「やっぱ、何か犯罪に巻き込まれてるのかな」ユリが呟く。

「ああ、二人目だからな」

「まったく、せっかく楽しいイベントだったのに」ミリアが頬を膨らませた。

「とにかく二人を探さなきゃ。どうせなら、くわがたでも取りに行ってたとか言って、出てきて欲しいわね」ユリが鼻で笑った。

ミリアとユリの期待も空《むな》しく二人は見つからなかった。二時間ほどかけて、島の外周をほぼ半周する形になったが二人はいなかった。途中で反対側を半周してきた江口たちと出会った。

三人とも服に土がたくさんついている。

「江口さん、どうですか?」石崎が江口に尋ねる。

「いや、二人とも見当たらないよ。崖のそばまで行って、危ないから四つんばいになって崖の下を覗いたりしたんだけど、見当たらない」江口が額の汗をTシャツの袖《そで》でぬぐった。シャツが土で汚れているので顔に少し土がついた。

「そっちはどうですか？」永井が心配そうな顔できいた。

「こっちも駄目です。見当たりません」石崎が首を左右に振る。


そのまま外周を探す江口たちと別れて、石崎たちは島の中央の山の方へ向う道を進んだ。しばらく歩くと、山の上の方から前田が降りてきた。前田も服が汗と土で汚れている。

「前田先生、どうですか？」石崎が前田に尋ねる。

「いや、いない。山の頂上付近まで行ったが誰もいなかった」前田は、首にまいているタオルのほこりを払い落としてから、額の汗をぬぐった。タオルや前田の服には、昆虫の羽のような黒い小さなほこりがついていた。「道の近くだけじゃなく、けっこう茂みの中にも入ってみたんだが見つからなかった。いるのはやぶ蚊くらいですよ」前田が仕方なさそうに首を左右に振った。

「そうですか。こっちは島の外周を見てきたんですが、いませんでした。崖の下なんかも見ようとしたんですが、さすがに全ては無理です」

「しかたありませんよ。雨が降ってきそうだし、戻りましょう」前田が黒くて厚い雲に蔽われた空を見上げた。


結局その後、江口たちも館内の結城も、二人を見つけることはできなかったとのことだった。

石崎たちが戻るとすぐに、強い風をともなった激しい雨が降り始めた。

「どうしますか？　結城先生」江口が結城にきく。

「これはもう、神津島になんとかして連絡した方がいい。しかし電話がないとな」前田が結城より先に答える。

「くそっ、雨さえ降らなければな」石崎が呟いた。

「どういうことよ」ミリアがきく。

「火を燃やしたり光を反射させたりして合図が送れ

るだろ」

「それは晴れてても駄目だと思います。神津島のこちらに面した側は人は住んでいませんし、漁船や釣り船も、普段はこちら側には来ませんから」結城が力なく答えた。

「それにかなり強い雨と風だ。台風が近づいてるのかもしれない。これじゃあ船は出せないだろう。たとえ連絡がついてもすぐには無理だろう」前田が難しい顔をする。

「それではあと三日待つしかないということですか」小林が悲しそうな声を出す。

「そうです。そうなります」結城が頷く。

「でもその間に、また誰かいなくなったら……」中村が不安そうに言う。

「とにかく用心するしかないな」江口が中村の肩に手を置く。

「そうですね。一人にならないことです。できればなるべくこうやって全員でいた方がいい」石崎が皆の顔を見回す。

「でなければ部屋に籠もるかだな。結城先生、もうイベントどころじゃないでしょう」前田が結城に確認する。

「はい、仕方ありません」

「と言っても、やってることはイベントと同じだ。とにかくあと三日過ごすしかない」前田があきらめたような表情をする。

「ちょっと、いいかな」石崎が全員に確認する。

「あれから何か物が無くなった人いますか?」

「ああ、そうだ。忘れていた」前田が手を挙げる。

「俺の持ってきた専門書が無くなってる。昨日のどたばたで忘れていた。昨夜八時に集まった時か、その後に外に探しに出た時だと思う」

「他には?」石崎の問いに誰も手を挙げなかった。

「そうですか……」石崎が黙り込んだ。

その日は全員が不安を抱えながら、グループ同士で食堂や娯楽室、談話室で固まっていた。激しい雨が降り続いていたので、また外に二人を探しにいこうと言う者もいなかった。夜になると心理研と読書研の生徒たち、格闘技同好会のメンバーはそれぞれ自室に戻っていった。

小林敦子は、生徒が自室に行くのを確認すると、昨夜心配でよく眠れなかったから疲れたと言って自室に戻っていった。

前田徹も、眠れるときに眠っておいた方がいいかもな、と言って自室に戻っていった。

ミリアとユリ、石崎の三人は、みんなと一緒にいた方がいいと、談話室でミステリィを読み始めたが、ミリアとユリの二人は五分程で居眠りを始めた。夜になって既に一冊読み終わった石崎に、他のメンバーが自室に戻ったと起こされて、三人は石崎の部屋に戻った。

「なんかみんな、よそよそしいわね」ミリアが怒ったように言う。

「ああ。犯人がそばにいるのがいやなんだろうな。本当は全員でいるのが一番安心なのに」

「犯人って……、やっぱ犯人か」ミリアが石崎に何か言おうとしてやめた。

「そうなんだよな。二人が殺されてるかもって、みんな思ってるけど、実際に死体なんかないから、みんなどういう態度をとっていいかわからないんだ。犯人捜しをしようとか、島からなんとか脱出しようとか、そういう行動がとれないんだ。それにみんな、高校生も含めて一応分別のある年齢だし、知り合いもいるから、こういうどっちつかずの状態で、泣いたりわめいたりするのも恥ずかしいだろうからね」

「確かにそれはあるわね」ユリが頷く。「電車に駆け込んで間に合わなかった時に、平気な顔してなんでもないふりするようなものね」

「そう。それが犯人の狙いかもしれない。こうやって、じわじわ俺たちをしめつけていくのかもな。かえるをお湯にいきなり入れたら跳び出すけど、水からゆっくりと温度を上げていくと、ゆでがえるになるのと同じさ」

「気がついたら、みんな死んでたってことか」ユリが呟く。

「そういうことだ。そうならないためにも少し考えてみよう」

「そうね。石崎さんと心中はごめんだもんね」ミリアが明るく言った。

第五章　第五の殺人？

「それで、何から考えるのよ」ミリアが怒ったように言った。

「そうだな。なぜ、まみちゃんと日向さんは消えたんだろ」

「それがわかれば苦労しないわよ」ミリアが石崎の肩を軽く叩く。

「いや、そういうことじゃなくてだ。いいか、日向さんの消えた状況は別にしてだ。まみちゃんなんか、ほんのわずかな時間だぞ。この島に来てから、起きてるときはトランプと麻雀やって、ずーっと俺たちと一緒にいたんだぞ。そして俺たちと離れたわずかな時間に消えたんだ。日向さんのように寝ている間ならわかるが、まみちゃんは、まだみんなの起きている、ほんのわずかな時間に消えたんだ」

「確かにそうね。まみちゃん、わたしたちとずっと一緒にいたもんね」ユリが納得したように頷いた。

「そうだろ。もしもだ、ミステリィにあるように、犯人が我々全員を消そうとした場合、まみちゃんから消していくかな？　もっと監視の目の少ない、読書研の子とかを消さないかな」

「でも逆に、普段隙《すき》がないからこそ、まだ誰も警戒していない時点で、いつも他人と一緒にいる人間を消したのかもよ」ミリアが反論する。

「でもそれは、一度しかきかない。まみちゃんのような女の子に、その、まだ誰も警戒していない、というメリットを使うかな。それを使うなら、男の俺とか前田先生、永井君、でなければ江口さんにだろう」

「そっか。まみちゃんなら警戒しようがしまいが同じか」ユリが頷いた。

「でもこの事件は、まみちゃんと日向さんだけを狙ったのかもよ。だったら順番は二通りしかないわ」ミリアが指を二本立てる。「そうなると、いつもわたしたちと一緒にいるまみちゃんの方を、隙をついて先に消すのが利口だわ」

「待って」ユリが片手をあげる。「まみちゃんだけを狙ったとも考えられるわよ。日向さんにその場面を見られて、そして日向さんを消したとか」

「でも、日向さんは昨夜何も言ってなかったぞ」石崎がユリに反論する。

「それは、犯人が彼女の知り合いだったとか。だとしたら結城先生か格闘技同好会のメンバーに限られそうだけど。あるいは、日向さんは何かを目撃したけれど、その重要性に気づかなかったとかね」

「なるほどな」石崎が頷く。

「でもだとしたら、わざわざこんな島のこんなイベントで、まみちゃんだけ狙うかな」ミリアが首を傾げる。

「そっか、やっぱこの無人島イベントと、二人が消えたことは、何か関係があるのかなあ」ユリも首を傾げる。

「そうなんだよな。こんな持ち物を一つだけなんて変な心理調査イベントで、犯罪を行うメリットってなんだ？　こんな限られたメンバーで犯罪を犯したら、普通に考えれば捕まる可能性は高いぞ」

「やっぱ、おかしな人か……」ミリアが呟く。「自分以外全部殺す気なら、この状況はベストよね、逃げられないもの。メリットはそれしかないわよ。石崎さんの好きな、ミステリィの定番ってやつよ」

「おまえら、このイベントのメンバーの誰かに、殺されるような理由があるか？」石崎が尋ねた。

「うん」二人が石崎を指差した。

「そうか……、おまえら、普段俺にしているひどい仕打ちを、少しは悪いと思ってるんだな。まあ気にするな。俺は全然気にしてないから」

「なに馬鹿なこと言ってるのよ。石崎さんが誰かに恨まれてるってことで指差したのよ」ミリアが口を尖らせる。

「そうよ。わたしたち石崎さんに何もひどいことなんかしてないでしょ。これで恨まれてたら、石崎さんは、好意を素直に表現できなくて好きな子をいじめちゃう小学生以下よ」ユリが言い切った。

「くそっ、俺が馬鹿だった」石崎が悔しそうな顔をする。

「石崎さん、何か心当たりがあるんじゃないの？」ミリアが石崎の顔を下から覗き込む。

「あるわけないだろ。高校生と大学生、それに学校の先生に恨みを買う覚えはない。俺は友達いないからな。恨みも買いようがない」

「そんなこと自慢しないでよ」ユリがあきれ顔で石崎を見る。

「じゃあ、やっぱ犯人は、殺しが三度の飯より好きな危ない人か……」ミリアが呟いた。

「アリバイはどうかな。日向さんの場合はみんな寝てたって言うかも知れないけど。まみちゃんのときは違うでしょ」ユリが二人の顔を見る。

「うーん……、それもどうかな。俺たちが悲鳴に気づいてから部屋を出るまで、一分近くあったろ」

「うん。最初は悲鳴だと思わなかったし」ユリが答える。

「そして結城先生に会うまで更に一分で合計二分だ。二分あれば充分だ。まみちゃんを気絶させてどこかに隠す。あるいは、館を出て島の断崖まで行って突き落とす。館の二十メートル先は断崖だからな。小柄なまみちゃんなら、抱えていけばそれも充分可能だ。それだけのことをやって何食わぬ顔をして、俺たちや結城先生が来るのを待っていればいいんだ」

「じゃあ、結城先生以外は犯人の可能性があるってこと？」ユリがきいた。

「いや、結城先生だって、あの部屋の中にまみちゃんが縛られていたかもしれない。いやな言い方だが、死体があったかもしれない。俺たちは先生の部屋の中まで入っていない」

「そっか、あの時はそんなこと考えなかったものね」ユリが眉をひそめる。

「石崎さん変態なんだから、ずかずか部屋の中に入っていけば良かったのよ。全然違和感ないわよ」ミリアが石崎の肩を叩く。

「無茶なことを言うな」

「じゃあさあ。読書研や心理研の二人は？」ユリが尋ねる。「あの子たちは、まみちゃんを担いでいって崖から落とすことなんかできないわよ」

「二人でやればできるだろ」

「そっか」

「だからアリバイなんて無意味だな。たった数分間で崖から突き落とすことだってできるし、気絶させておいて、あるいは猿ぐつわでもかましておいて、後でゆっくりと崖から突き落としてもいいんだ。現にあの時は、怪しい動きをしていた者はいなかったみたいだしな」


「そっかあ、そうよね。あの時、もうちょっと注意しとけばよかったね。各自の部屋くらい全部調べとけばよかった。シャワー室にでも縛られたまみちゃんがいた可能性もあるもんね」ミリアが悔しそうな顔をする。

「今からでも館内の捜査をやってみる？」ユリが提案した。

「そうだな。やっておいてもいいかもしれないな。ただ……」

「ただ、なによ」

「犯人はそういう事態も考えているかもなって思ってさ。まみちゃんと日向さんの死体でも見つかればパニックになるだろうし、それに犯人が、まみちゃんの死体、あるいは死体とまではいかなくても、服を、自分以外の人の部屋にでも置いていたとしたら……」

「その人が疑われるわね」ユリが答えた。

「そういうことだ」石崎が頷く。

「でも、それを言ったらきりがないわよ。こっちからカードを出していかなかったら、犯人の思うつぼでしょ。思うつぼってどんな壺か知らないけどさ」

ミリアが少し頬を膨らませる。

「確かにこのままだと状況に押し流されるだけだな。とにかく考えてみよう。それでおまえら、まみちゃんと日向さんだけじゃなくて、まだまだ続く可能性は高いと思うか？」

「まあね」ミリアが頷く。「携帯が盗まれてるっていうか、無くなってるわけでしょ。さすがに今のような事態になった場合、石崎さんが騒いでいたように、外部と連絡を取らせたくない、つまり現状を維持したい、そのために盗んだ可能性が高いわけよね。つまりまだ犯人は何かをしたい、ということかな」

「そうだな。俺のパソコンも壊されてメールが出せないからな」

「ああ、それもあったわね。でもそれは、ばちが当たっただけでしょ。石崎さんの普段の行いが悪いからよ。そういうばちとか、たたりとかいう超常現象と、物理的な現象を一緒にして推理しちゃだめよ。それこそくそもみそも一緒ってやつよ」

「なんでばちが当たるんだよ。まあとにかく携帯電話もパソコンのEメールも使えないわけだよ」

「でも、携帯以外にも無くなった物があったよね」

ユリが確認する。

「そうね。何があったっけ？」ミリアが首を傾ける。

「一応、全部あげてみるか」

「まずは、江口さんと堺さんのCD」ミリアが指を二つ折る。

「永井さんの携帯ゲーム機」ユリが続ける。

「それから近藤さんの携帯電話」石崎も続ける。

「あと、中村さんの本も一冊無くなってた」ミリアが指を折る。

「心理研は犯罪心理学の本が無くなったって言って

「どうしたのよ。石崎さん」ミリアとユリが黙り込んだ石崎に問いかける。

「おい、ユリ。おまえ、自己紹介のとき、麻雀牌を俺から借りたとか言ってないよな」

「うん。ただ麻雀牌を持ってきたって、言っただけだよ」

「どうしたのよ。いったい」ミリアが石崎の顔を見つめる。

「いいか、おまえら。この事件はな、持ち物が無くなっていくんだよ」

「なにをあたりまえのこと言ってるのよ。たった一つだけ持ち込んだ持ち物が無くなってるんでしょ。だから今、無くなった物をみんなで確認したんでしょ」

「そうだ。それじゃあ、持ち物の無い人はどうなるんだ？」石崎が二人の顔を見つめる。「持ち物の無い人は、命がなくなるんじゃないのか……」


たわ」

「前田先生も本が無いと言ってたな」

「それと結城先生の携帯電話かな」ミリアが言う。

「それに俺のパソコンが壊された」

「まあ、石崎さんのはいいとしても、結構無くなってるわね」ユリが意外そうな顔をする。

「物が無くなっていないのは誰だ？」石崎が質問する。

「わたしのトランプ。それにユリの麻雀牌。それと読書研の二人の本かな」

「まみちゃんは持ってきてないって言ったわよね」ユリが確認する。

「日向さんは何か言ってたか？」

「日向さんは、筆記用具とかあるけど、余暇を過ごすような持ち物は無いって言ってたわよ」石崎の問いにユリが答えた。

「………」それを聞いて、急に石崎が黙り込んだ。

「うそっ!」驚いたように声をあげてから二人が考え込む。

「確かに……、消えたまみちゃんと日向さんは、持ち物が無いって言ってた」ユリが呟く。

「そうだ。日向さんは、筆記用具とかはあるって言ったけど、余暇をすごすための持ち物は持ち込んでいないって言った。まみちゃんは、CDプレーヤーを海に落としちゃったから、何も持ち込んでないと言った」

「確かに言われてみればそうだけど、なんでそんなことするのよ。たった一つ持ち込んだCDとかと命が同じだっていうの?」ミリアが口を尖らせる。

「犯人はそう思っているのかもしれない。物を持ち込んでいない人は、持ち込みが許可されている服以外に、たった一つだけ持ち込んだ物、つまりその人の命がなくなるんじゃないかな。あるいは犯人は、物が無くなると、命が亡くなる、をしゃれてるのかもしれないな」

「そんなくだらないしゃれなの。だとしたら犯人はお笑いのセンス、ゼロね。いきなり絞り込めたじゃない」ミリアが鼻で笑った。

「全員にお笑い試験でもしてみる?」ユリも鼻で笑う。

「まあ、しゃれ云々は別にしても、犯人は、たった一つだけ、という表現に、命と同じくらい大切な物、という意味を見出したのかもしれないな。そう考えて、持ち物と人の命を同じように消しているのかもしれない。結城先生も、人にとって大切な物は何か? ということを調査したいと言っていたしな」

「じゃあ結城先生が犯人なの?」ユリが首を傾げる。

「それはわからない。でもその可能性もあるな。ただその場合、まみちゃんと日向さんがいなくなったことや、持ち物が無くなったことは、すべて調査のためであって、犯罪でも何でもない可能性が大きいな。そういう状況を意図的に作り出し、我々の心理状態を調査するわけだ」

「でも、結城先生の態度からは、あんまりそんな感じしないけどなあ」ユリが呟く。

「そうだな。今の事態が、結城先生の調査イベントなら、それはそれでいいんだ。だが一番恐ろしいのは、このイベントを利用して、誰かが犯罪を犯しているかもしれないということだな」

「そうよね」ミリアが険しい表情で頷く。

「とにかく、持ち物が、そして持ち物のない人はその人自身が消えているのは事実だ。俺のパソコンも消えてはいないが、あれじゃあ死んでるのと同じだよ」

「じゃあ、わたしたちもそのうちトランプと麻雀牌が無くなるの？」ユリが不思議そうな顔をする。

「ああ。犯人の論理でいけば、その二つが無くなれば、それでひとまずは済むだろう。ユリが持ってきた物は、俺の所有物だとは知られていないからな。だからひとまずは安心だ。全ての人の持ち物を盗み終わったら、次に犯人がどのような行動をとるかわからないが、まだ時間はある。その間に何か対策を考えることもできる」

「あぶなかったあ」ユリがオーバーなアクションで胸をなで下ろす。

「ちょっと待って、残りの人は？」ミリアの表情が険しくなる。

「読書研は本が無くなるだろうな」

「違うわよ。小林先生よ」

「小林先生は、犯罪心理学の本が、もう無くなってるだろ」

「違う、違うわよ。小林先生は自己紹介のとき、これは生徒のために持つことにした。自分では持ち物は持ってきていないって、はっきり言ってたわよ」

「あっ、そっか」ユリが頷く。「心理研が遊ぶ物がないからかわいそうだからって、本は先生が持つことにしたんだって言ってた」

「筆記用具とかあるのに、持ち物は無いって言った日向さんが消えてるのよ」

「やばいな」石崎が部屋を飛び出した。


小林敦子の部屋には、紅く染まったバスタオルを顔にかけられた小林の死体が、ベッドの上に横たわっていた。バスタオルで吸いきれない血液がベッドと床を濡らしていた。石崎は真っ先に部屋に入り、灯かりを点け死体に気づくと、ミリアとユリに結城を呼びに行かせた。

結城は部屋に入ってくると、部屋の光景を見て立ちすくんだ。

「な、なぜ、こんなことが……」その声が震えている。

「結城先生。自分は顔にかかってるタオルを上げて確認しましたが、先生も見てください。頸動脈《けいどうみゃく》を切られていると思うのですが」

石崎の言葉に、結城は気を取りなおしたようにタオルをどけ、血だまりを踏まないように注意しながら、かがみ込んで小林の遺体を確認した。石崎は、ミリアとユリに見えないように戸口の前に立ちふさがった。

「石崎さん、死んでるの？」二人が石崎の身体の隙間から部屋の中を覗き込む。

「ああ、あの出血じゃだめだ。完全に死んでる」

やがて、首を左右に振りながら結城が立ち上がった。

「結城先生……」石崎が声をかける。

「石崎さんが言うように頸動脈を鋭利な刃物で切られています。それと、それ以外に首を絞められたような跡があります。頸動脈を切る前に、タオルか何かで首を絞められたようです。ただ、出血が激しいですし、絞められた跡もそれほどついていないですから、気絶しただけだと思います。犯人は、首を絞めて気絶させた後で、返り血を浴びないようにあのタオルで覆いながら、鋭利な刃物で頸動脈を切ったのだと思います。激しい出血で、きっと、苦しむ暇もなかったでしょう」結城が硬い表情のまま淡々と説明した。

「ちょっといいですか。部屋の中を見ます」石崎が部屋の中を確認した。テーブルの上に、飲みかけの牛乳パックと娯楽室に置いてあった読書研の持ってきた本が置いてある。それ以外は特に目立つ物は何もなかった。

石崎は窓に鍵がかかっているのを確認した。指紋に注意して、タオルを使ってシャワー室の扉を開けた。中には誰も隠れていなかった。流しには水滴が残っている。

「この流しで手を洗ったようですね。使った跡がある」石崎が言った。

「先生、死後どれくらいですか?」石崎が結城に尋ねる。

「一時間は経っていません。そうですね、血の乾き具合からいって、三十分以内、もしかしたらもっと早いかもしれません」

「そうですか……。他に何か気づいた点はありませんか?」

「いいえ、特に今は……」結城が首を傾げる。

「そうですか……。気づきませんか?」石崎が結城の顔を見つめる。

「ええ」

「いいですか、凶器がないでしょう」

「持ち去られたということですか?」結城が不思議そうな顔をする。

「いいえ違います。いいですか結城先生、この島は無人島です。そして我々は、一つだけしか持ち物を持ち込んでいない。無人島イベントということで、余計な物はこの島にはない。結城先生や日向さんも余計な物は持ち込んでいないと言っていた。それが全て正しいとするなら……、いいですか、この島には刃物なんかないんですよ。しかも頸動脈をすっぱり切れるような鋭利な刃物ですよ。そんな物はこの島にはない。この島は無人島なんです。刃物なんかない」

「そ、そんな……」結城が驚き、言葉を失った。

「先生、本当に刃物はないのですね」呆然としている結城に、石崎が語りかけるように質問した。

「は、はい。持ち物検査で、みなさんは持ちこんでいないのは間違いありませんし、私と日向も持ち込んでいません。この館にもともとあったということもありません。それはきちんと確認しています」

「そうですか……」石崎が腕を組み考える。「とにかく、他の人たちも心配だ。ミリア、ユリ、みんなを食堂に集めてくれ。寝ている人がいてもたたき起こせ。それと、各部屋の電気と廊下の電気を点けておいてくれ」

「うん、わかった」ミリアとユリが駆け出していく。

「先生も食堂の方へ行っていてください」

「はい」結城が力なく頷いた。

石崎は、館の外に出て、館の周りを一回りした。激しく降っていた雨も一時間ほど前に止んでいた。石崎が館の周りを調べてから、館内に入り、ある場所を調べようとしていた時だった。

がつっ、後頭部に鈍い衝撃を受け、石崎は倒れた。

「あんたという人はっ!」ミリアとユリが、倒れている石崎の前に仁王立ちしている。女子トイレの中を覗き込んでいた石崎を見つけ、怒ったミリアが、石崎の後頭部にかかと落しをくらわしたのだった。

「痛ってーっ! お、おまえらなにするんだ。てっきり殺人犯に襲われたかと思ったぞ」石崎が後頭部をさすりながら立ち上がる。

「なにが殺人犯よ。この変態っ! 人が殺されてるっていうのに、女子トイレの中覗いて、中に入ろうとしてたでしょ。もうーっ、見損なったわ。そりゃあ、少しは変態だと、もともと思ってたけど、ここまでひどいとは思わなかったわ。人が殺されてる隙に女子トイレに忍び込もうとするなんて、ほんとに情けないわ」ミリアがものすごい剣幕《けんまく》で怒っている。

「そうよ。みんなを食堂に集めろなんて言っておきながら、自分はその隙にこっそり女子トイレだもの。そりゃあ、安心して忍び込めるわよね。自分が次の犠牲者のふりして、ずーっと隠れていて覗くつもりだったんでしょ。ああやだやだ、なんでそんなに変態なのよ。こんな変態と一緒にいたなんて人生の汚点だわ」ユリが首を左右に振っていやそうな顔をする。

「ほんとそうよ。会社でセクハラして、みんなに相手にされてなくてリストラ寸前なのに、まだわからないのっ！　あほっ！　どうして同じ過ちを繰り返すのよ。うちで飼ってるアホ犬でも、叩けば一度でわかるわよ」ミリアが石崎を殴ろうと手をあげる。

「ま、待て、おまえら誤解するな。俺はセクハラなんかしていない。それに今はだな、中を調べようとしてだな」

「調べるだなんて、言葉を言い換えてもだめよ。変態はよく使うわよね。おじさんがいろいろ調べてあげよう、お嬢ちゃんって」ユリが石崎を汚らしそうに見る。

「わ、わかった。順を追って話すから、二人とも落ち着け」石崎が二人をなだめながら説明を始める。

「いいか」

「よくないっ！」ミリアとユリが叫ぶ。

「じゃなくて、とにかく聞け。いいか、まず俺は、館の周りを調べた。小林先生を殺した犯人は、外部からの侵入者かもしれないと思ったからだ。足跡を調べたんだ」

「それが女子トイレの覗きとどういう関係があるの

よ。捜査してるからって、ついでに女子トイレに入っていい理由にはならないわよ」ミリアが頰を一杯に膨らませている。

「まあ聞け。足跡はなかった。激しい雨だったし、館の周りはぬかるんでいるからよくわかった。館からの灯かりの届く範囲だけだが、入った跡も出た跡も、その他の足跡もなかった。外部からの侵入者が、意図的に何かトリックを使って足跡を消していない限り、館内への外部からの侵入者はいない。足跡を消すことの重要さも考えられないし、この島は無人島だ。まみちゃんや日向さんを探すときに、我々も誰もいないことを確認している。雨は一時的に止んでいるが、まだ風も強くて、船も来られないだろう。だから外部の人間はいないと思ってほぼ間違いない。つまり犯人はこの館内にいるイベント関係者だ。しかもこういった場合、外部からの来訪者はいないというのがミステリィの王道だからな」

「なにが、ミステリィの王道よ。あんたは今、単なる覗き魔、外道《げどう》になりさがってるんだから、そんなこと言ってる場合じゃないでしょ」ユリが石崎を睨む。

「わかった、わかったよ。とにかく外部の人間はいないとみて間違いない。犯人はイベント関係者だということだ」

「はいはい、それがどう女子トイレにつながるのかしら？　外部の人間がいないと言いきった以上、誰かが女子トイレに隠れていると思って覗いていたという言い訳はできないのよ。関係者は全員、わたしたちが食堂に集めたんだから」ミリアが追及する。

「まあ、待て。館の周りを一周して調べたのは、足跡を調べただけじゃない。本当の目的は違う」

「暗がりに隠れて痴漢するつもりだったのね」ユリが脅《おび》えたように両腕を胸の前に交差させる。

「違うって。窓ガラスを調べていたんだ」

「窓が開いてるかどうか調べて、窓から忍び込んで痴漢するつもりだったのね」ユリが更に脅える。

「違うっ。窓ガラスが割れていないかどうか調べていたんだよ」

「外部からの侵入者はいないんでしょ。なんで窓ガラスが割れてるのよ」ミリアが石崎を睨みながらきく。

「凶器の可能性があるからだよ。小林先生の頸動脈を切った凶器の可能性だよ。この島は無人島だ。しかも持ち物は制限されている。ナイフや包丁などない。そのことは、結城先生が言うように、全員の持ち物検査がきちんと行われていれば間違いない。そして外部の人間の出入りはない。つまりこの島には、どこにも凶器がないんだ。俺は、犯人が持ち去った実際に使われた凶器を探しているわけじゃないんだ。犯人が何を凶器に使ったかを探していたんだ。それでこの島、この館にあるもので、一番可能性のあるのはガラスだと思って、館の周りの窓を調べていたんだ。どこかに割られた跡や取り外した跡があれば、犯人は窓ガラスのガラスを使って、小林先生を殺害したことになるからね」

「それでどこか割られてたの？」二人が真剣な顔できいた。

「いや、窓ガラスにはどこも異状はない。それで、あとは女子トイレの中の仕切りやトイレの中の戸に、ガラスが使われていないかと思って覗いていたんだよ。男子トイレにはなかったしさ」

「なんでそんな大切なことを早く言わないのよ」ミリアが怒る。

「早くって、おまえがかかと落しを突然かましてきたんだろうが」

「女子トイレの前でうろうろする前に、わたしたちに確かめてきてくれって言えってことよ。この、おおばかもの」ミリアが拳を振り上げる。

「なんで、誤解されて蹴りくらって怒られるんだよ」石崎が後頭部をさする。

「本当は中を覗きたいって気持ちが心の中にあるから、わたしたちに調べてきてくれって言えないんでしょ」ユリが石崎の顔を下から覗き込む。

「そ、そんなことないぞ。それで、どうなんだ。中にガラスはあるのか？」

「なかったと思うけど……、まあ一応調べてくるか。トイレの前でうろうろされてもたまらないから」ミリアが言って、二人が中に入っていった。

石崎は女子トイレに背を向けて二人が確認するのを待っていた。


がつっ、石崎は後頭部に鈍い衝撃を受けて倒れた。


「なに、たそがれてんのよ」ユリが石崎にドロップキックをくらわしたのだった。

「痛ってーっ！　また殺人犯に襲われたかと思ったぞ」

「ふんっ、わたしも蹴ってみたかったのよ」

「それでどうだった。ガラスはあったか？」石崎が後頭部をさすりながら尋ねる。

「ないわよ。ガラスのかけらもないわよ。他に凶器になりそうな物もないわよ」ミリアが怒ったように答えた。

「そうか……。まあ、なくても当然か」石崎が納得したように頷く。

「どういうことよ」ミリアが石崎の顔を見つめる。

「やっぱ、覗きが目的だったということね」ユリが睨む。

「ち、違うっ。窓ガラスでは、首の皮膚や頸動脈をあんなにすっぱりと切れない。ここの館の窓ガラスって、曇りガラスで、しかも表面に模様《もよう》みたいな凹凸もついていて、かなりの厚さだろ。これじゃあ、割って凶器にしても、小林先生の頸動脈を切ったような傷口にはならないはずだ。もっと刃の薄い刃物じゃないと駄目だ」

「ガラスじゃ駄目だってわかってたのに、ガラスを確認してたの？　覗き犯人さん」ミリアが石崎の肩を叩いてにやりと笑った。

「一応、確認しとかないとな。それと、覗き犯人はやめろ」

「それでどうするの？」ユリがきいた。「一応、みんなおとなしく食堂にいるけど。結城先生けっこうショック受けてるみたいよ。本当に驚いてたもの」

「ああ、俺もさっき感じた。もし、凶器の刃物が見つからなければ、結城先生が一番疑われることになるんだ。事前にこの島に刃物を持ち込んでいて隠していた。そんなことの出来るのは結城先生だけだからね。しかし結城先生が犯人だとしても、こんなことをしたら自分が疑われることはわかるはずだ。だからこんな形の殺人はしないと思う。さっき俺が、凶器がないって結城先生に言ったときの態度も、あれはそんなことにも考えが及ばないくらい驚いていた態度だった。だから、結城先生は刃物を持ち込んでいないし、この館内には刃物はないと考えていいと思う」

「そうね」ミリアが頷く。「あえて自分が疑われるような殺し方をする必要ないもんね。一度疑われておいて、その疑いを晴らすことによって、自分を完全な安全地帯に置くような、そんなことする必要なんかないもんね。警察のいないこの島では、疑われることは私刑《リンチ》につながりかねないもんね。犯人ならそんなことしないわね」

「そうなんだ。だが、他のみんながそういうふうに考えてくれるかだな。普通の人なら結城先生を疑うだろう。犯人がそこまで計算していたとしたら……、手強《てごわ》いな」

「ふんっ、相手にとって不足はないわ。今夜中にかたをつけてやるわよ」ミリアが拳を握り締め、虚空を睨《にら》み付けた。

石崎たちが食堂に戻ると、不安そうな表情で皆が顔をあげた。

「石崎さん、詳しく事態を教えてください。小林先生が殺されたんですね」食堂の一番後ろで、壁に寄りかかるように座っている前田徹が言った。

石崎が結城を見ると、結城も石崎の方を見ている。結城は詳しい説明をしていないらしい。

「はい、小林先生は自室で殺されていました。首を……」

「石崎さん」結城が声をかけて石崎の話を遮った。

「結城先生」ユリが結城に言う。「わたしたち生徒のことを気にしてるんでしょうけど、みんなにきちんと報告するべきだと思うわよ」

「みんなそうでしょ」ミリアが心理研と読書研メンバーに確認する。

「はい。詳しく教えてください。小林先生の仇を打たなきゃ」近藤絵里の言葉に、生徒たちが大きく頷いた。

「いいですね。結城先生」石崎が結城に確認し、小林敦子は頸動脈を鋭い刃物で切られて殺されたこと、足跡等はなく犯人が外部の人間である可能性はないこと、殺されてからまだ一時間と経っていないだろうということを説明した。

「もう三人目じゃない。いったいどうすればいいの」中村紀子が泣きそうな顔をする。

「どうするもこうするもないよ。だって犯人はこの中にいるんだろ」中村の隣りで、永井弘が不安そうに周りを見回した。

「そ、そういうことになるの？　やっぱり」中村が脅えたように、永井との距離を開くように腰を浮かせた。

「二人ともそうびくびくするなよ」江口薫が二人の後ろに回って二人の肩を軽く叩く。

「それで、どうするつもりなんですか？」前田が誰にともなく尋ねた。

「そうです。前田先生が言うように、問題はこれからどうするかです」石崎が皆を見回した。

「神津島とは連絡は取れないの？」近藤が不安そうにきく。

「無理です」結城が首を左右に振った。

「また雨が降って来たようだから、火を焚いて合図を送るのも無理そうだな」前田が呟く。

外からは、激しい雨音と風の音が、少し前から聞こえていた。

「じゃあ、どうするの？」近藤が泣きそうな顔になる。

「あのー、孤島や嵐の山荘もののミステリィなんかだと、脱出できないまま次々と殺されていきますよね」読書研の伊東美由紀が他人事《ひとごと》のように言った。

「おまえたちが持って来た本にもそんなのがあったな。あれは全員死んでいたな」前田が読書研の二人の方を向いて言った。

「どうするの？　じゃあどうすればいいの？」近藤が救いを求めるように周りの人間の顔を見る。

「この中に犯人がいるのよ」伊東が全員の顔を見回す。

「簡単なことよ」ミリアが立ち上がった。「犯人を見つければいいだけじゃない」

「そんな簡単に見つけられるの？」近藤がミリアを見上げる。

「こんな簡単に人を殺す奴でしょ。簡単よ」

「まあ待て、ミリア」石崎がミリアを制止する。

「まずは今残っている全員の安全が第一だ」

「どういうことよ」

「一人では行動しないようにしようということです。できればこの食堂か、隣りの談話室か娯楽室にいようということです。何人もいるところでは、犯人も行動を起こさないはずです。みなさんいいですね」

「でも、この中に犯人がいるのよ。その犯人とも一緒にいることになるわ」中村が硬い表情で全員の顔を見回した。

「そうです。しかしそれは仕方ありません。一人でいる方がよほど危険です」

「自分以外全員犯人ということもあるわ」読書研の

中沢美枝が呟いた。

「ははは」江口が笑う。「まあそうなっていたら、一人でいてもみんなといても同じだから、みんなといればいいいじゃないか」

「そうです。江口さんの言うとおりです。ですから、みなさんなるべく一人にならないようにしてください」石崎が確認するように全員の顔を見回した。

「ちょっと、いいですか？」心理研の堺響子が手を挙げた。「小林先生、頸動脈を切られたって言ってましたけど、凶器は、凶器はどうしたんですか？　ナイフとか、包丁とかあったのですか？」

堺の質問に、石崎が少し顔をしかめて答える。

「部屋には残っていませんでした」

「そういうことじゃなくて……。おかしいじゃないですか。わたしたちは、そんな凶器なんか持ってないでしょ。持ち物検査されたんだから」

「そうだわ。イベント参加者は、厳重な持ち物検査をしてこの島に来たのだもの。わたしたちは犯人じゃないわ」近藤が大きな声で言った。

「そうだな。ちょっと待て、俺たちより先に島に来ていた、えーっと……、格闘技同好会はどうなんだ？　きちんと持ち物検査をしたのか？」前田が江口たち格闘技同好会のメンバーの方を疑わしげに見つめる。

「してます。わたしたちもちゃんとしました」中村があわてて答えた。

「したした。俺たちだって凶器なんか持ってない」永井も答えた。

「ということは……」堺が首を傾げる。「この館にもともと刃物があったの？　それとも結城先生たちが持ち込んだんですか？」

「いいえ。ありませんし、持ち込んでもいません」結城が硬い表情で答えた。

「それじゃあ、どういうことなの？」堺が首を傾げる。

「結城先生、それはちょっと信じられないな」前田が疑わしげな目で結城を見つめた。「我々は、現に持ち物検査を受けている。これは事実だし、確認したのは結城先生です。だから我々が刃物を持ち込んでいないのは、自分自身と、そして結城先生が証人になる。しかし結城先生は、ただ自分で、この館には刃物はなかった、持ち込んでもいない、と言っているだけだ。これで日向さんでも生きていれば、彼女が証人になるかもしれないが……」

「そ、そんな。私は嘘は言っていません」結城が首を激しく左右に振った。

「そもそも、このイベントだっておかしい。こんな変なイベントがあるのか？　どこが心理学の研究なんだ。そう言えば大切な物がどうとか言っていたが、大切な物を奪うだけじゃ物足りなくて、命を奪ったんじゃないだろうな。命が一番大切だからな」

前田が結城を睨む。

「そうだわ。最初からわたしたちを殺すつもりなんだわ」中村の言葉で、生徒が騒ぎ出した。食堂内に不穏《ふおん》な空気が流れる。

がたんっ、椅子を後ろに倒すほどの勢いでユリが立ち上がった。

「わたしっ、もういや！　こんなのいやーっ！」そう叫ぶとユリは食堂を飛び出していった。

「お、おいっ、待て、ユリ落ち着け」石崎が立ち上がる。「みなさん、ここを出ないようにしてください。とにかく冷静に。自分たちが戻ってくるまではじっとしていてください、すぐに連れ戻しますから。前田先生、他の生徒たちを頼みます。あなたが冷静になってくれないと困ります。あとは江口さん、あなたもしっかりしているから皆を頼む。いいですね。まだ誰が犯人かなんてわからないんです。冷静になってください。結城先生も落ち着いて、ここにいてください」石崎はユリの後を追いかけた。

ミリアもそれに続く。「いい、みんな。取り乱したりしたら犯人の思うつぼなんだから、落ち着いてよ。感情的になって犯人を捜そうとしてもだめなのよ」

自室に走り込むユリの後ろ姿を確認して、石崎とミリアもすぐに部屋に入った。

「ユリ、落ち着け」石崎が声をかける。

「なにがあ？」ユリが何事もなかったように答える。

「なにがあって、おまえさっき、取り乱してたから」

「ばかねえ、石崎さん」ミリアが後ろから石崎の肩を叩く。「あんなの演技に決まってるでしょ。ねえユリ」

「うん。わたしが、あんな叫んだりするわけないでしょ。場がいやな雰囲気になってきたから、わざとやったのよ。みんな感情的になってたでしょ。あのままだと誰かが犯人にされて、まあ結城先生の可能性が高いけど、おまえが犯人だって決めつけられそうだったでしょ。もし結城先生が犯人じゃなかったら犯人の思うつぼだし、感情的に、非論理的に犯人捜しなんていやでしょ。だからわたしが、ああやって取り乱した馬鹿な女の子のふりをしたのよ。他人の無様《ぶざま》な姿をみると、みんな我にかえるでしょ。これで少しはみんなも落ち着くと思うわよ。ああ、わたしって大人だわ」

「そういうことよ。石崎さんもそのくらい考えてよ」ミリアが石崎の肩を強く叩く。

「なんだよ。ユリも普通の女の子みたいに恐いのかと思ったよ」

「ふんだ。だいたいみんなテレビとか映画の影響を受けすぎなのよ。女の子はキャーキャー悲鳴あげたり、ヒステリー起こしてればいいと思ってるのよ。あれは西洋の悪い影響よね。悲鳴をあげればすてきなナイトが助けにきてくれるっていう幻想があるのよ。そんなもの来るわけないんだから、悲鳴をあげるまえに自分でなんとかしなきゃ。ライオンに襲われて悲鳴あげても、ハイエナが寄ってくるだけよ。その前に戦わなきゃ」

「ライオンとか？」

「たとえでしょ、たとえ。とにかく石崎さん、食堂に行って、わたしをなだめるのに時間がかかるから、みんなじっとしてるようにって言ってきてよ。誰かが心配してふらふら出てきたら、また危険でしょ」

「そ、そうだな。ところでそれで、どうするんだ？」

「ほんとばかね。ここで犯人を推理するんでしょ。みんなのいる前で推理なんかできないでしょ。取り乱して食堂を出てきたのは、その意味もあるのよ。少しは考えなさいよ」ユリが石崎の肩を強く突っついた。


石崎は食堂で待機している他のメンバーに、ユリを説得すると嘘の説明をした。思ったよりも食堂のメンバーは冷静で、皆おとなしく座っている。ユリの狙いどおりに、皆我に返ったようだった。


「おーい、行ってきたぞ。結城先生からレポート用紙とボールペンも借りてきた。おまえらとだと話がこんがらがるからな。これに要点を書きとめていこう」

「なにがこんがらがるよ。とにかく時間はないわよ」ミリアが石崎を睨む。

「そうだな。まず何を考えればいいのかあげてみよう」

「当然犯人は誰か？　ということでしょ。それ以外にあるの？」ミリアが首を傾げる。

「島からの脱出方法や、外部への連絡方法がある」

「そんなこと考えるわけないでしょ。なんでわたしたちが、しっぽまいて逃げなきゃいけないのよ」ミリアが口を尖らせる。

「そうよ。絶対捕まえてやるわ」ユリが拳を握り締める。

「わかったよ。おまえらに逃げようと説得するよりも、犯人を捕まえた方が早いな。それじゃあ、犯人が誰かということを考えよう」

「ちょっと、待ってよ」ミリアが止める。

「なんだ。今日はやけにからむな」

「頭きてんのよ。犯人に」

「うん、そうだな。犯人を許すわけにはいかないな」

「そうでしょ。みんなで楽しくトランプや麻雀やってたのに、犯人のおかげでだいなしだわ」

「そ、そうだな。それでなんだっけ？」

「犯人が誰かを考える以外に、犯人を捕まえるということもあるでしょ」

「それは同じことじゃないのか？」

「違うわよ。犯人が誰かわからなくても、捕まえることはできるんじゃないのかな。罠をかけるとかさ」ミリアが少し笑みを浮かべる。

「まあ言われてみればそうだな。わかった。じゃあ、そういうことも含めて犯人を捜すのが目的だ。いいな」

「うん」二人が頷いた。

石崎がレポート用紙に書き込んだ。

目的
・犯人を捜す。（犯人は誰か？　犯人を捕まえる）

「それじゃあ、わかりやすくするために、時間を追って何が起きたか考えよう。そして疑問点をあげていこう。少しでも変だと思ったことでいい」

「うん」二人が頷く。

「まずは、このイベントが変だわ。心理学の研究ってこんなものなのかしら？」ミリアが首を傾げる。

「そうだな。このイベントには何か裏があるな。そうなると結城先生が一番怪しいということになるが

「……」

「それはそうだけど、それを考えるためにも、イベントの変なところをあげていきましょうよ」ユリが提案する。

「そうだな。まずはイベントの意味は何か？」石崎がきいた。

「心理学的な意味ってあるのかな？」ミリアが首を傾げる。「わたしたちって遊んでるだけじゃない。他の人も本読んだりトレーニングしたりでしょ。それぞれやっていることが、心理学なんかの研究対象になるとも思えないし、だいたいみんなのやっていることが、まったく統一性がないもの。それに結城先生は、大切と思う物は何か？　だなんて調査したいって言ってたけど、そんなことこんなイベントに参加したって考えないわよ、別に。それこそ、人が目の前で死ねば、命が大切だ、なんて思うかもしれないけど」

「だからこそ、結城先生の立場は危ういな。イベントの企画者だからな。ただ、ある意味一番疑われるのはわかっている訳だから、あんな殺人なんかしないとも考えられるが……」

「でも、やっぱりこのイベントは変よ」ミリアが言い切る。

「そうだな。このイベントには何か隠された秘密があるな。だからこそ結城先生の立場も煮えきらないような感じがするのかもしれない。とにかく変に思うことをあげていこう。そうすればイベントに隠された謎もわかるかもしれないから」

「そうね。変だといえば、持ち物を一つだけ持ってきていいということの意味もわからないわ」ミリアが首を捻る。

「そうね。それに無人島イベントだっていうのに、エアコンも冷蔵庫もあるのよ、ここには。もちろんなかったら困るけど、イベントの意味はあいまいになるわ。そこがこの無人島イベントの意味を、更におかしなことにしてるんだと思う」ユリが腕を組んで考える。

「そうだな」石崎が頷く。「あれほど厳しく持ち物検査をしておいて、この館内には、各部屋にはエアコンがあり、食堂には巨大な冷蔵庫がある。この便利さと快適さは、まったく無人島じゃないな」

「そうでしょ。でもエアコンまでありながら、電子レンジはないのよ。でも電気湯沸かしポットはあるのよ。これどういうこと？」ミリアが石崎の顔を不思議そうに見る。

「電気はいいけど電子はだめなんじゃないの？」ユリが答えた。

「うん、ユリ鋭い」ミリアが、ぽんっと手を打つ。「冷蔵庫は電気冷蔵庫だもんね。電気ポットもそうだし。電気エアコンって言う？」

「電気エアコンかあ？　ガスのエアコンもあるから、それに対して言うかも知れないが、ちょっと厳しいなあ。それに実生活では、電気と電子の違いなんてあいまいだからなあ。ちょっと違うと思うな」石崎が答えた。「それとな、実は電子レンジで少し考えたんだが、電子レンジって、マイクロ波っていう電磁波を使った調理器具なんだよ」

「まいくろは？」二人が聞き返す。

「ああ、マイクロ波で水の分子を振動させて料理を加熱するんだ。このマイクロ波って、一種の電波だから、通信にも使えるんだよ。マイクロ波通信って言うんだ」

「じゃあ、石崎さんは、電子レンジは電波が出せて外部と通信できるものだから、この館にはないって言うの？」ミリアがきいた。

「いや、小林先生が殺される前は、ふざけてそんなことを言って、おまえらを煙に巻こうと思ってたんだけどな。実際電子レンジで通信、いわゆる意思の疎通《そつう》はできないよ。電子レンジって、電波が漏れないように出来てるし、マイクロ波通信って、それなりの設備や機械は必要だからね。ははは」石崎が頭をかいた。

「まったく、しょうがないことを考えてるわね」ユリがあきれたように石崎の顔を見る。

「まあ、電子レンジは別にしても、テレビやラジオは娯楽のためのものだから、この島になくてもわかるけど、ドライヤーとかも、あって欲しいのにないもんね」ミリアが呟く。

「そうだな。髭剃《ひげそ》りとかもないもんな。電気髭剃りにしても、普通のかみそりにしても」

「なんだ、そんなのもないの。石鹸やシャンプーはあるから、男性の部屋には髭剃りくらいあるのかと思った」ユリが驚いた顔をする。

「いや、ないよ。俺の顔をみればわかるだろ」石崎が頬からあごにかけてなでる。

「前田先生や永井さんはさっぱりしてるじゃないの」

「俺は髭が濃いんだよ。男でもあんまり髭の生えてこない人もいるんだよ。一週間に一回髭を剃ればいいくらいの人とかいるんだ。あの二人はそのタイプだよ」

「なんだ。石崎さんがだらしないだけじゃないんだ」

「そういうことだ。髭剃りはないということは、つまりそれが凶器である可能性もないということだ」

「そっか、髭剃り、つまりかみそりもないんだ」ミリアが呟いた。

「ああそうだ」石崎が頷く。「かみそりも含めて刃物はない。かみそりなんか、頸動脈を切るのに絶好なのにな。まあ、凶器に関しては後で考えるとして、イベントに関して他に何かないか？」

「食べ物もちょっと変かな」ミリアが首を傾げながら言った。

「おまえら喜んで食ってたじゃないか」

「そりゃあ、ただだもの、文句言わないわよ」

「それで、何がおかしい？」石崎が首を捻る。「俺は普段食ってるものと変わりなかったが……。まさか毒とか睡眠薬とか入っているのか？」

「毒なんか入ってたらすぐわかるわよ。石崎さんは普段からコンビニ弁当ばっか食ってるから、それがあたりまえで何も気づかないのよ」ミリアが馬鹿にしたように言う。

「そっかあ？」石崎が首を捻る。

「いい？」ミリアが確認する。「コンビニ弁当があるのはすごくありがたいけど、なんで缶詰とかないのかなって思ってさ。さすがに五日はもたないでしょ、弁当じゃ。だったら缶詰とか、電子レンジでチンすれば食べられるインスタント食品用意しとけばいいのよ」

「なんだよ。コンビニ弁当って賞味期限あるのか？」石崎が不思議そうに尋ねる。

「なに馬鹿なこと言ってるのよ。あるに決まってるでしょ」

「そっかあ、そうなのか、知らなかった。そう言われてみれば、電子レンジがないから、レンジでチンするインスタントはないにしても、缶詰があってもいいな。カニ缶とか食ってみたかったな」

「そうでしょ。それに、飲み物は紙パックばかりでしょ。紙パック集めてる、環境問題かぶれの馬鹿な主婦の家の冷蔵庫じゃないんだから、瓶入りとかペットボトルとかあってもいいでしょ」

「そうだな。紙パック入りの酒があるのに、ビールがないのはおかしいな」

「結城先生は、缶蹴りさせたくないからだ、なんて言ってたけど、ここは異常に缶や瓶を嫌ってるわよ。缶があったって缶蹴りするわけないんだし。缶とか瓶とかって、凶器になりそうなものでしょ。それがないのよ、ここには」ミリアが厳しい表情で言った。

「そうだな。瓶はガラスだし、缶の空け口はけっこう鋭いしな。だが、それもこの館内にはないのか……」石崎が考え込む。

「そうなのよ。小林先生が鋭利な刃物で切られたということで、缶も瓶もないということが、また注目されるわけよ」

「なるほどな。他に何かあるか？」

「お菓子も変よね。おせんべとか、年寄りくさいお菓子しかないのよね。ポテトチップもあるけど、安っぽい袋に入ってるのばかりだし。かといって値段は安いわけじゃないのよね、あれって。ちょっとお菓子の嗜好《しこう》に偏《かたよ》りがあるような」ユリが首を捻る。

「なるほどな。それも言われてみれば変だな」石崎が頷く。「じゃあ、食べ物に関してはそれくらいかな。他にイベントに関して何かあるか？」

「メンバーがおかしいかな。ちょっと櫻藍に偏り過ぎてる」ミリアが硬い表情で言った。

「確かにな。連続殺人を犯人が計画しているとすれば、この偏りは、犯人が櫻藍に何らかの恨みをもっている可能性があるな」

「ちょっと待ってよ。それじゃあまた、このイベントを企画した結城先生が怪しいじゃない」ユリが石崎に向かって言う。

「うむ」石崎が黙り込む。

「待って、でも今のところ被害者はそんなに櫻藍に偏っていないんじゃないかな。まみちゃんは一応櫻藍の生徒だけど休学中なのよ。しかも交通事故にあったから学校に一日も行ってないんでしょ。事実わたしたちは彼女のこと知らなかったし。日向さんの方は櫻藍には関係ないんじゃないかな。卒業生でもないみたいだし。小林先生は櫻藍関係者だけど」

「じゃあやっぱり犯人は、無差別殺人を狙ってるのかな」ユリが呟いた。

「犯人が何を狙っているか……か。それも考えなくてはいけないな」

「後は何かある？」ミリアがきいた。

「そうだな。なぜこの館の部屋には鍵がかからないんだ」

「そうね。石崎さんのような密室好きにとっては、殺してくれって言ってるようなものね」ミリアが頷いた。

「そうだろ、そうだろ」

「なにがそうだろよ。馬鹿にされてんのよ」ユリが石崎に突っ込みを入れる。

「ちぇっ、じゃあ、一応イベントに関する疑問点についてまとめておくぞ」石崎が書き出した。

イベントの疑問点

・イベントの意味は？　（本当に心理学の研究なのか？）
・持ち物ひとつだけの意味。（こんなことに意味があるのか？）
・無人島のイベントなのに冷蔵庫やエアコンがある。
・冷蔵庫やエアコンはあるのに電子レンジはない。
・缶入りや瓶入りの食料や飲料がないのはなぜか？
・お菓子の選択が変？　（年寄りくさい）
・参加メンバーが櫻藍女子学院に偏りすぎている。（犯人は櫻藍に恨みをもつ者か？）

その横にミリアが書き加えた。
・どうして部屋に鍵がかからないのか？　（密室馬鹿石崎の意見）
「次はまみちゃんがいなくなったことについて考えよう」

「考えようって、何を考えるの？」ユリが首を傾げる。

「生きてるか死んでるか？　本当にいなくなったのか……だ」

「生きてるか死んでるかはいいとして、本当にいなくなったのかってどういう意味よ。いないじゃないの、彼女」ミリアが頬を膨らませる。

「そうか、この言い方じゃわからないか。つまり自分の意思でいなくなった、あるいは自分の意思で隠れているということだ」

「ということは、彼女が犯人ということ？」ユリがきいた。

「それもあるが、犯人から逃げるために隠れていることも考えられる。もちろん崖から海に突き落とされている可能性もあるけどな。みんなは彼女は殺されてしまったと思っているだろうがな」

「それは日向さんにもいえることね」ミリアが指摘する。

「ああ。二人とも死体が見つかっていないからね。海に落とされていたら死体はないだろうけど」

「じゃあ石崎さんは、どちらか、あるいは二人が、どこかに隠れている可能性が高いというのね」ユリが確認した。

「ああ。さっきまではな。ただ、小林先生が殺された今、その可能性は低いと思う。二人とも崖から突き落とされたんじゃないかな。でなければ二人のうちのどちらかが犯人、あるいは二人が犯人ということだ。現に人が殺されたのをみんなが知ったわけだから、それまでは誰かが自分の命を狙っていると言っても、みんな信用しないだろう。だから逃げて隠れていたということも考えられる。しかし小林先生が殺された今なら、出てくることによって、逆に自分を狙っていた犯人を糾弾することもできる。さすがにみんなが協力するからね。しかし彼女たちは出てきていない。つまり既に死んでいるか、犯人かのどちらかだな」石崎が説明した。

「うーん」ミリアが考える。「でも、小林先生が殺されたのを知らないのかもしれないわよ」

「それは、彼女たちが生きていて、犯人じゃなくて隠れている場合のことだよな」

「隠れる場所ってあるの?」ユリが首を傾げた。

「あるとしたら、隠し部屋か地下室だな。俺たちはこの館内を、そういう観点からは調べていない」

「ああなるほど。反則ってやつね。実は隠し部屋がありましたっていう」ユリが嬉しそうに言った。

「まあ後で探してみよう。もう遅いかもしれないが……」石崎の表情が暗くなった。「あとは、まみちゃんのことで何かないか？　どうだミリア？」

「彼女、みんなをトランプに誘いに行っていなくなったのよね。その時、前もって誘っていた人として、誘う相手には、心理研の二人と結城先生と日向さんがいたのよ。心理研の二人は一緒にいたわけだから、まみちゃんの失踪に関係があるなら二人の共犯よね。しかも談話室だなんてオープンな部屋にいたのだから、そこでまみちゃんに何かするのはちょっと疑問よね。別の場所で何かしてからすぐに談話室に戻ればいいのかもしれないけど。やっぱり自室にいた結城先生と日向さんは怪しいわね。まみちゃんが結城先生か日向さんの部屋に誘いに行って、そこで襲われたっていうのが自然よね。前にも話したけど、あの時二人の部屋の中を調べなかったものね。あの時、中にまみちゃんがいたのかもしれないわ」ミリアの表情が曇った。

「そうだな。それは俺も反省してる。どちらにしても、この場合も結城先生にとっては不利な条件ばかりだな」石崎が少し黙り込む。「他にまみちゃんについて何かないか？　どうだユリ？」

「彼女、交通事故でけがして休学してたって言ってたけど、けがしてたなんて、全然そんなふうに見えなかったわ。もう完全に治ったのかもしれないけど。だったら、もう櫻藍に通い始めてもいいわけでしょ」

「そうだな。一学期まるまる休んでるわけだしな。けがを治しながらでも学校には行けるもんな。彼女本当に行ってないのか？」

「うん。学校で見たことないわよ」ユリが答えた。

「そうだな。小林先生や前田先生、他の生徒も知らないみたいだったな。学年やクラスが違っても顔くらいわかるものな。俺はまた、何かいじめか何かあったのかと思ってさ。いじめがあって、そのために櫻藍の人間に復讐《ふくしゅう》しているということも考えられるだろ」

「でも全然学校に来ていないんだから、いじめはないわよ」ミリアが抗議するように口を尖らせる。

「最初につまずいちゃったから、治っても来にくかったのかな」ユリが呟く。「彼女、前の学校でいじめられてたわけだから、遅れて入学してきて、ちゃんとみんなと打ち解けられるか心配だったんじゃないかな」

「そうだな」石崎が頷く。「前の学校でいじめられてて、それで櫻藍を受験したって言ってたな。そういや彼女、始めのうちはおどおどしてたもんな。トランプのときとか、なんか俺たちの顔をちゃんと見られなかったもんな」

「それは石崎さんとは初対面だもの、びびっちゃうわよ。この人変態かもしれないって思って」ミリアが石崎を指差しながら笑う。

「そうよ。でも、その後すぐに打ち解けて騒いでたじゃない」

「そりゃあ、おまえたちと一緒に遊んでればすぐにああなるよ」

「当然でしょ」二人が胸を張る。

「うーん」ミリアが考え込むようにしてから言った。「わたしの勘だけど、まみちゃん生きてるような気がするのよね。なんか、まみちゃんのいなくなったことと、小林先生の殺されたことって、同じ次元で考えていいのかなって気がするんだ」

「確かに小林先生の殺され方はインパクトがありすぎるな」石崎が頷く。「それについては後で話そう。じゃあまみちゃんについて書いておくぞ」石崎が書き出した。

まみちゃんについて

・生きているのか？　死んでいるのか？
・自分の意思でいなくなったのか？
・犯人の可能性は？
・失踪時の状況からは、結城先生もしくは日向さんが怪しい。
・いじめなど、何か事情があるのか？

「次は日向さんだな。これはまみちゃんのときよりも、俺たちにわかることは少ない」

「うん。そんなに話してないし……」ユリが呟く。

「やっぱり日向さんの場合も、生きている可能性と犯人の可能性はある」

「うん」二人が頷く。

「それぐらいしか言えないか……。いなくなったのに気づいたのも朝だから、状況もわからない。彼女のことについては結城先生にきいてみるのもいいかもしれないいな」

日向さんについて

・生きているのか？　死んでいるのか？
・自分の意思でいなくなったのか？
・犯人の可能性は？
・いなくなった状況は不明。

「さて次は小林先生だな」

「うん。一番の疑問点は凶器ね」ミリアが指摘した。

「ああ、そうだ」

「いったい何を使ったのかしら？」ユリが首を捻る。

「刃物は誰も持っていないはずだ。結城先生が嘘をついていなければ、館内にも刃物はないんだ」

「傷口の状態から考えると、使われた可能性は低いけど、そのガラスでさえもどこも割れてなかったのよね」ミリアが確認する。

「ああ、そうだ」石崎が頷く。「それに凶器となりそうな缶や瓶もない。もちろんあったとしても、すっぱり切れるような凶器にはなりそうもないがな」

「氷は？　氷の凶器は？」ユリが思いついた。

「それはないな。そんな犯人じゃいやだ」石崎が大きく首を振った。

「なにがいやなのよ」二人が突っ込む。

「わざわざこんな無人島まで来て殺人事件に巻き込まれて、それでトリックが氷の凶器じゃあ、たまらんよ」

「たまらないのは、あんたの頭よ。まったく」ミリアが石崎の頭を指差す。「そんなこと考える前に、冷蔵庫はあったけど、製氷室も冷凍室もなかったって思い出しなさいよ」

「ああ、そうだったな。よかったあ」石崎が嬉しそうに胸をなで下ろす。「それに今は夏だから、冬の氷がどっか洞窟《どうくつ》とかに残ってることもないもんな。よかったあ」

「なにがよかったあよ。人が死んでるっていうのに」ユリが石崎を睨む。

「そうだったな。すまん、反省する」

「冷蔵庫で思い出したけど、電気ポットがあったでしょ。あれって、中がガラスなんじゃないの。あるいはあの中に氷が入ってるとか……。あれって冷たいのも保存できるんでしょ。あのポット、鍵もかかってるし怪しいじゃない」ユリが二人の顔を見る。

「うわあ、そんなのやめてくれ。ポットの中の氷かよ。いやだ、そんなのいやだあ」石崎が叫ぶ。

「アホっ、あれって二つともお湯だったわよ」ミリアが指摘する。「それに今はポットなんてステンレスでしょ。ガラスなのは魔法瓶《まほうびん》って言ってるころの話でしょ」

「ああ、そうだな。そうだそうだ。ミリア賢いな」

「しっかりしてよ、石崎さん。氷なら氷でもいいでしょ、犯人がわかれば。まったく」

「いやだけど、まあいいか。氷じゃないとわかったし。他に何かあるか?」

「ここってさあ、昔日本軍の基地だったんでしょ。どっかに日本刀とか落ちてるんじゃないの」ユリが刀を構える真似をする。

「いや、さすがに錆《さ》びていて使い物にならないだろう。塩風は吹くし、ここは火山性の島だから亜硫酸ガスとか火口から出てたときもあるだろうから、きっと酸性の土壌だろうからな」

「となると、後はこの館内にあるものか……」ユリが腕を組んで考え込む。

「でもこうなると、無人島イベントで、しかも持ち物が一つだけっていうのが大きな足かせになるわね。みんなの持ってきた持ち物で、何か凶器になりそうな物ないかな？　と言っても無くなった物が多いけど」ミリアが首を傾げながら言った。

「犯人が利用しようとして盗んだ可能性もあるな」石崎が頷く。「よし、持ってきた物と、そのうち無くなった物をあげてみるか」石崎が書き出した。

持ち物	紛失	持ち主
・ポータブルCDプレーヤー	CD紛失	江口
・本（数冊）	K談社ノベルス最新刊	中村
・携帯ゲーム機	携帯ゲーム機	永井
・専門書（歴史）	専門書	前田
・携帯電話	携帯電話	近藤
・ポータブルCDプレーヤー	CD紛失	堺
・本（クリスティ著作）	紛失せず	伊東
・本（ミステリィ）	紛失せず	中沢
・パソコン	故障	石崎
・トランプ	紛失せず	ミリア
・麻雀牌	紛失せず	ユリ
・携帯電話	携帯電話	結城
・専門書（犯罪心理学）	専門書	小林（本当は近藤と堺）
・無し		まみ
・無し		日向

「どうだ、何かわかるか」石崎が二人の顔を見る。

「物が無くなっていくということと、何も物を持ってこなかった、まみちゃんと日向さんがいなくなったことから、物の無い人は、唯一持ってきた命がなくなるって推理したのよね。そして次は小林先生が危ないってことで小林先生の部屋へ行ったのよね」

ユリが確認する。

「ああ。間に合わなかったけどな」

「そうね」ミリアが頷く。「でも犯人は、今夜中に殺されたのがわかるとは思わなかったでしょうね」

「ああ、そうだな。そこがつけ目かもしれない」

「でも犯人は、なんで物を盗むのかな？」ユリが首を傾げる。

「まず現実的な面、つまり我々が理解できる範囲のことから考えると、外部との連絡に使える携帯電話が盗まれていること、それと俺のパソコンが壊されていることの二点については、こういう場所で連続殺人を計画した場合、外部と連絡をさせないことが重要だということから、そのためにそれらを盗んだと考えられる。それ以外は、もしかしたら盗まれた物の中に、小林先生を殺害するのに使った、何か凶器になりそうな物があったかだな」

「凶器になりそうなものねえ？」ミリアが首を捻る。「CDとかって凶器になる？」

「確かに薄いけど、皮膚は切れないなあ」石崎が答える。

「本は？　紙で指とか切っちゃうことってあるでしょ。中村さん、他にも本を持ってきたのに、最新刊だけ無くなってるじゃない。新しい本だと、紙もしっかりしてて切れやすいんじゃないの」ユリが指摘した。

「うーん……、いくら新しくても無理だと思うな。頸動脈は切れないだろう。所詮は紙だからね」

「じゃあ、前田先生の専門書も心理研の犯罪心理学の本も無理ね」ユリが確認する。

「ああ。紙に何か薬品を含浸《がんしん》させて紙を硬くする方法なんかもありそうだけど、ここにはそんなものなさそうだしな。薬品を持ち込めるなら毒薬を持ち込むな。同じ殺すならその方が楽だ」

「じゃあ携帯ゲーム機は？」ミリアがきいた。

「うーん」石崎が唸る。「液晶画面にガラスが使われているけどなあ」石崎の言葉に、ミリアとユリが急に立ち上がって、シャワー室の扉を開けた。

「おい、どうしたんだよ。二人とも」石崎が不思議そうに声をかける。

「調べてるのよ、液晶画面を」二人がシャワー室の中から返事をする。

「なに？」石崎が首を傾げる。少しして彼女たちがしようとしていることに気がついた石崎が立ち上がった。「う、うわっ、や、やめろ、おまえら」

シャワー室の中ではミリアとユリが、故障中の石崎のパソコンの液晶画面を調べるために、蓋を限界以上に開け、本体から液晶の画面部分を引《ひ》き剝《は》がしていた。

「うーん。なんかガラスの板みたいのがあるけど、やっぱ凶器にはなりそうもないわね」ミリアが呟く。

「そうね。ハードディスクも、なんかガラスの板みたいなのが回転してるんでしょ。でも、それも凶器には使えそうもないわよね」ユリが完全に破壊したパソコンを床に乱暴に放り出した。

「おまえらなあ、まだ液晶部分は使えたかもしれないんだぞ」石崎がパソコンを拾い上げる。

「どうせ壊れてたんでしょ。気にしない、気にしない。これであきらめついたでしょ」ユリが石崎の肩を叩く。

「はあ」力なく石崎は溜め息をついた。

「他に何かあるかしら」部屋に戻ってミリアが首を傾げる。「トランプも、マジシャンがトランプ投げて壁に突き刺したり果物切ったりするのがあるけど、わたしのは普通の紙のトランプだからそんなことできないし、カードは全部揃《そろ》ってて、一枚も盗まれてないものね」

「実はばばが二枚あって、それが今一枚しかないってことはないだろうな」

「そんなことあるわけないでしょ。ばばは一枚しかないからばばなのよ」

「後は己《おのれ》の肉体を武器にするしかないわね」ユリが力こぶを作るように腕を曲げてみせた。

「どういうことだ?」

「爪を伸ばしてるとか、牙《きば》が生えてるとか」歯をむき出してユリが答えた。

「そんな奴いなかったぞ、俺が見た範囲ではな」

「じゃあ、ものすごいスピードのパンチを放って真空状態を作り出して、皮膚を切裂くのよ」ユリが石崎の顔の前で、パンチを出す格好をした。

「じゃあ一番怪しいのは江口さん?」ミリアがきく。

「そんなことできるわけないだろ」石崎が突っ込む。

「そっかあ」ユリが考える。「ああ、わかった、わかったわ。わたし聞いたことがあるわ。かまいたちっていうのがいるんでしょ。何もないのに突然皮膚を切られたりするの。妖怪よね、あれ」

「なにそれ? おかまのいたち?」ミリアがきく。

「違う。妖怪だよ。だが妖怪は京極《きょうごく》さんに頼むしかないな。ゲームなら我孫子《あびこ》さんだ」

「また、わけのわからないこと言ってるな」ユリが石崎を睨む。

「でもさあ、日向さんはこのイベントを監督するほうの立場の人だからいいけど、なんで小林先生は、物を何も持ってこなかったのかなあ」ミリアが不思議そうに呟いた。

「そうね。悩んでて結局決まらなかったって言ってたけど、変よね。何もなくたって、適当に文庫本一冊でも持ってくればいいんだもの。まみちゃんも、ポータブルCDプレーヤー海に落としちゃったって言ってたけど、もしそれを持ってきてたら平気だったのかなあ」ユリも首を捻る。

「それに無くなってる物と無くなってない物があるでしょ。小林先生が殺されたことで、持ち物を持ってこなかった人は全員いなくなったわけでしょ。じゃあ犯人はこの後どうするのかしら、まだ無くなっていない読書研の本や、わたしのトランプを狙うの? 人の命の次にトランプを盗まれても、まったくインパクトがないんだけど。もしかしたら殺人はこれで終わりなの？」

「確かに小林先生が殺された理由を、持ち物が無いから、と考えるとそうなるな」

「でもそれは、犯人がわたしたちを油断させるためかもしれないわね」ユリが厳しい表情で言う。

「そうだな。まあとにかく、小林先生と凶器について書き出してみるか」そう言って石崎が書き出した。

小林先生殺害と凶器について
・小林先生は持ち物を持ってこなかったから、代わりに命を失ったのか？
・凶器は何か？
・無くなった持ち物に凶器となる物があったのか？
・小林先生は、なぜ何も持ってこなかったのか？

「どうだ？　いろいろ疑問点をあげて考えてきたけど、何かわかったか？」石崎がミリアとユリにきいた。

「わかんないなあ」書き出したレポート用紙を眺めながら二人が呟いた。

「考え方としてはいくつかあるな。いくつかの疑問点を解いて、そこから犯人を導きだすやり方。あるいは小林先生を殺害した凶器が何かを解明して、そこから犯人を導きだすやり方だな。それほど凶器は重要だな、この島では」

「いくつかの疑問点って言ったって、根本的には誰が犯人なのか？　って疑問なんだから、疑問点が解消できたら犯人がわかるってあたりまえのことでしょ。答えがわかってて問題を解いてるようなもんでしょ。そりゃあだめよ。凶器にしたって、そこから直接犯人に結びつかないかもよ」ミリアが抗議するように言った。

「そうか……。うーん」石崎が壁を見上げる。視線の先の壁にはハト時計がかかっている。「時計にも文字盤の面にガラスがない。表面は木でできたハト時計だからな。ガラスがあるとハトが飛び出てこられないからか……。ハト時計の意味はきっとこれなんだろうな。缶や瓶がないのと同じで、文字盤の面にガラスがある普通の時計じゃ駄目なんだ。でもガラスは駄目というわけでもない。窓ガラスがあるからな」石崎が窓を指差す。

「そこなのよ。そこが一番おかしいのよ。統一性が感じられないのよ、この館は」ミリアが怒ったように口を尖らせて言った。「無人島なのにエアコンがある。でも電子レンジはない。持ち物にしたって、CDは一枚しか持ってきちゃいけないのに、本は同じ作者とかなら何冊でもいいのよ。まったく統一性がないのよ。不公平なのよ」

「もしかしたら、基準が間違っているんじゃないかな」

「基準?」ミリアとユリが聞き返す。

「そうだ。俺たちが考えている基準が間違っているから、統一性がないように見えるだけなのかもしれない。エアコンがあって電子レンジがないことも、CDは一枚だけで本は何冊でもいいこと、無くなっている物とまだ無くなっていない物があること、本当はある基準からみれば、これは全然不思議でもなんでもないことなのかもしれない」

「うーん……、もうちょっと簡単に言ってよ」ミリアとユリが眉を曲げて難しそうな顔をしている。

「そうだな」石崎が説明する。「いいか、たとえば、りんごとバナナと……」

「一気にレベルが下がったわね」ミリアが笑う。

「おまえらにわかりやすいように話すんだよ。いいか、りんご、バナナ、レモン、ひよこ、すずめ、からすの集合があるとするぞ。このうち、りんご、バナナ、レモンが無くなるか、あるいは、ひよこ、すずめ、からすがいなくなるのなら、それほど違和感はないよな。前者は果物のグループが無くなったわけだし、後者は鳥がいなくなったわけだ」

「うん、それはわかるわ。幼稚園レベルだもん」二人が嬉しそうに頷く。

「それじゃあ、バナナ、レモン、ひよこがなくなったらどうだ」石崎が質問する。「一見、統一性がなさそうだろ」

「黄色だ！」二人が叫んだ。

「そうだ。黄色いものが無くなったんだ。物の種類という基準から、色という基準に変えれば全然おかしくないんだ」

「つまりわたしたちは、この事件を違う基準で見ているから、統一性が感じられない、違和感を感じると言いたいのね」ミリアが確認する。

「そうだ。その基準を見つければいいような気がするんだ」

「そっかあ」ミリアとユリが頷く。

「その基準ってさあ、結城先生は知ってると思う？」ユリが首を傾げながらきいた。

「ああ。知ってると思うな。ただ結城先生にその話をぶつけるのは、こちらがある程度のことがわかってからの方がいいと思うんだ。みんなが疑っているように、あの人が犯人、あるいは共犯者の可能性は高い。そうじゃなくても、もしまみちゃんや日向さんが生きているなら、結城先生は犯人に、まみちゃんや日向さんを人質に取られて脅されている可能性も高い。だからこちらが何もわからない状態で彼女と話すのはまずいと思うんだ」

「そっか。いきなりりんごとバナナの話をされたら驚くもんね。たとえ犯人でなくても、きっとわたしたちに心を開かないと思うわ」ユリが大きく頷いた。

「そうよね。犯人なら当然いやだろうし、犯人じゃなかったら、こちらが犯人かもしれないって思うかもしれないものね。特に石崎さんは怪しいもの。どっちにしてもわたしたちで考えなきゃだめか」ミリアが難しい顔をする。

「そうだ。勝負するのは、こちらのカードが揃ってからの方がいい。とにかく考えよう」

「うーん。基準、基準かあ」ミリアが腕を組んで唸っている。「なんか変なのよねえ。なんなのかなあ。石崎さんなんか考えつかないの？　石崎さんの出番でしょ」

「そう言われてもなあ」

「もっとびしっとしなさいよ。それでなくてもそんなに賢そうに見えないんだから。実際の事件を解決しないと、ただのアホなおっさんよ。髭そってないから、ほんとに危ない変態に見えるわよ。髪もぼさぼさだし」ミリアが石崎の頭を指差す。

「いいだろ、外見なんて。それにしょうがないだろ、無人島なんだから。おまえだって外見のことを言ったら全然かわいくないぞーっだ」石崎がミリアに言い返した。

それを聞いて、突然ミリアが下を向いて黙りこんだ。

「おいっミリア、怒ったのか？　そんな怒るなよ。なっ、冗談だ、冗談」あわてて石崎がミリアの顔を覗き込む。

「ちょっと黙っててよ」ミリアが石崎を黙らせる。

「悪かった、悪かったよ」

「うーん、ちょっと待って」ミリアが考えている。

「そっか、そういうことか。じゃあ、あれも……」

「おい、どうしたんだよ」

「ふふふふふ」ミリアが笑い出した。「わかった、わかったわ。このイベントの意味、そしておそらくその目的も」

「なに？」

「うん、間違いない」ミリアの表情が明るくなった。

「なんだ。じゃあ犯人は誰なんだ」

「犯人はわからないわよ。でも犯人を罠にかけることはできるわ。だって犯人は、このイベントの意味がわかってないもの。そう、勘違いしてるもの。だからそこをついて、犯人を捕まえることができるわ」意味ありげにミリアが微笑んだ。

「なんだそれは？　いったいどういうことなんだ？」

「ふふふ、じゃあヒントをあげるわ」

「教えて、教えて」ユリが身を乗り出す。

「わかりました」ミリアが立ち上がり、部屋の中を歩き始めた。

「いいですか、みなさん。わたしは、このイベントに関する重大なことに気づきました。このイベントの謎を解くうえで重要なことです。それは何か……」ミリアが一呼吸置く。

「それは……、参加者の中に、はげがいないことよ！」

「な、なんだあ？」石崎が声をあげる。

「そう。そしてもう一つ、眼鏡もいません。必ずどこにでもいるはげと眼鏡。この特徴的な人物がこのイベントには参加していません。これが大きなヒントです。さて石崎警部にわかるかな」ミリアが石崎を指差した。

「くそーっ、いったい何を言ってるんだ。かつらをかぶっている奴が犯人だとでもいうのか。まさか、かつらの中に凶器が……。いやだ、そんなんじゃいやだ。お笑いとしても最低だ。史上最低のお馬鹿トリックだ」石崎が頭を抱える。

「うーん」ユリが腕を組み下を向いて考えている。

「わかったあ！　そっか、そうだ、そうよね。心理研の部長と副部長、眼鏡だったもんね。そっかあ、それであいつら、このイベントには参加できなかったんだ」嬉しそうにユリが笑う。「ミリア。じゃあ早く結城先生を呼んでこないと」

「うん。わたしが行ってくるわ」ミリアが頷く。

「精神科医なんだからユリを落ち着かせてくれとか言って、みんなに怪しまれないように連れてくるわ。それと、心理研の二人に確認したいことがあるから、こっそりきいてくるわ」

「じゃあ、やっぱりあっち？」ユリがきいた。

「そうだと思うわよ。あの子たちすごくいやがってたじゃない。だからなのよ」

「そっか。そうよね」

「じゃ、結城先生呼んでくるわ」ミリアが嬉しそうに出ていった。

「おいユリ。俺にも教えてくれ。なんだ、はげと眼鏡って？　やっぱかつらの中なのか？　ま、まさか、かつら自体が武器になるんじゃないだろうな……」石崎が腕を組んで考える。「そ、そうか。わかった。アイスラッガーだな。あれならすっぱり切れるな。エレキングのしっぽも真っ二つだ。眼鏡っていうのはウルトラアイのことだな。そうか、犯人はウルトラセブンだろ。いやー良かった、良かった。これならぎりぎりセーフだな」石崎が安心したように言う。「でも問題は、誰がウルトラセブンかだな」

「なにがぎりぎりセーフよ。完全にアウトよ。アウト」ユリが拳を上に挙げてアウトの格好をする。

「ちゃんと持ち物チェックしたでしょ。それにかつらの中に凶器隠してても、かつら自体が凶器でも、金属探知器でばれちゃうでしょ。ウルトラセブンなら、なおさらばれるわよ」

「ああ、そうだった、そうだった。忘れてたよ。よかったあ。でも、セブンじゃないのはちょっと悲しいな。じゃあ、かつらでもないとするといったいなんなんだ」石崎が首を捻る。

「ふふふ」ユリが笑う。「ミリアはちょっとふざけてるのよ。眼鏡がいないのは重要だけど、はげはちょっとね。よっぽどつるつるじゃないと駄目ね」

「なんだよ。はげでも、つるつるじゃないと駄目なのかよ」

「だからふざけてるって言ってるでしょ」

「それじゃあ、わからないじゃないか」石崎が不満そうに口を尖らせる。

「うーん。石崎さんにはわからないかもね、このイベントの謎は。やっぱ女の子じゃないとね」

「女の子じゃないと？　うわあーっ、それはいやだ」石崎が叫んだ。

「なによ、今度は？」

「まさか、髪飾りやヘアピンなんかが凶器になったんじゃないだろうな。いやだ。それじゃ時代劇だ」

「だから、金属探知器で調べたでしょ。それに持ち物検査もしたんだから、金属じゃなくても、服と、ただ一つの持ち物以外は持ち込めないでしょ。ちゃんと頭のてっぺんから足の先まで、それに荷物も調べられたでしょ」ユリが自分の頭の先から足の先まで指で示しながら説明した。

「ああ、そうか、そうだったな。うーん、まったくわからん。なんで今回は俺がボケ役なんだ。こんなのいやだな。くそーっ、こうなったら俺は俺で考えてやる」石崎は腕を組んで黙りこんだ。


しばらくしてミリアが結城を部屋に連れてきた。結城は平気な顔をして笑っているユリを見て少し驚いたようだった。

「結城先生」ミリアが真剣な顔で結城を見つめる。「わたしとユリはこのイベントの目的がわかりました」

「えっ？」結城が驚いたように聞き返した。

「まみちゃんも日向さんも生きていますよね」

「え、ええ」結城が口ごもる。

「しょうがないなあ。結城先生がそんなだから、馬鹿な殺人なんかやる奴がいるのよ。まみちゃんだって平気よ。わたしたちとちゃんと普通に遊んでたじゃない」

「それはそうですけど……」

「わかったわよ。まだわたしとユリを信じてないでしょ」ミリアは結城の耳元に口を近づけて何事か囁いた。

結城の顔に驚きの表情が浮ぶ。

「あたりね。じゃあまみちゃんのところに案内してよ」

「でも、事態は変わっています。殺人が起きてしまいました。彼女たちは隠れている方が安全でしょう」

「駄目よ、そんなことじゃ。彼女は櫻藍の生徒になるんでしょ。だったらみんなと一緒に犯人を捕まえなきゃ。それでなかったら、また学校に溶け込めないわよ。わたしたちにまかせてよ」ミリアが自分の胸を叩く。

「そうですか……」結城が考え込む。

「わかりました。そうですね。ミリアさんの言う通りかもしれませんね」結城が大きく頷いた。

「私の部屋のシャワー室の奥に、地下室への階段があります。バスマットをめくるとそこが入り口です。地下の部屋にまみちゃんと日向がいます」

「うん、わかった。わたしたちにまかせてよ。彼女も連れてくるし、犯人だって捕まえるから。でも結城先生、このことはまだ黙っていてよ」二人が嬉しそうに部屋を駆け出していった。

「石崎さん、大丈夫でしょうか?」結城が不安そうに二人を目で追う。

「自分にもあいつらの考えてることはわからないけど、大丈夫だと思いますよ。あいつら賢いですからね」

「でも、犯人を捕まえるって……」

「そう言ってましたね。それも大丈夫ですよ」石崎が笑った。「自分にも犯人がわかりましたから。まみちゃんと日向さんが生きているのであれば簡単です。問題は、小林先生の殺害だけですからね。小林先生の頸動脈を切ることのできる凶器を用意できた人間は一人しかいないですから」

「本当ですか?」結城が驚いたように石崎の顔を見る。

「ええ。その前に質問させてください。さっきもきいたかもしれませんが、まずは凶器の件。今、地下室があるといいましたから再確認しますけど、そこも含めてこの館内に、刃物、あるいは刃物になりそうなものはありませんね」

「ありません」結城がきっぱりと答えた。

「そうですか」石崎が考える。「じゃあやっぱり凶器はあれだ。そしてそれを思いつく人間も一人しかいないな。あの時のこともあるしな……。それじゃあ、もう一つ。小林先生は、本当は何かを持ってきたのではないですか？　この島へ」

「いいえ、それはありません。私と日向がきちんとチェックしましたから。でも……」

「でも、何ですか？」

「チェックする前に、何を持ってきましたか？　ってきいたら、小林先生、秘密ですって答えられたんです。ちゃんと言ってもらわないと困りますって言ったら、実は何も持ってきてないんですって答えられて、荷物を調べても何もなかったので気にしてなかったんですが……。やっぱり秘密に何かを持ちこんだのでしょうか？　でもチェックはきちんとしたのですけど」結城が不安そうな表情で答えた。

「そうですか……。秘密と言いましたか」しばらくして石崎の表情が明るくなった。

「わかりました。カードは揃いました。これ以上は望めないでしょう。問題はミリアとユリが何を考えてるかだな」

「なにが、何を考えてるかよ」ミリアが部屋に入ってきた。「カードは揃ったんでしょ。だったらカードしかないでしょ」

「なに？」石崎が聞き返す。

「ふふふ、やってやるわよ。トランプで犯人を見つけてやるわ」

「お、おい。カードが揃ったっていうのは、そういう意味じゃなくてだな。比喩だ、比喩。たとえなんだよ」石崎が慌ててミリアを止める。

「なにを騒いでるのよ。まあ、泥船に乗ったつもりでまかしておきなさいよ」ミリアが机の上においてあるトランプを手に取った。

「おまえ、本気か？　まさか……、例の、ばば抜きで、最後にばばをつかんだ奴が犯人ってやつじゃないだろうな」

「まあ、それに近いかな？」ミリアが少し首を傾けて答えた。

「近いかなって、おまえ、それはちょっと無謀じゃないのか？」

「へいきへいき」

「へいきへいきって、そういえばユリはどうした。まみちゃんたちは？」石崎がミリアの後ろの方を見る。

「みんな無事よ。ちょっとユリたちには待機してもらってるのよ。死んでると思ってる人たちがいきなり出てきたら、みんなトランプどころじゃないでしょ」笑みを浮かべて、ミリアが石崎の肩を叩いた。

「さあ行きましょうよ、トランプをしに。結城先生も行くわよ」ミリアが意気揚々と部屋を出ていく。

「大丈夫でしょうか？」結城が不安そうに石崎の顔を見る。

「とにかく行きましょう。やばくなったら自分がなんとかしますから」

第六章　全ての?の消える時

　石崎たちが食堂に戻ると全員が一斉に顔を上げた。

「みなさん。わたしには犯人がわかりました」食堂に入るなりミリアがいきなり宣言した。

「なんだって?」

「えーっ?　だ、誰が犯人なの」

　それを聞いて全員が驚きと疑問の入り交じった声をあげた。

「そうですね。犯人を指摘するには準備が必要です。ですからみなさん娯楽室へ行ってください。畳敷きの方がやりやすいですから、トランプが……」

ミリアが、最後のトランプが、だけ小声で言った。

「みなさん、とにかく娯楽室に行きましょう。お願いします」石崎がミリアをフォローする。

　全員が娯楽室に行き、ミリアに言われるままに、畳の上に円形に座った。皆、何が始まるのか不安そうな表情をしている。

「では、みなさん」ミリアが全員の顔を確認する。

「これから犯人を指摘したいと思います。でもその前に、この事件を整理したいと思います」ミリアが全員を見回した。

「ユリさんは?」心理研の近藤絵里がミリアに尋ねた。

「ユリは平気よ。部屋にいるわ。とにかくまずは犯人を指摘することよ」ミリアが答えた。

「では始めます。いいですか。今回の事件では、まずわたしたちの持ってきた持ち物が無くなり始めました。CDや携帯電話などです。そしてその後、まみちゃんと日向さんがいなくなり、そして今夜、小林先生が殺されました」確認するようにミリアが一呼吸置いた。「持ち物が無くなるということと、人が殺されるということは、一見まったく違うことのようですが、しかし犯人にとっては同じことだったのです。つまり犯人の目的は、わたしたちが持ってきた物を奪うこと、あるいは使用不能にすることだったのです。携帯電話や本は盗まれ、ＣＤが盗まれてポータブルＣＤプレーヤーは使用不能になりました。石崎さんのパソコンも壊されました。しかも携帯電話を奪うことで、犯人は外部との連絡を絶つこともできたのです。そしてこのような状況の中で、わたしたちのメンバーの中に、持ち物を持ってこなかった人がいました。まみちゃんと日向さん、そして小林先生です」

「日向さんは参加者じゃないでしょ。それに殺された小林先生って、犯罪心理学の本を持ってきたんじゃないの」中村紀子が不満そうに指摘した。

「ええ。一応そうですけど、日向さんは自己紹介のときに、持ち物はないって言ってしまいました。小林先生も実は持ってこなかった。犯罪心理学の本は心理研の生徒の持ち物だって言ってしまった。つまり二人とも、犯人にとっては持ち物を持っていないことになるのです」

「じゃあ、小林先生が殺されたのは……」近藤が硬い表情できいた。

「そう。持ち物を持ってこなかった人は、持ち込みが許されている着替え以外の物、その人の唯一の持ち物、つまり命が奪われたのです」真剣な顔でミリアが答えた。

「うそっ」

「な、なんてことなの」一同に動揺が走る。

「そう。この犯人の考えていることは異常です。犯人の考えに気づいて、わたしたちが小林先生の部屋に行ったときには、もう先生は殺されていました。鋭利な刃物で首を切られて」ミリアが言葉を切る。

「そこで大きな謎があります。犯人は凶器をどうしたのか？　誰もこの館内には刃物など持ち込んでいません。そして館内には、そのような刃物や刃物の代わりになるものはありません。形状的に、頸動脈をすっぱりと切れないので凶器となりえませんが、一応ガラスなどについても館内を調べましたけど、館内の窓ガラスが壊された跡や使われた痕跡もありませんでした。つまり犯人の存在、誰が犯人なのか？　ということだけではなく、その凶器さえもわからないのです。なんと愚かな犯人なのでしょうか……」

ミリアの言葉に全員が不思議な顔をする。

「みなさん。聞こえませんでした？　なんて恐ろしい、じゃなかった。なんて愚かな犯人なのでしょうか……」

「ミリアさん。愚かってどういう意味？」近藤が聞き返した。

「そのままの意味よ。だって根本的に勘違いしてるんだもの、この犯人。今まで話したことは、犯人が勘違いして考えたことなのよ。犯人は大きな考え違いをしてるの」

「いったいどういうことなの？　確かに持ち物と命を同じレベルで考える犯人は異常だけど、あくまでも犯人にとっては、論理的なことなのかもしれないわよ」中村が不満そうな顔をする。

「ふふふ、確かに犯人は論理的に考えたのかもね。でもね、最初の前提が間違ってるのよ。犯人はまったく勘違いしてるのよ。そうね、その話をするまえに、みんなに確認するわ。犯人の人は手を挙げてください」ミリアが全員に向かって呼びかけた。

ミリアの呼びかけにも、皆無言のままだ。当然手を挙げる者はいなかった。

「ふーん」ミリアがそれを確認する。「じゃあ、次ね。今夜、小林先生の部屋に入った人はいますか？」

石崎と結城あかねが手を挙げる。

「そうね。死体を発見したんだもんね。他にはいませんか？　死体の発見後でもですよ。入った人はいませんか」ミリアが声をかけたが、他には誰も手を挙げなかった。

「いないようですね。ほんとですね。後から、実は入っていたなんてことは通用しませんよ」ミリアが一同に念を押して確認する。

「わかりました。それでは犯人を見つけていきたいと思います。犯人を見つけるためには、トランプを使います」ミリアがトランプを目の前に掲げた。

「な、なんだと」前田徹が声をあげる。「御薗、おまえ、さっきからわかったような口をきいているが、ふざけるのもいいかげんにしろ」

「別にふざけてません」ミリアが前田を睨む。

「ふざけてるだろう。トランプだなんて。いいか、人が死んでるんだぞ」前田がミリアを睨む。

さらにミリアが前田を睨み返す。

「まあまあ、前田先生、ここは最後まで聞いてみましょう。何かわかるかもしれないし。何もなかったら、その時怒ればいいでしょう」石崎が前田をなだめた。

石崎の言葉に前田は渋々《しぶしぶ》と引き下がった。

「ではトランプを始めましょう」ミリアは円形に座った全員の前に一人一枚ずつ裏向きにカードを配り、「カードの表を見ないでください。まだ裏にふせたままで、自分の前に置いたままにしていてください」と説明した。

「ではゲームを始める前に、もう一度今回の事件について考えてみましょう。犯人は小林先生の殺害に鋭利な刃物を使いました。これには犯人の考えがあります。つまり、この島には刃物はない。刃物の代わりになる物もない。特に、頸動脈をすっぱり切れるような鋭利な刃物、あるいはその代わりになる物などはない。そして自分は持ち物検査を受けている。刃物を持ち込んでいないことは証明されているから、自分が疑われることはない、という考えです。そして凶器のことから疑われるなら、まず第一にイベントを企画している結城先生ですし、たとえ結城先生も刃物を持ち込んでいなくて、結城先生が嫌疑から外れても、凶器の刃物が何かわからなければ捜査も進まないだろうという考えです。これは、首を絞めて殺せばいいものを、首を絞められ気絶している小林先生を、あえて頸動脈を切って殺害したことからもいえるでしょう。ではなぜ、犯人はこのように考えたのでしょうか？」ミリアが全員の顔を見回す。「そう。それはこのイベントの特殊性からです。このイベントは無人島で行われています。わたしたち以外に人間はいません。しかも建物もこの館しかありません。そしてわたしたちは厳しい持ち物チェックを受けました。金属探知器まで使って……。ですから参加者であるわたしたちは、着替え以外は、それぞれたったひとつの物しか持ち込んでいません。もちろんその中に凶器となるようなものはありません。しかも、そのうちのいくつかの持ち物が無くなっていることは先ほど話しました。つまり持ち物が一つしかない、凶器となる物をイベント参加者は持っていない、つまり犯人も持ち得ないということから、犯人は己を有利な立場においています。こう考えた場合、このイベントを企画した人間は非常に不利な立場になります」ミリアが結城の方を見つめる。「一つは、このようなとても心理学の調査とは思えないイベントを企画したこと、そしてイベント企画者であれば、前もって凶器を用意できるのではないか、ということです。このまま犯人が見つからない場合、イベント企画者が犯人とされてしまうのは間違いないでしょう。それが犯人の狙いでしょう。先程から述べているように、犯人は、このイベントでは刃物がない、刃物あるいは刃物の代わりとなる物を手に入れることはできない、と解釈し、そしてなんらかの方法で刃物を手に入れて、小林先生を殺害したものと思われます」ミリアが言葉を切って皆の顔を見回す。石崎と目が合うと、石崎は片手を軽く挙げて微笑んだ。ミリアは更に説明を続けた。

「しかし犯人は大きな勘違いをしています。犯人はこのイベントに隠されている本当の意味に気がつかなかったのです。そして大きな過ちを犯しました」

ミリアが口元に笑みを浮かべた。

「さて、このイベントに隠された本当の意味とはなんでしょうか？　当然、心理学のテストや調査などではありません。そうですね、結城先生」結城に確認する。

「ええ、そうです」結城が硬い表情のまま頷いた。

「このイベントで最も特徴的なもの、それは何でしょうか？　そう、それは、持ち物が一つしか許されていないことです。この無人島には、ただひとつだけしか持ち物を持ってこられませんでした。しかし、そのような規則でありながら、この館内には、とても無人島とは思えない物があります。各部屋にはエアコンがあり、大きな冷蔵庫、湯沸かしポットもあります。食料も充分ですし、寝具やタオルなどもそろっています。こんな恵まれた状況で、持ち物を一つだけに限定した意味があるのでしょうか？　そうです。実は、無人島イベントなどと称して持ち物を一つに限定した理由は、心理学の調査のためなんかではありません。では、その理由はなんでしょうか？　持ち物を一つに限定した理由、それは、持ち物を一つだけしか持ってこさせないことではなく、どうしてもこの島に、このイベントに、持ち込んでもらいたくない物があったからです。このイベントの隠された重要なポイントは、たったひとつだけ物を持ち込めるということではなく、たったひとつだけ持ち込んでもらいたくない物があったということなのです。持ち物を一つに限定すれば、持ち込んでほしくない物を、参加者が持ち込む可能性は極度に低くなります。なにしろ、たったひとつしか物は持ち込めないのですから。しかも無人島イベントなどとすれば、各自が娯楽やひまつぶしに必要な物をたったひとつだけ持ち込みます。つまりこの無人島イベントは、ある物を持ち込ませずに、わたしたちをこの島に集めるイベントなのです。そして当然のことですが、その持ち込んでもらいたくないある物は、この館内にはありません。持ち込んでもらいたくない物が、最初からこの館内にあっては元も子もありませんから。さて、たったひとつだけ持ち込んでもらいたくない物、それはイベントの企画者の狙い通りに持ち込まれませんでした。しかしイベントの企画者にとって、それは満足できるものではありませんでした。わたしたちの持ち込んだ物のなかに、それの代用となり得るものがあったのです。そこでイベントの企画者は、その代用となるものを盗み始めたのです」ミリアが結城の方をちらっと見た。「さて、何が盗まれたでしょうか？　CD、新刊本、ゲーム機、携帯電話などです。これらがいったい何の代用になるのでしょうか？　ヒントはもう一つあります。この館には、なぜエアコンがあるのに電子レンジがないのでしょう。みなさん冷たい弁当を食べて閉口したことと思います。なぜ冷蔵庫に冷凍室がついていないのか？　なぜ、あれだけ食料が用意されているのに、缶詰や瓶詰がないのか？　なぜ湯沸かしポットに鍵がかかっているのか？　なぜ外の景色は素晴らしいのに、この館の窓ガラスは曇りガラスなのか？　まだまだヒントはたくさんあります」

そして、ミリアが一呼吸おいた。

「最大のヒントは、なぜメンバーにはげと眼鏡がいないのか？　です」

ミリアの言葉に誰も反応しなかった。皆が不思議そうな顔をしているだけだった。ただ石崎だけは、それを見て必死に笑いをこらえていた。

「受けないわね。まあいいでしょう」ミリアが石崎を一睨みしてから話を続ける。

「前置きが長くなりました。では、犯人を見つけるためのトランプを始めましょうか。ゲームはポーカーです。ポーカーで犯人を見つけます。ポーカーといってもインディアンポーカーです」

「インディアンポーカー？」何人かが不思議そうな顔をする。

「知らない人もいるでしょうが、ルールは簡単です。今、皆さんの前に一枚ずつカードが配られています。そのカードが皆さんの持ち札です。でも、そのカードの表を見てはいけません。このインディアンポーカーは、自分の札が何かわからないまま勝負をするのです。ただし、自分以外の人全員の持ち札が何かはわかります。つまり自分の札はわからないけど、自分以外の札はすべてわかるわけです。どのようにやるかというと、まだやらなくていいですからね。説明だけ聞いてください。まず、カードの表を自分で見えないようにして、他人に見えるように、カードを頭の上に手で持って立てます。その頭の上に立っているカードがインディアンの羽かざりのようだということから、インディアンポーカーという名前になったのだと思います。つまり全員が自分のカードを手で持って、カードをみんなが見えるように頭の上に立てた状態で勝負するわけです。カードの強さは強い順に、エース、キング、クイーン、ジャック、10、9、……3、2です。つまりエースが一番強くて次がキング、その後は数が小さくなるほど弱くなっていって、一番弱いのは2です。もしも同じ数字の場合は、スペード、ハート、ダイヤ、クラブの順に強いです。このゲームでは、たとえ自分のカードが見えなくても、見えている他人のカードが小さい数字ばかりなら、自分は勝つ可能性が高いとわかるわけです。他人のカードが大きな数字だった場合、負ける可能性が高いわけです。つまり、自分のカードはわかりませんが、他人のカードと他人の表情を見て、勝負するか、それとも降りるかを決めるわけです。例えば、他人が自分のカード、つまり自分の方を見て、その顔に哀れみの表情や馬鹿にしたような表情などが浮んだりしたら、自分のカードは2かもしれません。あるいは、実はエースなのに、他の人は、自分を勝負から降ろすために、わざとそういう表情をしたのかもしれません。このように、他人の表情とカードを見て、自分のカードの強さを推理して、普通のポーカーと同じように賭け金をどんどん上げていきます。もちろん自分のカードが弱いと思った場合は降りればいいのですし、強いと思ったらどんどん賭け金を上げていけばいいわけです。ですから、他人から見ると非常に面白いわけです。エースで一番強いカードなのに、自分は弱いカードだと思って降りてしまう人や、2とかの弱いカードなのに、強いカードだと錯覚して、どんどん賭け金を上げていくお馬鹿さんなどが見られるわけです。自分の愚かさに気づかないのは本人だけという、まさにこの殺人事件の犯人のようです」ミリアが口元に笑みを浮かべた。

ミリアのインディアンポーカーの説明にも、大きな反応はなく、依然全員が黙ったままだった。トランプなどというあまりの想像外の展開にあっけにとられているようだった。完全に皆が理解不能の展開に飲まれているといえた。石崎だけは、真剣な顔をして説明しているミリアを笑わそうと、時々目が合うと変な顔をしたりしていた。もちろんその度《ご》毎《と》に睨まれているのはいうまでもない。

「さて、じゃあ始めましょうか。本来ならいろいろと、あなたのカードは強いわよとか、それ弱いわよなどと、嘘かほんとかわからないことを言い合ってもいいのですけど、今回はカードに関しては口を開いてはいけないことにしましょう。それにカード交換もしません。今配られたカードで勝負です。いいですね。ゲームが始まったら、自分以外の人の表情、自分以外の人の顔、自分以外の人のカードをよく見るようにしましょう。みなさん真剣にやってくださいね。一番負けた人が犯人かもしれませんよ」

ミリアが全員に確認するように言った。

「では、自分のカードを見ないようにして、頭の上に立ててください。その時に、腕で顔を隠さないようにしてください。腕は顔の横から回して、顔がはっきり見えるようにしましょう。では、せーのっ」

ミリアの掛け声で、全員のカードが頭の上に立てられた。皆が、他人のカードを確認するためにきょろきょろしている。

「じゃあ、みなさん。みんなの顔をよーく見てください。他人の表情を見て、自分の手札はどうなのか？　勝負できるのか？　誰が勝負する気なのか？　誰が弱気で勝負するつもりがなさそうなのかを考えましょう。いい？　みんな、相手の顔をよーっく見るのよ」そう言ったミリアも全員の顔を一人ずつゆっくりと確認していった。石崎の顔を見る時には、先ほどからふざけてミリアに変な顔を見せていたので、思い切り睨みつけた。

三分程、全員が無言のままカードを頭の上に立てて睨みあっていた。

「さて、これで終わりです」ミリアが沈黙を破る。「犯人以外の人たちは全員、犯人が誰かわかったかと思います」ミリアが微笑む。「まだ黙っていてくださいね。そうです。愚かな犯人も、やっと自分の犯したミスに気づいているかもしれません。だって、みんなが犯人の方を、犯人の顔を、じーっと見てましたもんね。ふふふ」ミリアが声を出して笑った。

「そりゃあ、みんな見るわよ。犯人さん、こめかみのところに血がついてるわよ」

ミリアの言葉で、あわててカードを持つ手を動かし、こめかみを触った人間がいた。

「右じゃなくて、左よ。前田先生」

「くっ、な、なにを」前田が汗を拭くように、腕で額からこめかみにかけてぬぐった。

「前田先生、そんな、こすったって駄目よ。みんなが見ちゃったんだから。それ、小林先生を殺したときについた血でしょ。タオルで返り血を浴びないようにして注意したみたいだけど、失敗しちゃったわね。ほんのちょっとついたみたいね。それとも手を洗う前か、洗ったときについちゃったのかな。手と一緒に顔も洗ったかもしれないけど、落ちきってていなかったのかな。残念ね。だってこの館では確認できないもんね。顔に血がついているかどうか」

「くっ」前田がうめき声をあげる。

「そう。この館には鏡がないのよ」


「そ、それじゃあ」部屋中に驚きの声があがる。

「そうです。この館に持ち込んでもらいたくなかった物。それは鏡です」ミリアが前田を睨む。

「それをこの人は勘違いして、この館に誰も持ち込んでいない物を、刃物だと思ったのよ。そして小林先生を殺害した。でも殺してからあせったかもね。手や服は、血がついているかどうか確認できるけど、自分の顔は見られないものね。各自の部屋には鏡はないし、トイレにもない。どこにも鏡はないのよ。わたしたち女性はすぐに気づいたけど、男性は気にしなかったのかしら。そこのぼさぼさ頭で髭面の石崎さんみたいに、自分の外見になんら希望を持ってない人はいいとして、前田先生は髭も薄いし、髪も短いですもんね。それで鏡なんか気にしなかったんでしょうね。それとも殺人のことで頭の中がいっぱいだったのかな。小林先生を殺した後で、鏡がないことに気づいて、あわてて何か自分の顔を映《うつ》せる物はないか探したかもしれないわね。でもこの館には、鏡だけでなく、鏡の代わりになる物もないのよ。窓ガラスも透明な普通のガラスであれば、夜間や、後ろに黒い紙をあてれば鏡の代わりになるでしょ。でもここは曇りガラスなの、しかも表面は凸凹の模様がついてるからきちんと光が反射されないのよ。電子レンジって、扉のところは、ま、まく……」

「マイクロ波」石崎が助け船を出す。

「そう、そのマイクロ波を反射するためだかなんかで、黒い穴の空いた板がついていて、扉のガラスに顔が映るでしょ。だからここには電子レンジがないのよ。温水ポットに鍵がかかるのは、中に入っている水の水面や、中のステンレスの部分が見られないようにするためよ。水といえば、当然、各自のシャワー室にも食堂にも、洗面器やおけなんかなかったわよね。あるのは小さなプラスチック製のコップだけだわ。これじゃあ顔は映らないわね。持ち物の内、CDが無くなったのは、あれって鏡みたいでしょ。よく顔が映るわよね。本は何冊も持ってきてもいいのに、CDが一枚だけしか持ってきていけないのはなぜか？　これはCDがプレーヤーの中に入っていればいいのよ。誰も顔を映さないから。でも江口さんと堺さんは、CDを交換して聴こうと約束していて、CDを外に出したりしていた。だからCDが盗まれたの。外に出したら顔の映る面が見えちゃうもの。携帯電話や携帯ゲーム機が盗まれたのは、液晶画面が原因なの。あれも使用してないときは顔が映るでしょ。石崎さんのノートパソコンが壊されたのも同じ理由よ。そして、K談社の新刊だけが盗まれた理由は、あの本の帯にあったの。十八周年記念フェアの帯って銀色でしょ。あれも顔が映るのよ。そして透明な袋に入ったポテトチップしかなかったのも同じ理由よ。アルミの袋じゃ顔が映るでしょ。そしてイベント参加者に、はげと眼鏡がいない理由も同じなのよ。本当なら櫻藍の心理研は、その名称を無理矢理犯罪心理研に変えてしまった部長と副部長が来るはずだったの。でも部長と副部長は参加を拒否されてしまったの。それは彼女たちが眼鏡をかけていたからなのよ。イベントの参加申し込みに健康診断書が必要だったのは、視力が知りたかったからなの。眼鏡をかけていたら、眼鏡のレンズに光の加減で顔が映ることもあるでしょ。それにコンタクトだった場合、コンタクトをはめる時のために鏡を持ってくる可能性が大きいもの。そういうことを避けるために、視力の弱い人、つまり眼鏡の人はここにいないのよ。はげがいないのも同じ理由よ。鏡みたいにつるつるだとまずいでしょ。それに、もしかつらだったら、ずれていないか見るために鏡を持ってくるかもしれないもの。どう？　この館には、鏡と鏡の代わりになる物はないの。だから、あっては困る物、つまり鏡の代わりになると思われるみんなの持ち物は盗まれたのよ」

「ちょっと、いいかな」石崎が手を挙げた。

「なに？　石崎さん」

「鏡の代わりにならないのに無くなった物もあるだろ」

「そう。よく気づいたわね。面白いことに、鏡の代わりにならないのに盗まれた物があるのよ。それは、心理研の犯罪心理学の本と、前田先生の専門書ね。犯罪心理学の本は、無理矢理部長たちに、本を読んでレポートを書け、だなんて強制された近藤さんと堺さんが、持ち物が盗まれていくのを知って、自分たちの本も盗まれたことにすればレポートを書かなくてすむと思って嘘をついたのよね」ミリアが近藤と堺に確認する。

「ええ、そうです。だって、本に何が書いてあるのか、さっぱりわからなくて、とてもレポートなんて書けそうもなかったから、だから盗まれたことにしようって」近藤が堺の方を確認しながら答えた。

ミリアが頷く。「残るは前田先生の専門書です。先生も専門書を読むのがいやだったのでしょうか？　それとも、自分も盗まれたふりをすれば、犯人と疑われる可能性が低くなると思ったのでしょうか？　持ち物がないからと、唯一の持ち物である命を奪われたまみちゃんと日向さん、この二人を殺害した犯人に便乗して殺人を犯した前田先生としては、当然、自分も持ち物を奪われた被害者にしておきたかったのでしょう。まあこれは、どちらでもいいことです。顔に血がついてることが何よりの証拠です。まさか鏡がないとは思わなかったでしょう。残念だったわね。どうですか、前田先生？」ミリアが前田の顔を覗き込む。

「な、なにを……。血、血はさっきちょっところんで。そ、それに、その前の殺人はどうなる。おまえも今言っただろ。あの女の子と助手の事件はどうなるんだ。俺は関係ないぞ。小林先生だってそっちの犯人に殺されたんだ」前田が言葉に詰まりながら答えた。答えながらもまだ必死に自分の顔を腕でぬぐっている。

「彼女たちはここにいるわ」ユリの大きな声がした。

全員が声のする方を見ると、部屋のドアのところにユリが、そしてその後ろに少し俯いたまみと日向が立っていた。

「お、おまえら……」前田が口を半開きにしたまま、二人の姿を見詰めている。

ユリがミリアに近づき、「長いわよ、謎解きが。待ちくたびれちゃったわよ。それに途中から探偵口調じゃなくなっちゃったわよ」と囁いた。

「あの話し方は疲れるのよ。石崎さんは変な顔してわたしを笑わせようとするし」ミリアが小声で答え、前田の方を向く。

「どう？　前田先生。このイベントは、あんたが考えてるようなおかしなイベントじゃないんだって。あんたこの島に来て、このミステリィ馬鹿の石崎さんは、何か大きな事件が起きるはずだって大騒ぎしてるし、みんなが持ってきた本がミステリィばっかりだし、携帯電話は盗まれて外部との連絡はできなくなるし、二人も人がいなくなるで、その気になったんでしょ。二人は絶対殺されてるって思っちゃったんでしょ。それでその殺人に便乗しようとしたんでしょ。いい？　携帯が盗まれたのは、さっき言ったように、鏡の代わりになる物を無くすため、そしてまみちゃんがいなくなったのは、鏡を見てしまったから……」

ミリアの言葉にまみが無言で頷いた。

「説明するわ。実はこのイベントは、まみちゃんのために開かれたものなの。まみちゃんは前の学校でずーっといじめられていたの。ブスだとか、汚いとか言われてひどいいじめを受けていて、それで精神的にも追いつめられていた。それで結城先生のカウンセリングを受けたのよ。その結果心の傷もいえて、新たに櫻藍に入学して新しい学生生活を始めようとした矢先、交通事故で顔をけがしてしまった。その傷自体はたいしたことはなかったのよ。傷も残らないし、すぐに治った。でも心の傷がまた復活してしまった。顔をけがしたことで、またブスだとか汚いとかいじめられるのではないかって思ってしまったのね。これからっていうときに事故に遭っちゃったのがタイミングが悪かったのね。そしてまみちゃんは、自分は顔にみにくい傷を負っている、自分の顔はブスだ、そんな自分の顔を見たくない、他人には見られたくない、他人に会いたくない、と思いはじめてしまった。他人と会うのを極度にいやがり、そして実際は傷なんかないのに、鏡を極度に避け、鏡を見ると半狂乱になって取り乱してしまうようになってしまった。でも結城先生のカウンセリングで、それも徐々に解消されて治ってきたの。しかし学校に行くとなるとどうなるかわからない。学校という環境ではまた再発するかもしれない。そこでまず結城先生は、鏡を完全に排除した状態で、まみちゃんを櫻藍の生徒たちと一緒に生活させ、自信をつけさせようとしたのよ。まずは他人との生活、学校での生活になれさせようとしたの。これはうまくいったわ。わたしたちと楽しくトランプやったり麻雀やってたもんね」ミリアがまみに向かって微笑《ほほえ》んだ。

「そうだよな。みんなで楽しく遊んでたもんな。じゃあ、なんでまみちゃんはいなくなったんだよ」石崎が質問した。

「そう。うまくいっていたのよ。でも、結城先生がミスを犯したの。まみちゃんが結城先生を呼びに部屋に行ったときに、結城先生が化粧をしていたのです。コンパクトの鏡を見ながら……。それを見てまみちゃんは、驚いて取り乱してしまいました。そんな興奮状態では、みんなのところへ出せません。できれば、まみちゃんがそういうことで悩んでいるということは隠したかった。だからこんな無人島イベントなどという面倒なことをしたわけですから。他人に弱みを見せると、またそれがいじめられる原因になると結城先生は考えたのでしょう。ですから結城先生は、まみちゃんが落ち着くまで、自室から行き来できる地下室に隠しました。地下室は別に、隠し部屋でもなんでもありません。ここは元病院だし日本軍の施設跡でしょ。地下室がないほうがおかしいです。探さなかったわたしたちも問題はありましたけど。特に、ミステリィ馬鹿のくせに、秘密の通路だとか隠し部屋だとか、館の謎を解明する、などと言って騒げばいいものを、所詮馬鹿は馬鹿でしかありませんでした。こういう大切なことには気がまわりません。石崎さん反省してください」ミリアが石崎を睨んでから説明を続ける。

「そして結城先生は、まみちゃんの面倒をみさせるために、その夜のうちに日向さんを地下室に行かせました。ですから、まみちゃんと日向さんがいなくなったことには何の不思議もありません。もう少したてば、本当はやっぱりイベントの調査の一つで、隠れて皆さんの反応を調べていたのです、などと言って、みんなの前にまみちゃんも日向さんも現れたはずです。それを馬鹿な男が勘違いして、まみちゃんも日向さんも誰かに殺されたと思って、自分もそれに便乗して小林先生を殺してしまったのです」ミリアが前田を睨む。「どう？　前田先生、結局あんただけ何も見えてなかったのよ」

「くっ、きょ、凶器がないじゃないか？　俺は凶器なんか持ち込んでいないぞ。おまえら、持ち物検査したじゃないか。俺は小林先生を殺すことなんかできない」前田が口から唾を飛ばしながら、ミリアに食ってかかる。

「お、往生際が悪いわね。凶器なんか適当にやったんでしょ。もう、さっきのトランプであんたは犯人だってばれちゃったのよ」

「は、はははは」そんなミリアの態度を見て前田が声を出して笑った。「なんだ。おまえ、何もわかってないじゃないか。そうか、わかってないくせに偉そうなこと言ってたのか」

「な、なんですって！」ミリアが立ち上がる。

「ぼさぼさ頭の髭面で、自分の外見になんら希望を持ってないミステリィ馬鹿の石崎ですけど、ちょっといいかな」石崎が手を挙げた。

「なんだ」前田が石崎を睨む。

「ふふふ、わたしはなんでもわかってるけど、少し石崎さんにもおいしいとこあげるわよ」ミリアが石崎の手にタッチした。

「前田先生、あなたの負けでしょう。往生際が悪いですよ。もうすでに、ミリアのトランプと推理で、あなたは犯人とわかってしまった。これ以上恥はかかない方がいい」

「う、うるさい。何もわからないくせに大きなことを言うな」

「しょうがないですね。あんまり趣味じゃないんだが……」石崎が呟く。

「なにが趣味じゃないのよ。しっかりしてよ」ミリアが石崎の耳元で囁く。

「ただ、そのことを知っているということだけで推理することさ」

「言ってることが相変わらず意味不明よ」すかさずユリが突っ込む。

「簡単にいうと、推理を聞いた人が、『ああそんなこともあるんだ、へーっ』で終わってしまう推理さ。それについて知ってるかどうか、ただそれだけの推理だ。ミリアのに比べると、まったく面白味がない」

「ぶつぶつ言っているが、結局おまえもわかっていないんだよ。ただのはったりだろ」前田が石崎を睨む。

「言っちゃいなさいよ。後は石崎さんに譲ってやるわよ」ミリアが石崎の背中を叩いた。

「そっか、じゃあ言うよ。隠岐、諏訪、霧ヶ峰《きりみね》」

石崎の言葉に、前田の表情が変わった。

「それと、神津島」石崎が前田の顔を覗き込む。

「当たりですね」

「なによ？　何なのよそれ？　トラベルミステリィ？　それともエアコン？」ユリが石崎を突っつく。

「黒曜石《こくようせき》」石崎が答えた。

「なによ。黒曜石って？」ミリアが石崎に尋ねる。

「石器の材料なんだ。ガラス質の火成岩だ。黒っぽい石で、別の種類の石とか硬いものをぶつけると、きれいに割れるんだ、刃物のように薄く鋭くね。そしてその黒曜石の産地は、さっき言った地名、中でもこの古離津島のすぐ隣りの神津島は有名なんだ。二万年くらい前の、神津島産の黒曜石で造られた石器が、日本のあちこちでみつかっている。日本の歴史では有名な話ですよね。日本史、いや古代史専攻の前田先生。あれって、こつさえつかめば、けっこう簡単に刃物の形にできるんですよね。非常に薄くて鋭利な刃ができますよね。劈開《へきかい》っていうんでしたっけ、別の硬い石をぶつければ、黒曜石って、一方向にきれいに割れるんですよね、薄く鋭く。もちろん神津島のすぐ隣りのこの島にもありますよね、黒曜石。そういえば前田先生、まみちゃんと日向さんを探して島を探索してたとき、山の方から降りてきましたね。タオルには黒い小さなほこりがたくさんついていましたね。あれ黒曜石の破片でしょ。ここには手袋とかありませんから、タオルを手にまいて手を切らないようにして割ったでしょ。そうしないと刃物の形に割るまでに、自分の手を切ってしまいますからね。それくらい鋭利なんですよね、黒曜石って」

「くっ」前田が下を向いてうめく。

「前田先生。しかもまだあなた、黒曜石で造った凶器、どこかに隠してるでしょ」石崎がうつむいたままの前田の顔を下から覗き込む。

「先生は、自分以外に殺人犯がいると思って、それに便乗したわけですもんね。だからその殺人犯に自分が狙われるかもしれない。そう。その時黒曜石の刃物が役に立つ。あなたにとっては、それが切り札ですもんね。切り札は最後まで捨てないものだ。しかし勝負はもう終わっている、というより殺人ゲームなんかもともとないんです。切り札なんか持っていたあなたの負けです。あなたがなぜ小林先生を殺したのかはわからない。凶器の次は、動機を当ててみろなんて言わないでくださいよ。でも、小林先生が何を考えていたかわかります。いいですか。小林先生は、このイベントで何も持ち物を持ってこなかった。おかしいですね。まみちゃんはイベントの主役だから持ってこなくてもおかしくない。日向さんは進行役だから持ってこなくてもおかしくない。なぜ小林先生だけ何も持ってこなかったのか？　わかりますか？　前田先生」

「知らん」前田が投げやりに答えた。

「そうですか。聞いていないのですね。いいですか。小林先生の持ってきた物は、秘密です。これは、持ってきた物が秘密なのではなく、秘密、という情報を持ってきたのです。つまり秘密そのものなのです。だから結城先生たちには、何も持ってきていないと言った。だって秘密ですから、単なる情報ですから他人に見せることはできません。でも、秘密なら秘密と言ってもいいはずですね。なぜそれも言わなかったのか、それは秘密が秘密じゃなくなるからです。ここからは自分の想像ですが、このイベントで小林先生は、前田先生との関係を生徒たちに話そうとしていたのではないでしょうか。あるいは生徒たちに気づかせようとしていたのです、二人の恋愛関係を。おそらく前田先生との関係が進展することを期待していたのでしょう。そのために小林先生はこのイベントに参加した。そして自分のクラスの生徒で、あなたが顧問の読書研もイベントに参加するように勧めたのです」石崎が読書研と心理研のメンバーの方をちらっと確認した。

「前田先生、あなたが今どのような立場で、小林先生との関係が、あなたにとって不利なことなのかどうかわかりません。しかし生徒たちの前での犯罪は許せませんね。部の合宿も勤務時間じゃないのですか。ちゃんと仕事しましょうよ」

「う、うるさいっ！」前田が叫んだ。「こ、こんな馬鹿な生徒たちの相手なんかごめんだ。黒曜石がなんだ。凶器でもなんでもない。そうさ、俺は優秀な研究者なんだ。だから黒曜石の石器を造ったんだ。研究のために造ったんだ。別におかしなことじゃない。敦子との関係だって、そうさ、つきあってたさ。生徒たちにばれないようにこっそりつきあってたんだ。顔についてる血だって、敦子が殺されたっていうから、こっそり部屋に見に行ったんだ。つきあってるのだから当然だろ。その時ついたんだよ。さっきは、ちょっと転んだなんて言ったけど、あれは嘘だ。俺は、顔に敦子の血がついてることなんか気づいてたさ。俺は、愛するあいつが殺されて悲しくて、あいつに頬擦りしたんだ。俺が自分から血をつけたんだ。愛する敦子の血だからな、洗ったりしないさ。だから俺は殺していない」

「ぷっ」ミリアが吹き出した。「あなた、ほんとお馬鹿さんね。よくそんな嘘ばかり言えるわね。いい？　最初から、あなたの顔に血なんかついてないわよ。あなた騙されたのよ、わたしに。みんながあなたの顔をじーっと見てたのは、あなたの顔に血がついていたからじゃないのよ。あなたのカードが一番弱い2だったからよ。だから他の人は、あなたの顔を見て、その表情に余裕が感じられなければ、自分は2じゃない、つまりあなたに勝てるってわかるから、あなたの顔をじーっと見てたのよ」ミリアが前田の前に落ちていたカードをめくる。スペードの2が現れた。

「くそっ！　馬鹿にしやがって！」怒りの形相《ぎょうそう》で前田がミリアにつかみかかろうとする。石崎が間に入る。それよりも早く前田の手がミリアにかかる寸前、前田の身体が宙を舞い、背中から激しく畳の上に落ちた。起き上がろうとする前田のみぞおちに、江口が当て身を加える。江口の一撃で前田は気絶した。

「江口さん、サンキュ」ミリアが片手を挙げる。

「おうっ！　こういう時はあたしの出番だからね。この野郎には頭にきたよ」江口が気を失っている前田に一瞥をくれた。

そして一同から、深い溜め息が漏れた。

「みなさん……。わたしのためにすみませんでした」まみが全員に向かって頭を下げた。

「気にしなくていいよ。それよりどうする。こいつ」江口が気を失っている前田を指差す。

「結城先生、警察に連絡は？」石崎が結城に確認する。

「えっ？」

「携帯は先生たちが隠しているだけでしょう」

「ああ、そうでした。すみません、気が動転してしまって。すぐに警察に電話します。みなさんの持ち物もきちんと保管してありますから心配しないでください。日向さん、みなさんに持ち物をお返ししましょう」そう言って結城と日向が娯楽室を出ていった。

「ミリア先輩、ユリ先輩、わたし……」まみが泣きそうな顔でミリアとユリの顔を見つめている。

「まみちゃん、気にすることないわよ。まみちゃんには、なんの責任もないんだから。ああいう馬鹿はね、たとえどこにいようが、無人島にいようが東京にいようが、人を殺すわよ。それにあいつは、まみちゃんが死んだと思ってたわけでしょ。まみちゃんが死んだことが都合がいいと思ってたわけだから、別に気にすることないわよ」ミリアが軽くまみの肩を叩いた。

「はい……」まみが力なく頷いた。

「なんか元気ないわね。しっかりしなさいよ」ユリがまみの背中を軽く突っついた。

「わたし、今回のイベントでも克服できなかった。鏡を見たら駄目だった」

「まみちゃん、ほんと自分のことがわかってないわね」ミリアがまみの顔を見つめる。「いい？　まみちゃんは鏡を見たから取り乱したわけじゃないのよ。まみちゃんの信頼している結城先生が、こっそり鏡を見て化粧しているのを見て、ショックを受けたのよ。自分の信頼している人がそんな行為をしていたから、その人に裏切られるんじゃないかと心の中で思っちゃったのよ」

「そ、そうですか……」

「それに、実際日向さんも言ってたけど、そんなひどい状態じゃなかったんでしょ」

「はい、最初は驚いて泣いちゃったけど。すぐにミリア先輩たちとトランプやらなきゃと思って。それで結城先生に言ったんだけど、まだ心配だから地下室にいなさいって言われたんで、地下室にいたんです。でも、すごく退屈でした」

「そうでしょ。全然平気なのよ」ミリアが頷いた。

「でもなんで？　結城先生、鏡は駄目だってわかってるのに、化粧してたのかしら」ユリが首を傾げる。

「まみちゃんごめん、謝るよ」石崎がまみに向かって頭を下げた。

「どうしたのよ」ユリが不思議そうに石崎の顔を見る。

「石崎さんが謝ったってしょうがないでしょ」ミリアが怒ったように言う。

「いや、俺のせいだ。結城先生はな、俺に惚れたんだよ。あの時トランプに誘ってただろ。好きになった人の前に出るのに、すっぴんじゃあ、まずいと思ったのさ。やっぱ結城先生も女なんだな。まみちゃん、結城先生を許してやれよ。悪いのは俺さ。ほんとに俺って罪な男だな」

「ぷっ、きゃははは。ま、また笑わさないでよ。よくまあ、そこまで言えるわね。ほんとにお目出度いわね」ミリアとユリが笑いながら石崎を叩く。

「まみちゃん、いい？　こういう勘違いをしてる大馬鹿者でも、ずうずうしく生きてるのよ。だからまみちゃん強くならなきゃ。いい、結城先生から借りておいたから……」ミリアが、まみにコンパクトを開いて、鏡を見せた。

「平気でしょ」ミリアがまみの顔を見つめる。

「は、はい。平気です」まみが鏡を見つめている。

「そう、全然平気なの。なんでもないのよ」

「はいっ！」まみの表情が一気に明るくなった。

「そうだよ。まみちゃん、いいかい……」石崎がまみに顔を近づける。「俺の瞳を見てごらん、君が映ってるだろ。君の姿は、みんなの瞳に映っているんだ。そして君の瞳にもみんなが映ってるんだ。だから鏡なんか関係ないんだ」真剣な表情で石崎がまみの瞳を見つめる。

「ぷっ、きゃははは、くさーっ、なにその臭いセリフ。笑わさないで、だめだ、お腹が痛い」ミリアとユリがお腹を抱えて笑っている。

「やっぱ、石崎さん、変だわ。変態だわ」

エピローグ

警察に電話した結城によると、海の荒れが収まり次第こちらに向かうとのことだった。予想では朝には船を出せるだろうとのことだったので、それまで犯人の前田は、両手足を縛って地下室に閉じ込めておくことにした。

他のメンバーは安心して各自の部屋に戻っていった。

「石崎さん」ミリアが声をかける。

「なんだ？」

「明日、警察が来ると面倒だから、麻雀の集計、今のうちにしときましょうよ。ちょっと計算のわからないとこもあるし」

「ああ、そうだな。よく気づいたな。俺たち図書券賭けてるわけじゃないからな。でもゲームはやらないぞ。集計だけしてすぐ寝るぞ」

「わかってるわよ。じゃあまみちゃんもいきましょ。集計したら、わたしたちと一緒に寝ましょ」


その部屋の扉はゆっくりと音もなく開いた。暗闇から現れた影は、部屋の中をゆっくりとベッドに近づいていった。影の暗闇に慣れた目に、ベッドの上で向こうを向いて眠っている彼女の姿が見えた。彼女の姿を確認すると、影はそれまでの動作とは比較にならない速さで、彼女の首にタオルを巻きつけ、一気に引き絞った。

ぐっ、彼女の喉から絞り出すようなうめき声が漏れる。影がさらに強く絞めようと肩に力を入れたとき、その肩が後ろから叩かれた。

「結城先生……」

部屋の隅に隠れていた石崎の声で、同じく隠れていたミリアとユリが部屋の灯かりをつけた。それでも結城あかねは、江口薫の首を絞めているタオルから手を放さなかった。気合とともに、江口が結城の手をつかみ、引き剝がした。

「くはーっ、本当に死ぬかと思ったぜ」江口が肩で息をし首をさすっている。

「ど、どうしてあなたが、ここに……」結城が江口を見て驚いている。

「それはこっちのセリフだよ。結城先生、ここは紀子の部屋だ。先生、紀子を殺そうとしたのか？　なんでだ……」江口が結城を見つめる。

「石崎さんたちに言われて、あたしが紀子のかわりにこの部屋に寝ていたんだ。いったいどういうことなんだよ。結城先生、殺人犯はあの前田じゃないのかよ」江口が悲しそうな顔で結城を問い詰める。

江口の言葉にも、結城は沈黙したままだった。

「じゃあ、俺が説明しよう」石崎が言った。「その前に、結城先生。前田先生は生きていますよね」

石崎の言葉に結城は首を左右に振った。

「あれからすぐ崖から突き落としました。気を失っているあいだに」

「ば、馬鹿な……。順番が逆でしょう。少しの時間差なら問題ないと考えたのですか？　くそっ、うかつだったな」石崎が唇を嚙《か》む。

「しかたない。ミリア、ユリ。中村さんと永井君を呼んできてくれ。他の人もだ。食堂で説明しよう。全員に聞く権利がある」


眠っていた者も起こされて、イベントの参加者全員が食堂に集まった。事件が終わったと思っていた心理研と読書研の生徒たちは、不思議そうな顔をしている。結城は思いつめたような表情で、他のメンバー全員と向かい合う形で立っていた。

全員が集まったところで石崎が話し始めた。

「さきほど江口さんが中村さんの部屋で、結城先生に首を絞められ殺されるところでした。幸い、といっても前田先生が殺されていますから、幸いなどという言葉を使っていいのかわかりませんが、自分たちが気づいたため、格闘技で身体を鍛《きた》えており少しくらい首を絞められても平気な江口さんが、本当のターゲットであった中村さんと入れ替わり、そして部屋の中に自分とミリア、ユリの三人が隠れていたため、この殺人は防ぐことができました」

「ど、どうしてなの？　結城先生。石崎さんたちが、わたしが狙われているかもしれないと言ってきたときも、そして今も信じられない」中村紀子が涙を浮かべながら結城に問いただす。しかし結城は黙ってうつむいたままだった。

「いったいどういうことなんですか？　石崎さんたちは、結城先生がこういうことをやるってわかっていたんでしょう。なぜなんですか？」永井弘が抗議するように石崎を見つめる。

「説明が必要ですね」石崎が全員を見回した。「いいですか、先程もミリアが話したように、今回のイベントは特殊なイベントでした。それは、各自の持ち物や館内に、鏡や鏡の代わりになる物がまったくないということです。もちろんそれは、まみちゃんの心の傷を治して櫻藍の生徒たちと仲良くさせ、彼女を学校へ通えるようにしようという目的があったからです。そういう特別な目的のために、このイベントは仕組まれたものですから、それを知ってしまえば特殊でもなんでもありません。しかし、それに気がつかなかった前田先生は、このイベントの特殊性を利用して殺人を犯してしまった」

「小林先生を殺したのは前田先生で間違いないのよね」心理研の近藤絵里がきいた。

「ええ。それは間違いありません。先程の説明の通りです」

「じゃあ、なんでこんどは結城先生が……。わたし全然わからないんですけど」日向めぐみが不思議そうな顔で結城と石崎を交互に見ている。

「それが、このイベントの本当の目的だからです」

石崎が全員の顔を見回した。

「いいですか。このイベントは、実は、まみちゃんのためのイベントではありません、それを利用して、結城先生がある人物を殺そうと仕組んだイベントなのです」石崎が結城を睨む。「このイベントには、その根底に殺意が漂《ただよ》っていました。結城先生の持つ殺意です。人の心の中なんてわかりませんが、前田先生は、その根底に漂う殺意に己の殺意を刺激されて、小林先生を殺してしまったのかもしれません。それほどこのイベントは異常なのです。そう、特殊ではなく異常です」石崎が一呼吸おく。

「確かにまみちゃんは、昔いじめられていたことがあったのは事実であり、そして心に少なからず傷を負い、さらに交通事故にもあった。確かに彼女は自分の容姿のことをいじめられ、事故で顔に傷を負った。それらのことから他人と会うことを拒否し、そして鏡を見ることができなくなってしまった。その治療のために、鏡のない環境で櫻藍の生徒たちと生活させ自信をつけさせる。そこまではいいでしょう。しかしそこから先が異常すぎる。ＣＤには顔が映る。携帯電話やゲーム機の液晶画面には顔が映る。さらには、本の帯にまいてある銀色の紙まで、顔が映るなどといって、盗まれ、隠されたのです。しかもこの館は、外は非常にいい眺めなのに窓にはすべて曇りガラスがはめられ、電子レンジも顔が映るから置いていない。ご丁寧《ていねい》なことに、置いてある冷蔵庫までもが、マット調、いわゆる光沢のない赤い色で、光が反射しなくて顔が映らないようなものだ。冷蔵庫なんて、白物っていって、白しか売れないからほとんど白なんですよね。あるいは業務用ならステンレスです。ですからこんな変わった冷蔵庫、手にいれるのも大変だったでしょう。そんな細かいところまでこだわっている。しかし、これらは完全に異常でしょう。ここまでのこだわりは異常過ぎる。そこまで徹底しないといけないのか？　これが、単なるミステリィなら納得できます。登場人物は、作者の決めたルールに基づき、ストーリーに従って、ストーリーの中だけで行動していれば良いのです。しかしこれは現実です。まみちゃんは普段、どういう生活をしているのですか？　まみちゃんはここまでどうやって来たのですか？　たった一つだけの持ち物に限定しても、鏡の代わりとなる物はたくさんあった。これが、普段の日常生活では、いったいどうなるのですか？　もし、このイベントのように注意して、鏡、あるいは鏡の代わりとなる物を避けるとしたら、それこそ何一つできません。一日たりとも生活できないでしょう。確かにまみちゃんは、鏡を見るのは嫌いなのかもしれませんが、普段普通に暮らしているのではないでしょうか。現に自分たちは、まみちゃんと一緒に生活してみましたが、彼女は普通だった。彼女とトランプしていたときに、私のノートパソコンは、彼女の目の前の机の上で開いていた。もちろん電源はついていなくて真っ暗な画面でしたから、彼女の顔はそこにはっきりと映っていたはずです。でも彼女は全然平気でした。麻雀の時には、彼女は喜んで白をツモっていた。つるつるで盲牌がしやすいから好きなんだそうです。盲牌といっても、もちろんツモった牌は見て確認しますし、手牌のなかの白はいつも自分の方を向いています。白もつるつるで光沢がありますから、完全ではありませんが顔の一部が映りそうです。わざわざこのイベントでは、光沢のある白い塗装の冷蔵庫を避けていたのにです。実は彼女はそんなことは全然平気でした。そうです。彼女はなんでもないのです。異常でもなんでもありません。正常です。鏡なんか見たって平気なんです」石崎がミリアの方を見る。

「そうよ。まみちゃんはなんでもないのよ」ミリアがまみにコンパクトを見せる。真剣な顔をしていたが、まみはやはり先程と同様に平気だった。

「じゃあ、いったい……」江口が首を捻る。

「そうです。もちろん初めはまみちゃんも鏡が見られなかったのかもしれない。しかし既に治っています。しかし結城先生は、そのまみちゃんを利用しようとしたのです。自分の犯す殺人の犯人に仕立てあげようとしたのです。いいですか、計画はこうです。まみちゃんの治療のためにイベントを企画する。そしてイベントに、殺害しようとする人物と、まみちゃんの通おうとする櫻藍の生徒を招待したのです。招待者も異常ですよね、このイベント。最初は、櫻藍の関係者に偏りすぎているのがおかしいと思った。しかしそれはまみちゃんのためのイベントだとわかれば納得できる。しかしそうなると今度は、なぜまみちゃんと関係のない大学生の江口さんたちが参加しているのかがおかしい。単位を落としたと聞きましたが、落とすも何も、そんなの採点者には自由自在ですよね、結城先生」結城に問いかける。

「先生、そんな……」江口の口から言葉が漏れる。

結城は黙って下を向いたままだ。

「さて、イベントが始まった。そしてまず、わざとまみちゃんがいなくなった。これは結城先生が、まみちゃんに鏡を見せたからです。信頼しきっていた結城先生に鏡を見せられたまみちゃんは、取り乱してしまった。あるいは、既に鏡を見てもなんともないまみちゃんですから、結城先生は、催眠術とまではいかなくても、軽い暗示のようなものをかけていた可能性もありますね。ずーっとまみちゃんのカウンセリングをしていた精神科医の結城先生にとっては、それは簡単なことだ。そしてまみちゃんは地下室に隠された。すぐに正常に戻ったまみちゃんだが、結城先生は、外はまみちゃんがいなくなって大騒ぎになっている。今出ていくと、まみちゃんが鏡を見ることができないということが櫻藍の生徒たちに知られて、それをネタにまたいじめられるからしばらくここにいなさい、などと適当な理由をつけて、まみちゃんを地下室から出ないように言いくるめたのでしょう。そしてまみちゃんの世話をさせるためと、寂しくなってまみちゃんが勝手に地下室から出てこないように、日向さんを一緒にいさせることにした」石崎が日向の方を見る。

「そして日向さんの役目はもう一つありました。それは、まみちゃんが鏡をみると半狂乱になって暴れてしまうということを証言する役目です。日向さんは医者ではない。研究室の秘書をやっているだけです。ですから、まみちゃんが本当にそうなってしまうのかはわからない。しかしこのイベントの準備と運営を手伝わされ、しかも精神科医の結城先生にそう言われれば信じてしまいます。では、日向さんに、そんな証言をいつさせるつもりだったのでしょうか？　結城先生の計画はこうです。まみちゃんと日向さんがいなくなったあと、結城先生は、中村紀子さんを殺すつもりだった。中村さんを殺した後で、中村さんの部屋にコンパクトの鏡を残しておくのです。つまり、鏡を見て半狂乱になったまみちゃんが、中村さんを殺してしまったと思わせるためです。そしておそらくその後で、まみちゃんを崖から突き落として自殺にでもみせかけるつもりだったのでしょう」石崎が一呼吸おく。「いいですか、この風変わりな無人島イベント、持ち物をたったひとつだけに限定した意味、その意味はなんでしょうか？好意的に解釈した意味、つまり表向きの意味は、鏡が見られない、学校に行けないという、まみちゃんの心の傷を、このイベントで治すために、鏡、あるいはそれの代わりとなるような物を持ち込ませないということです。しかしその裏に隠された本当の意味。そしてその異常なまでのこだわりの意味は二つあります。一つは、結城先生が行動に移る前に、実はまみちゃんは、鏡を見ても特に問題ないということを皆に知られないため、そしてもう一つは、これだけ徹底して鏡を避けなければいけないまみちゃんであれば、鏡を見てしまえば、半狂乱になって人を殺してしまうのも納得できる、と皆に思わせるためです。このイベントは、すべてはまみちゃんに罪を着せるためのものだったのです。みんなの部屋に鍵がついていないのもその計画のためでしょう。鍵などという要因を加えて、まみちゃん以外の人物、特に自分に疑いが向けられるのを避けようとしたのでしょう。そう、結城先生の計画は万全だった。しかし、その計画に入る前に、前田先生が小林先生を殺してしまった。これには驚いたでしょうね、結城先生。とんだハプニングだ」

「いつ、気づいたのですか？」結城がうつむいたまま石崎にきいた。

「決定的だったのは、結城先生が、小林先生が殺されているのに、すぐに警察に電話をしなかったからです。警察に電話をしたのは、ミリアが前田先生を犯人と指摘した後、警察に電話しましょうと催促したからでしたよね。人が殺されたらイベントどころじゃないでしょう。携帯はただ隠しているだけなんだから、普通なら警察にすぐ電話するでしょう。しかしあなたは、自分の計画した殺人にまだ取り掛かっていない。だから電話したくなかったのでしょう。まだ中村さんを殺すチャンスはあるかもしれないと思ったわけですよね。現に、まみちゃんというスケープゴートの代わりに、前田先生という新しいスケープゴートが現れた。中村さんを殺しても、それを前田先生のせいにしてしまえばいいと考えたわけです。前田先生は、逃げようとしたところを中村さんに見られて、それで彼女を殺してしまった、というシナリオです。そして前田先生は自殺に見せかけて崖から突き落としておけばいいわけです。他にもおかしいと思うことがありました。まみちゃんが、結城先生が鏡を見て化粧をしているところを見てしまったということです。これだけ徹底して、鏡やそれの代わりになる物を排除している結城先生自身が、鏡を持ってきていて、それを自室で堂々と見ていたからです。どう考えてもおかしいでしょう。

初めは、私のようないい男がいるから、化粧をしていたのかと思いましたけどね」

「そうよ」ミリアが言った。「この石崎さんはね。女性に好かれるような人じゃないのよ。どうしても生理的に受けつけない。何も嫌われるようなことをしてないのに嫌われちゃう。そういう先天的な嫌われ者、つまりDNAレベルの嫌われ者なのよ。今はやりのDNAトリックなのよ」

「おまえ、はっきり言うなあ」

「当然でしょ」ミリアが胸を張る。

「悲しいことに、今は否定はしないでおきましょう。つまり、これだけ鏡を排除しているのに、結城先生がまみちゃんに鏡を見せてしまった。これは結城先生のミスなどではなく、結城先生の意思、何らかの計画があるのではと思ったわけです。そして、まみちゃんが鏡を見せられたときのことで、不思議に思ったことがもう一つあります。結城先生の計画では、あの時、単に鏡を見せるだけでもいいはずなのに、結城先生は完全に化粧をしていた。口紅が曲がっていたり、どこもおかしなところはなかったから、注意深い人間が見れば、鏡を見て化粧したのでは、と疑問を持たれてしまうはずです。現にミリアとユリは気づいたわけです。これは、それまでの周到な計画に比べて、少しずさんだと思いました。単に鏡を見せるだけでいいのに、化粧までしてしまった。しかし、やはり化粧の意味があったのです。それは、化粧本来の意味です。つまり、美しく見せたいということです。さて、誰に美しく見せたいのでしょうか？　先程のミリアの手厳しい意見と私の今までの人生経験から、私の可能性は消えましたが。そう。実は結城先生が好意を持つ男性がこのメンバーの中にいたのです。彼の前ではきれいな女性でいたかったのでしょう。しかも彼の近くには、自分より若い彼女がいる。そしてその人の存在こそが、結城先生が殺人を犯そうとした動機だと思います」石崎が結城を見つめる。

「しかしここまで考えましたが、この段階では何も証拠はありません。証拠以前に、結城先生はなんの犯罪も犯していないのです。そして、殺人計画を立てた結城先生が行動に移る前に、前田先生が殺人を犯してしまったわけです。ですから、結城先生の行動に疑問を抱いた我々も半信半疑でした」

「そうよね。半信半疑だったのよね。麻雀の計算どころじゃなかったのよね」ミリアとユリが頷いた。

「ちょ、ちょっと待ってくれ、その好意を持つ男性って、お、おれか？」永井が不思議そうな表情で自分の顔を指差した。

「そうです」石崎が答える。「まず私ではないことは自信があります。それに櫻藍関係者ではないはずです。あくまでも櫻藍の人間は、まみちゃんの治療のためのイベントだったと思わせるために呼ばれた人たちですから。前田先生の可能性も、数字の上ではありますが、前田先生は既に捕まっているわけですから、その場合は何も起こらないだろうと考えました。何も起こらなければ、それはそれでいいのです。そして実際はそれを願っていたのですが……。残りは城陽大学のメンバーですね。日向さんも含めてです。このうち男性は永井君だけだ」

「おかまさん、じゃなかった。女同士だから違うか。とにかく同性愛の可能性は？」ユリがきいた。

「そうだな。同性愛ということも考えられるが、江口さんに伺った話だと、永井君と中村さんは非常に成績がいいと聞きました。しかし結城先生の担当する教育心理学の単位を落としてしまった。そのためにこのイベントに参加している。そのことから、恋愛のターゲットと殺しのターゲットは永井君と中村さんだと考えたわけです。そして中村さんは、大学で階段から突き飛ばされたことがあると言ってましたから、そういうことも考慮して殺しのターゲットの方は、一般論からいって女性の中村さんだと考えました。それともう一つ注目すべき重要な点があります。このイベントで、結城先生が永井君から、携帯ゲーム機を借りたということです。いいですか、このような心理調査のイベントに限らず、全ての調査、実験では、観測者が、その観測対象に関わることは、結果に大きな影響を及ぼします。極論を言えば、観測しているということ、観測するという行為だけで、結果に影響を及ぼすこともあるのです。そのようなことは研究者であれば充分わかっているはずです。たとえこのイベントが、嘘の調査イベント、殺人を目的とした調査イベントだとしても、いや、殺人を目的のイベントだと悟られないためにも、観測者、つまり結城先生が、観測される側、被験者のただひとつだけの持ち物である携帯ゲーム機を借りる、などということをしてはいけなかったのです。現に結城先生は、自分たちのトランプの誘いは断り続けていました」

「あれって、石崎さんが嫌われてたから断ったんじゃないんだ」ミリアが驚いたように言った。

「いや、その考えは基本的に正しい。逆を考えればいいんだ。つまり結城先生は、永井君が好きだから、携帯ゲーム機を借りたんだ。好きな人の持ち物だし、一緒にゲームもできるしね」石崎が永井の方を見る。

「そ、そんな……、俺のことを。そ、それに俺が紀子とつき合ってると思って、紀子を殺そうとしたのかよ。でも俺、結城先生とはなんでもないですよ。そんな好きとか嫌いとか、そんなこと何もないですよ」永井がうろたえている。

「キスしたわ」結城が呟いた。

「へっ？」永井が首を傾げて結城の方を見る。「あ、ああ。あ、あれは、講義の後にみんなで飲みに行って、それで王様ゲームやってキスしたんじゃないですか」

「デートもしたし」結城が呟く。

「デ、デートって、先生が荷物が多いから買い物につきあってくれっていったから、行ったんじゃないですか。そ、そんな」

「永井君、もういい。わかった。でも、結城先生は君が好きなんだよ。しかし、君には彼女がいることを知った。だから、その彼女を殺そうと思った。それがこのイベントの真の目的だ」

「わ、わたし、永井君の彼女なんかじゃありません」中村が突然叫んだ。

「嘘言わないで。わたしは知ってるのよ、彼とつき合ってる女性がいるってことは。あなたさえいなければ、わたしは永井君と……」結城が叫ぶ。

「せんせいっ、あたしだよ」江口が手を挙げた。

「永井とつきあってるの。あたしなんだ」

「あ、あなたが？　う、うそ。なんであなたみたいな人と」結城が驚きの表情をみせる。

「あなたみたいなは余計だよ。嘘じゃないよ」江口が力なく呟いた。

「本当だよ。先生」永井が頷く。

「結城先生」石崎が結城に向かって話しかける。

「中村さんと江口さんが入れ替わっていたから、偶然本当の恋人をあなたは殺そうとしたんだ。皮肉ですね。結局、あなたは何も見えていなかった。永井君の彼女は中村さんじゃなくて江口さんだった」

「さ、さっきも言ってたけど、ま、前田先生は、殺されちゃったの？」読書研の伊東が石崎に質問した。

「ああ、前田先生の犯行に見せかけるためにね。自分たちは、結城先生は死亡時間を考慮して、中村さんを殺害してから、前田先生を自殺に見せかけて殺害するだろうと思ってたんだ。それで中村さんの部屋の中で待機していたんだけど……、失敗だった。結城先生はそこまで考えていなかったのか……。それに実は自分たちも半信半疑だった。確かに今の説明で、このイベントの異常性は全て解釈できるけど、人を好きになるとか、殺したくなるとか、そういうことは理屈じゃないからね。だから、新たな殺人など起きない可能性も大きいと思っていたんだ」

石崎の説明に、皆が黙ったままだった。

「まみちゃん。ごめんね」沈黙を破って、突然結城が部屋の外へ駆け出していった。

すぐに石崎が結城の後を追う。その後をミリアとユリが続く。

石崎が館の外に出た時には、結城は崖の上に立っていた。今にも身を投げようとしている。


「待て、結城先生っ！　やめるんだ」石崎がゆっくりと結城に近づいていく。

「近づかないで！」結城が叫ぶ。

まだ風も強く、じりじりと崖に向かって後ずさりする結城の身体が時おりバランスを崩す。

「結城先生、やめてくれよ。死ぬなんて馬鹿なことはやめてくれ！」江口が叫ぶ。

「私は命なんか惜しくない。私は永井君を愛していたの。でもあなたに負けたのよ」


「結城先生っ！」石崎が結城に向かって怒鳴る。

「あなたの一番大切なものはなんですか？」

「えっ？」結城の動きが止まった。

「今回のイベントでのあなたの調査テーマでしょう。あなたにとって、大切と思うものはなんなのですか？」

「……」結城が少し考えてから答えた。

「そう。愛だわ。私は永井君を愛してるの」

「だったら死んじゃいけない。罪は償える」

「愛が大切だからこそ、死ぬのは恐くないのよ。命なんか大切じゃないわ。自分の命も、そして他人の命も。たとえ死んでも私は永井君を愛してるのだもの。この瞬間に私の愛は永遠になるのよ」結城が宙を見据えながら言い、一歩後ろに下がる。

「あなたの答えは間違っている」石崎が怒鳴る。

「今、あなたのやろうとしていること、考えていることは、あなたの大切だと思うものとは全く違う。別のものだ。今、あなたがここで自殺しようとしてるのは、愛が大切だと思うからじゃない。いいですか、今、あなたが死のうとしているのは、あなたにとって大切なものが、プライドだからだ。あなたにとって一番大切なものは、プライドなんだ。永井君を自分のものにできなかった。江口さんに負けた。こんなイベントを企画しても、人を殺しても駄目だった。それに、俺みたいな男に真相を見破られた。それがくやしいから、自分のプライドが傷ついたから、今あなたは、そのプライドを守るために、愛だなんて言って死のうとしているんです。死んだって愛なんか永遠にならない。それで終わりだ。いいですか、あなたにとって大切なものはプライドなんだ。愛なんかじゃない」

「そ、そんな……。ち、違う。私の大切なものは……」結城が正面を見据えた。

「愛よ」

結城は崖から離れ、石崎たちの方に向かって歩いてきた。そして石崎の前に立ち止まった。

「お騒がせしました。逃げも隠れもしません。警察を待ちましょう」結城は毅然とした態度で言うと、研修館に向かって確かな足取りで戻っていった。

「やるじゃん」ミリアが石崎の肩を叩く。

「でも、最後は結城先生の方がかっこよかったわよ」ユリが石崎を突っつく。

「いいんだよ。探偵なんて、でしゃばった奴か、もったいぶった奴か、どっちかだ。かっこいい奴なんかいない。ただ、俺の関わった事件で、崖から飛び降りるラストなんかには絶対にさせたくなかったからな。それだけで充分だ」石崎が拳を握り締める。

「なにが俺の関わった事件よ、まったく。あんたは何者だ。いつから探偵になったのよ。いったいどういう思考回路をしてるのよ」ミリアが石崎の背中を叩く。

「そうよ。石崎さん、何か大切な物が足りないんじゃないの」ユリが石崎の顔を覗き込む。

「愛かな、愛が足りないかな」

「ぷっ、駄目だ、やっぱ真剣な顔して言われるとおかしいわ」

「ほんとです。石崎さんといると腹筋《ふっきん》鍛えられます」ミリアとユリ、それにまみもお腹を抱えて笑った。


朝になり、警察が島にやってきた。警察は、荒れる海を無理して船を出してきたが、石崎たち参加者は、もう少し海が穏やかになるまで危険だから船は出せないと言われ、島で待たされることになった。

石崎が岸壁に腰を下ろし海を眺めているとミリアとユリがやってきた。

「なに、海なんか見てるのよ」ミリアが石崎の右隣りに座った。

「かっこつけてても、誰も見てないわよ」ユリが左に座る。

「なんだ、おまえらだけか？　まみちゃんはどうした」

「警察に話を聞かれてる」ミリアが答える。

「大丈夫か？　まみちゃん」

「うん。大丈夫だと思う。日向さんも一緒だし」ユリが答えた。

「ねえ。石崎さん」ミリアが尋ねる。

「なんだ」

「どうして、結城先生、中村さんを襲うより先に、前田先生を殺しちゃったのかな？　今回みたいなイベントを企画した人間にしては、少し杜撰《ずさん》すぎないかな？」ミリアが首を捻る。

「そうよね。不思議よね」ユリも首を捻る。「僅《わず》かな時間の違いかもしれないけど、罪を着せようとする人間を先に殺害するのって、あまり賢くないように思うな。うまく中村さんを殺せない場合もあるわけでしょ。実際にはそうなったわけだし。前田先生は、縛られていたわけだから、あせって先に前田先生を殺す必要なんてなかったんじゃないかな？」

「そうだな」石崎が少し考える。「俺が思うに、結城先生は、殺された小林先生が、この島に何を持ってきたのか、気づいたんだと思うんだ」

「えっ?」ミリアが首を傾げる。「小林先生は、秘密、つまり前田先生と恋愛関係にあるという秘密を持ってきたって、石崎さん言ってたじゃない。それじゃないの?」

「いいかい」石崎が二人の顔を交互に見る。「今回のこのイベント、確かに結城先生が、中村さんを殺害するために仕組んだイベントだった。でも、表向きのイベントについても、結城先生は真剣に考えていたんじゃないかな」

「心理調査イベントも、それなりに本気だったたってこと?」ミリアがきく。

「ああ。おそらく結城先生は、人が大切に思うものは何か? ということを知りたかったんだと思う」

「さっき、結城先生、愛だって言ってたわね」ユリが呟く。

「そうだ。だが、このイベントの参加者は、ただひとつだけ持ち込める物として、遊ぶ物や暇つぶしの物、勉強や仕事の道具、そんな物を持ち込む人間ばかりだった。そんな中で、唯一、結城先生の考えと一致するものを持ち込んだのが、小林先生なんだ。小林先生が持ち込んだのは、秘密、ではなくて、自分の大切な人、自分の愛する人、前田先生なんだと思う。小林先生は前田先生と一緒にいられれば、たとえ無人島でもいいと思ったんじゃないかな」

「大切な人、愛する人、つまり愛を持ち込んだってことか」ミリアが呟いた。

「そうだ。だが小林先生は、その自分の大切な人に殺害されてしまった。そのことで、結城先生の心の中に、前田先生を犯人に仕立てるために自殺に見せかけて殺すという本来の目的の他に、自分と同じように愛が大切と考えていた小林先生のもとへ、手向《たむ》けとして、前田先生を送ってやろうという新たな気持ちが浮んだんじゃないかと思うんだ。だから殺害順序について、気にしなかったのかもしれない。ただこれは、結城先生にしかわからないことだけどね。もしかしたら、彼女自身も気づいていないかもしれない」

「ふーん」ユリが頷いた。「小林先生が持ち込んだのは、二人の関係の、秘密じゃなくて、大切な人、つまり前田先生だって、石崎さんはいつ気づいたの？　前田先生に、小林先生は、秘密を持ち込んだんだって説明した時にも気づいてたの？」

「ああ、なんとなくね。ただ前田先生には言う気はなかったよ」

「どうして？」ミリアが尋ねる。

「俺はそんなにおせっかいじゃないからな。あの時、そこまで言う必要はないしね。それに……。俺は、俺なりに小林先生の気持ちを考えたんだ」

「どういうこと？」ミリアが尋ねる。

「言葉にすると安っぽくなるものがあるんだよ。だから黙っていた。彼女の愛の価値を下げたくなかったのさ」

「ぶっ」ミリアとユリが吹き出した。

「なにをまた、言い出すんだか、この男は。あんたが一番愛だの恋だのしゃべりすぎなのよ」ミリアが石崎の肩を叩く。

「ほんと、愛の大安売り男。今、適当に思いついただけのくせに、よくそんなことが言えるわね」ユリが石崎の背中を叩く。

「うわっち」石崎がよろめく。「おまえら、危ないだろうが……。あっ、そうだ。忘れてた。おまえらに、言いたいことがあったんだ」

「なによ？　また変なこと言わないでよ」ミリアが睨む。

「いや。いいか、おまえら、まみちゃんと仲良くしてやれよ。今回の事件で、いや、その前から、あの子が一番大変な思いをしてるはずだからな」石崎が二人を見つめる。

「なにをあたりまえのこと言ってるのよ。そんなこと石崎さんに言われるまでもないわよ。わたしたちにまかせなさいって」ミリアが胸を叩く。

「ほんと、あたりまえのこと言わないでよ。あたりまえのこと言ってたら、石崎さんの存在価値ないわよ」ユリが石崎を叩く。

「ちぇっ」石崎が舌打ちする。

「よしっ、存在価値のない石崎さんには、勝手に岸壁でたそがれててもらって、まみちゃんのところでも行くか」ミリアが立ち上がった。

「そうね。きっと、頭の固い警察のことだから、意味のないことぐだぐだきいてるに違いないわね」ユリも立ち上がる。

「そうとなったら、いっちょうかき回してくるか」

ミリアとユリが館へ向かって駆け出して行った。


数日後、石崎はミリアたちに呼ばれて櫻藍女子学院を訪問した。寮の娯楽室に入ると、ミリア、ユリ、そしてまみが待っていた。

「おう、まみちゃん元気か？」手を挙げて石崎がまみに声をかける。

「はい。今、先生たちが一学期にやった授業の補習をやってくれてるんです。だから二学期から、みんなと一緒に授業に出られます」まみが笑顔で答えた。

「そうか。良かったな」

「へへへ」ミリアが嬉しそうに笑う。「今度の事件は、櫻藍の先生が二人も亡くなって、すごい不祥事じゃない、マスコミも騒いじゃって。だから、わたしたちがよけいなことを何もしゃべらないように、先生たちも気をつかってるのよ。おかげでわたしとユリの二人は、イベントが早く終わっちゃったから、ほんとはまだ補習があったんだけど、補習免除だもんね」

「ねえ」ユリが笑顔で頷く。

「先生たちも甘いなあ。それで今日はなんだ？　俺はてっきり補習かなんかの課題を手伝えって呼ばれたのかと思って来たんだけど」

「へへへ」ユリが娯楽室の隅に置いてあるテーブルのような物にかかっている布を取った。

「おおっ」

「買ったのよ。全自動卓」

「すげえなあ。ほんとに買ったのか」石崎が嬉しそうに卓をいじっている。「じゃあ、さっそく始めようぜ」

「それで、何を賭ける？」ミリアがきいた。

「何を賭けるって……。おまえら、こいつの代金まだ払ってないんだろ」

「うん」

「うんって……、いつもなら俺のところに勝手に請求書送りつけるくせに、珍しいな」

「だって麻雀で負けた人が払うことにしたでしょ。まだこの間の決着がついてないでしょ」ミリアが真剣な表情で言った。

「偉い、偉いな、おまえら。やっと勝負事ということがわかってきたみたいだな。わかった、じゃあこの全自動卓の代金を賭けてやろう」

「じゃあ、石崎さんが賭けるのは全自動卓の代金ね。一応請求書渡しとくから」ミリアが石崎に請求書を渡した。

「ああ。だが俺は負けないぞ。ふふふ」石崎が笑うと、ミリア、ユリ、まみの三人も笑った。

「それじゃあ、わたしは女のプライドを賭けるわ」

「わたしもプライドを賭ける」

「わたしもプライドを賭けちゃいます」

「なに？」石崎が三人の顔を見つめる。

「じゃあ、そういうことで……」ミリアが微笑んだ。

「そういうことでって、それじゃ結局、俺が払うんじゃないか」

「そういうこと。いやなら石崎さんは愛でも賭ける？」ミリアが首を傾げてきいた。

「駄目ですミリア先輩。石崎さんには愛が足りません。この前、自分で言ってました」

「そうだったな。それにプライドだって、とうの昔にどぶに捨ててるしな」石崎が頷いた。

「わかってるじゃん。そういうこと。じゃあ始めるわよ」ミリアが元気に声をかける。

「よしっ、勝負だ！」

そして賽《さい》が振られた。

N.D.C.913　262p　18cm

あなたがいない島《しま》

二〇〇一年三月五日　第一刷発行

KODANSHA NOVELS

定価はカバーに表示してあります

著者—石崎幸二《いしざきこうじ》

発行者—野間佐和子

発行所—株式会社講談社

東京都文京区音羽二-一二-二一
郵便番号一一二-八〇〇一

編集部〇三-五三九五-三五〇六
販売部〇三-五三九五-三六二六
製作部〇三-五三九五-三六一五

印刷所—株式会社廣済堂　製本所—株式会社千曲堂

ISBN4-06-182174-1（文三）

書下ろし戦慄の本格推理第四弾！
人形館の殺人 綾辻行人

究極の新本格推理
時計館の殺人 綾辻行人

驚天動地の新本格推理
黒猫館の殺人 綾辻行人

書下ろし空前のアリバイ崩し
マジックミラー 有栖川有栖《ありすがわありす》

書下ろし新本格推理
46番目の密室 有栖川有栖

〈国名シリーズ〉第一作品集
ロシア紅茶の謎 有栖川有栖

〈国名シリーズ〉第二弾登場！
スウェーデン館の謎 有栖川有栖

〈国名シリーズ〉第三弾！
ブラジル蝶の謎 有栖川有栖

〈国名シリーズ〉第四弾！
英国庭園の謎 有栖川有栖

火村&有栖の最新〈国名シリーズ〉！
ペルシャ猫の謎 有栖川有栖

まぎれもなく、有栖川ミステリ裏ベスト1！
幻想運河 有栖川有栖

メフィスト賞受賞作！
日曜日の沈黙 石崎幸二

本格のびっくり箱
あなたがいない島 石崎幸二

書下ろしハードボイルド巨編
野良犬 稲葉　稔

メフィスト賞受賞作
Jの神話 乾くるみ

本格の魔道
匣（はこ）の中 乾くるみ

ここにミステリ宿る
塔の断章 乾くるみ

超絶マジカルミステリ
竹馬男の犯罪 井上雅彦

死を呼ぶ禁句、それが「メドゥサ」！
メドゥサ、鏡をごらん 井上夢人

「アイデンティティー」を問う問題作
プラスティック 井上夢人

驚愕の終幕！
ヴァルハラ城の悪魔 宇神幸男

大胆不敵なトリック　大型新人鮮烈デビュー
長い家の殺人 歌野晶午

書下ろし新本格推理第二弾！
白い家の殺人 歌野晶午

書下ろし新本格推理第三弾！
動く家の殺人 歌野晶午

ミステリ・フロンティア
ROMMYそして歌声が残った 歌野晶午

ミステリ傑作集
正月十一日、鏡殺し 歌野晶午

読者に突きつけられた七つの挑戦状！
放浪探偵と七つの殺人 歌野晶午

書下ろし本格巨編
安達ヶ原の鬼密室 歌野晶午

書下ろし探険隊の黒い野望
シーラカンス殺人事件 内田康夫

名機「ゼニガタ」の脳細胞
パソコン探偵の名推理 内田康夫

KODANSHA NOVELS 講談社ノベルス

書下ろし長編本格推理 **江田島殺人事件** 内田康夫

長編本格推理 **漂泊の楽人** 内田康夫

長編本格推理 **琵琶湖周航殺人歌** 内田康夫

書下ろし長編本格推理 **風葬の城** 内田康夫

長編本格推理 **平城山を越えた女** 内田康夫

長編本格推理 **鐘(かね)** 内田康夫

長編本格推理 **透明な遺書** 内田康夫

巨匠鮮烈なるデビュー作 **死者の木霊** 内田康夫

長編本格推理 **「横山大観」殺人事件** 内田康夫

長編本格推理 **記憶の中の殺人** 内田康夫

長編本格推理 **箱庭** 内田康夫

長編本格推理 **蜃気楼** 内田康夫

長編本格推理 **藍色回廊殺人事件** 内田康夫

メフィスト賞受賞作 **記憶の果て** THE END OF MEMORY 浦賀和宏

日常を崩壊させる新エンターテインメント **時の鳥籠** THE ENDLESS RETURNING 浦賀和宏

驚天動地の「切断の理由」! **頭蓋骨の中の楽園** LOCKED PARADISE 浦賀和宏

真に畏怖すべき才能の最新作 **とらわれびと** ASYLUM 浦賀和宏

凄絶! 浦賀小説 **記号を喰う魔女** FOOD CHAIN 浦賀和宏

特選ショートショート **仕掛け花火** 江坂 遊

これぞ大沢在昌の原点! **野獣駆けろ** 大沢在昌

長編ハードボイルド **氷の森** 大沢在昌

ハードボイルド中編集 **死ぬより簡単** 大沢在昌

ノンストップ・エンターテインメント **走らなあかん、夜明けまで** 大沢在昌

大沢ハードボイルドの到達点 **雪蛍** 大沢在昌

ノンストップ・エンターテインメント **涙はふくな、凍るまで** 大沢在昌

書下ろし長編推理 **刑事失格** 太田忠司

新社会派ハードボイルド **Jの少女たち** 太田忠司

書下ろしアドヴェンチャラスホラー **新宿少年探偵団** 太田忠司

新宿少年探偵団シリーズ第2弾 **怪人大鴉博士** 太田忠司

新宿少年探偵団シリーズ第3弾 **摩天楼の悪夢** 太田忠司

KODANSHA NOVELS 講談社ノベルス

新宿少年探偵団シリーズ第4弾
紅天蛾(べにすずめ) 太田忠司

新宿少年探偵団シリーズ第5弾
鴇色の仮面 太田忠司

新宿少年探偵団シリーズ第6弾
まぼろし曲馬団 太田忠司

書下ろし山岳渓流推理
南アルプス殺人峡谷 太田蘭三

書下ろし山岳渓流推理
木曽駒に幽霊茸を見た 太田蘭三

書下ろし山岳渓流推理
殺意の朝日連峰 太田蘭三

書下ろし山岳渓流推理
寝姿山の告発 太田蘭三

書下ろし山岳渓流推理
謀殺水脈 太田蘭三

書下ろし山岳渓流推理
密殺源流 太田蘭三

書下ろし山岳渓流推理
殺人雪稜 太田蘭三

書下ろし山岳渓流推理
失跡渓谷 太田蘭三

書下ろし山岳渓流推理
仮面の殺意 太田蘭三

書下ろし山岳渓流推理
被害者の刻印 太田蘭三

書下ろし山岳渓流推理
遭難渓流 太田蘭三

書下ろし山岳渓流推理
遍路殺《ころ》がし 太田蘭三

あの「サイコ」×「講談社ノベルス」!
多重人格探偵サイコ 雨宮一彦の帰還 大塚英志

書下ろし新本格推理
霧の町の殺人 奥田哲也

書下ろし新本格推理
三重殺 奥田哲也

書下ろし新本格推理
絵の中の殺人 奥田哲也

戦慄と衝撃のミステリ
冥王の花嫁 奥田哲也

異色長編推理
灰色の仮面 折原 一

本格中国警察小説
上海《シャンハイ》デスライン 柏木智光《かしわぎちこう》

渾身のハードバイオレンス
15年目の処刑 勝目 梓

長編凄絶バイオレンス
処刑 勝目 梓

男の復讐譚
鬼畜 勝目 梓

不死身の竜は、誰に、なぜ、いかにして刺殺されたか!?
殺竜事件 a case of dragonslayer 上遠野浩平《かどのこうへい》

書下ろしハードバイオレンス&エロス
無垢の狂気を喚び起こせ 神崎京介

書下ろし新感覚ハードバイオレンス
0《ゼロ》と1の叫び 神崎京介

書下ろしスーパー伝奇バイオレンス
妖戦地帯1 淫鬼篇 菊地秀行

スーパー伝奇バイオレンス
妖戦地帯2 淫囚篇 菊地秀行